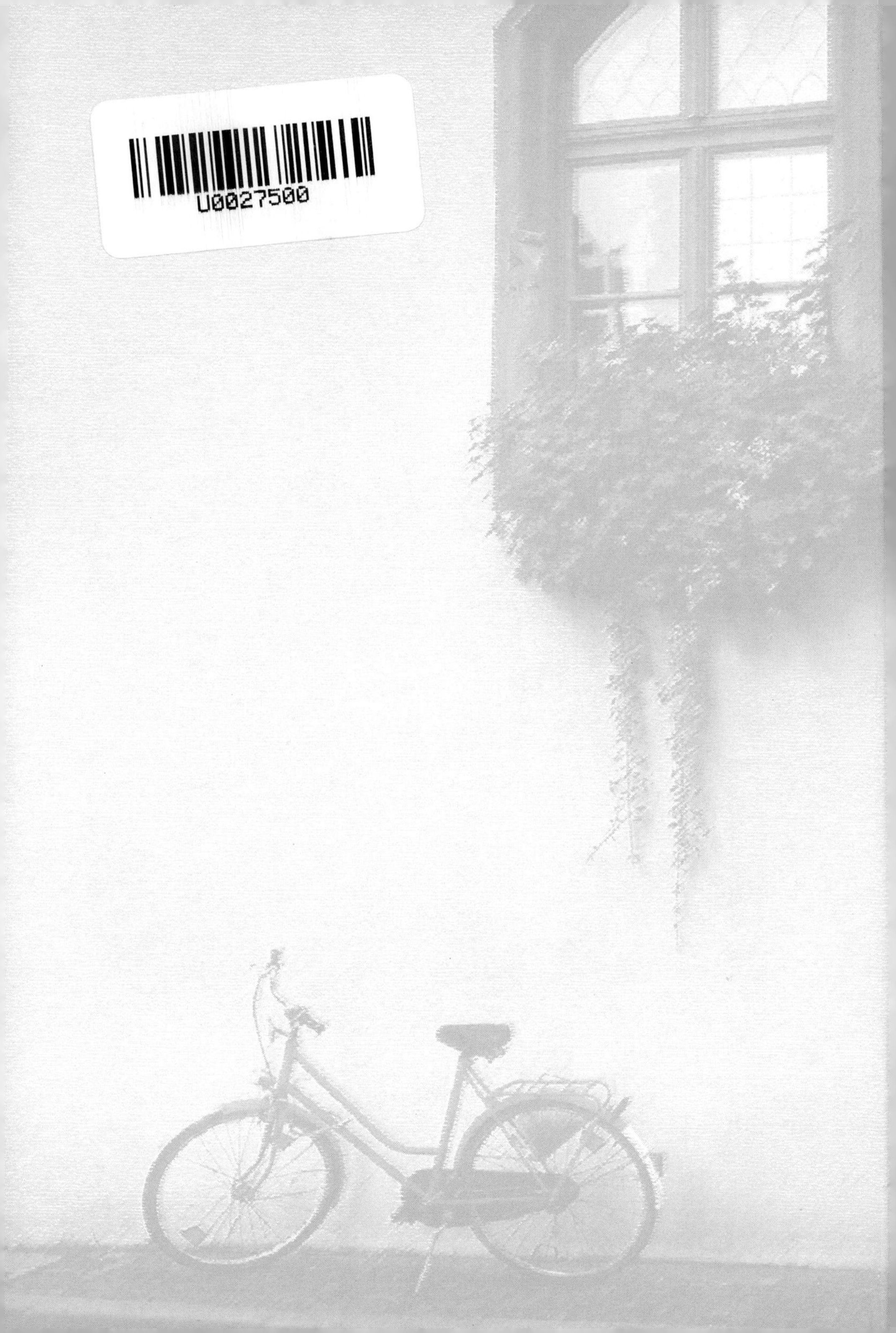

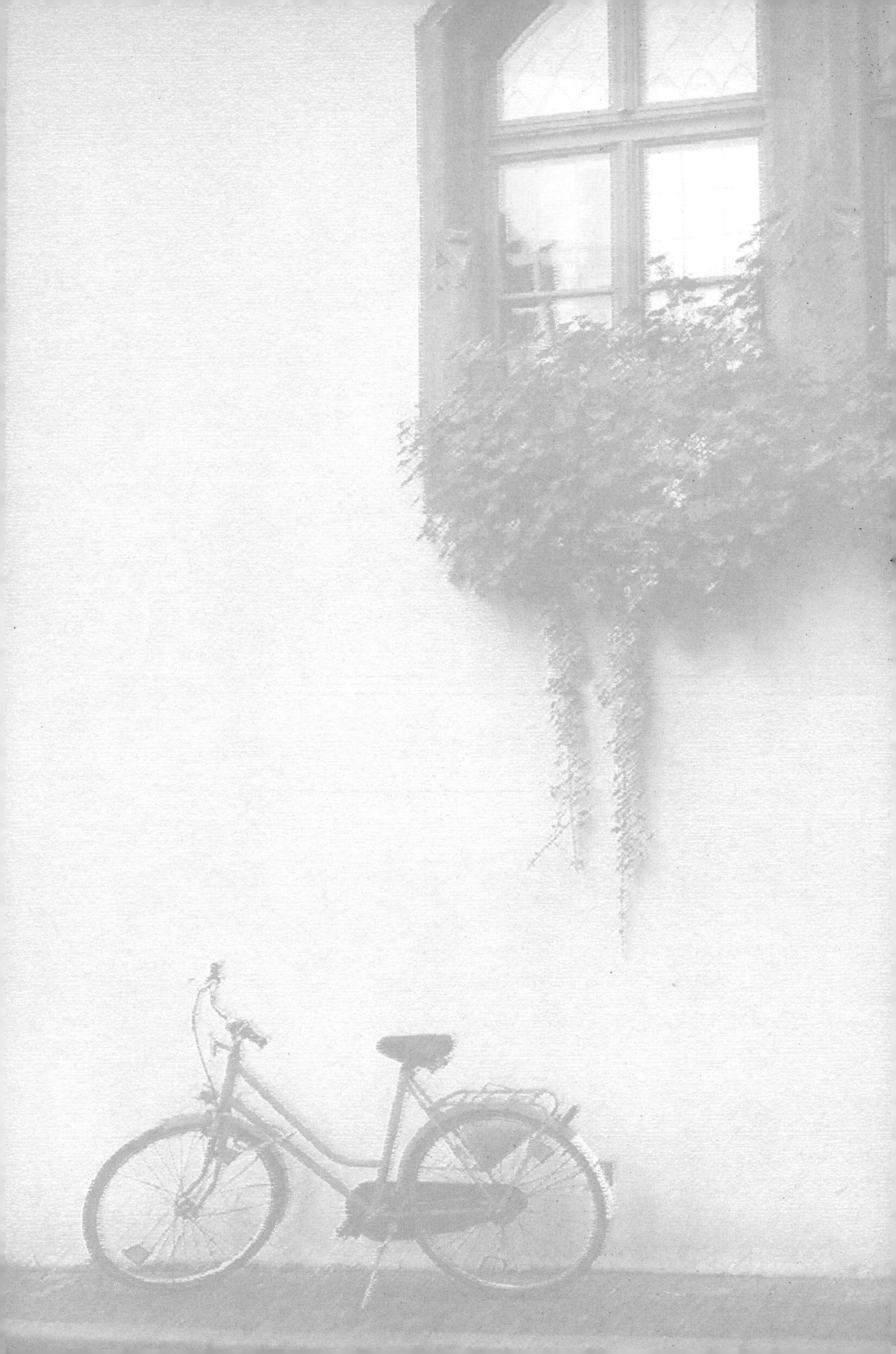

半暖時光（上）

桐華 著

野人

茶蘼坊37

作　　者　桐　華

總 編 輯　張瑩瑩
副總編輯　蔡麗真

責任編輯　蔡麗真
美術設計　洪素貞 (suzan1009@gmail.com）
封面設計　周家瑤
校　　對　仙境工作室
行銷企畫　黃怡婷

社　　長　郭重興
發行人兼出版總監　曾大福
出　　版　野人文化股份有限公司
發　　行　遠足文化事業股份有限公司
地址：231 新北市新店區民權路 108-3 號 6 樓
電話：（02）2218-1417　傳真：（02）8667-1065
電子信箱：service@bookrep.com.tw
網址：www.bookrep.com.tw
郵撥帳號：19504465 遠足文化事業股份有限公司
客服專線：0800-221-029
法律顧問　華洋法律事務所　蘇文生律師
印　　製　成陽印刷股份有限公司
初　　版　2014 年 12 月

半暖時光 上

國家圖書館出版品預行編目 (CIP) 資料

半暖時光 / 桐華著 . -- 初版 . -- 新北市 : 野人文化出版 : 遠足文化發行 , 2014.12
面；　公分 . -- (茶蘼坊 ; 37-38）

ISBN 978-986-384-013-8(全套 : 平裝）

857.7　　103021774

半暖時光

線上讀者回函專用 QR CODE，
您的寶貴意見，將是我們進步的
最大動力。

目錄

Chapter 1 命運 006
Chapter 2 愛情 035
Chapter 3 年輕的心 058
Chapter 4 冷暖之間 084
Chapter 5 希望 121
Chapter 6 無悔的青春 143
Chapter 7 美麗的夢 180
Chapter 8 錯誤 200
Chapter 9 成長 224
Chapter 10 光影幸福 244

Chapter 1

命運

命運之神喜歡熱鬧，有時還喜歡嘲弄人，
它每每令人可惱地給傷心慘痛的悲劇摻進一點滑稽的成分。
——史蒂芬．茨威格

小時候，總覺得自己是世界上很特別的一個，即使眼下平凡無奇，也一定有什麼地方與眾不同，只是還沒被發現而已。可隨著長大，漸漸認清楚自己不過是芸芸眾生中最普通的一員，身材不比別人好，腦子不比別人聰明，臉蛋不比別人漂亮，甚至連性格都不比別人更有魅力。於是，越來越理智、越來越現實，即使做夢都會一邊沉浸在美夢中，一邊清楚地知道只是一個夢。

顏曉晨這會兒就是這種情形，夢境中的一切都十分真實，可她很清楚自己在做夢——十一歲的她，正在學騎自行車。人小車大，自行車扭來扭去，看得人心驚肉跳，她卻好玩遠大於害怕，一邊不停地尖叫著，一邊用力地蹬車。

媽媽站在路旁，緊張地盯著她，高聲喊：「小心，小心，看路！別摔著！」

爸爸一直跟在自行車後面跑，雙手往前探著，準備一旦她摔倒，隨時扶住她。

也許因為知道父母都在身邊，不管發生任何事，他們都會保護她，小顏曉晨膽子越發大，把自行車騎得飛快。

刺耳的手機鈴聲突然響起，夢境猶如被狂風捲走，消失不見。可夢境中的溫馨甜蜜依舊縈繞在心間，讓二十二歲的顏曉晨捨不得睜開眼睛。

這些年，她從不回憶過去，以為時間已經將記憶模糊，可原來她記得這麼清楚，她甚至記得，那一天爸爸穿的是灰色條紋的T恤、黑色的短褲，媽媽穿的是藍色的碎花連衣裙。

手機鈴聲不依不撓地響著，顏曉晨翻身坐起，摸出手機，看到來電顯示上的「媽媽」兩字，心突地一跳，竟然下意識地想扔掉手機。她定了定神，撩起簾子的一角，快速掃了一眼宿舍，看室友都不在，才按了接聽鍵。

「妳在幹什麼？半天都不接電話？」

隔著手機，顏曉晨依舊能清楚地感覺到媽媽的不耐煩和暴躁。她知道媽媽的重點並不是真的關心她在幹什麼，也沒回答，直接問：「什麼事？」

「我沒錢了！給我兩千塊錢！」

「我上個月給了妳一千多……」

「輸掉了！快點把錢匯給我！」媽媽說完，立即掛了電話。

顏曉晨握著手機，呆呆地坐著。夢裡夢外，天堂和地獄，有時候，她真希望現在的生活只是一場噩夢，如果夢醒後就能回到十八歲那年的夏天，她願意付出一切代價。

1史蒂芬·茨威格（Stefan Zweig, 1881-1942）：著名奧地利猶太裔作家。中短篇小說創作上百部，與俄國的契訶夫和法國的莫里亞克並列二十世紀三位最傑出的中短篇小說家，擅長人物的心理分析，作家羅曼·羅蘭稱之為「靈魂的獵者」。

如往常一樣，顏曉晨背著包包，騎著舊自行車，去了校園角落裡的提款機，插入提款卡，輸入密碼後，先按了查詢餘額。

其實，她很清楚餘額是兩千一百五十五元七角三分，但窮人心態，每一次取錢時都會先查詢餘額，並不是奢望天降橫財，只不過想確定那些看不到的錢依舊安穩地存在著。

這兩千多元是顏曉晨今年暑假打工存下來的，每一塊錢都有計畫——已經大四，找工作需要花錢，一套面試的套裝、來回的車資……即使不算這些，光列印履歷表、影印各種證書都是一筆不小的開銷。現在就業形勢嚴峻、工作不好找，學姐說要早出擊、廣撒網，起碼準備一百份履歷表。

顏曉晨按了轉帳，將兩千元轉給媽媽，計算餘額的減法題很容易做，可她依舊再次按了查詢餘額，確定扣除二十塊錢的手續費只剩下一百三十五元七角三分後，退出提款卡。最後，她發了則簡訊給媽媽：「錢已轉給妳，省著點用，我要開始找工作了，等找到工作，一切就會好起來。」

如往常一樣，簡訊如石沉大海，沒有任何回覆。

❀　❀　❀

顏曉晨騎著自行車，習慣性地去大操場，坐在操場的臺階上，看著下面的同學熱火朝天地鍛鍊身體。大學四年，每次心情不好時，她都會來這裡。

期中考剛結束，今天又是週末，操場上沒有往常的喧譁熱鬧，但依舊有不少人在跑步，一圈又一圈。年輕的臉龐，充滿希望的眼神，他們理直氣壯地歡笑，理直氣壯地疲憊，不像她，她的疲憊都難以啟齒。就如現在，她覺得很累，因為算來算去，一百三十五元，只勉強夠一個多星期的伙食費，可這種窘境卻不能告訴任何人。

距離發薪水還有大半個月，顏曉晨不知道該怎麼辦，胡思亂想著，也許可以去搶銀行，找雙破絲襪，戴在頭上，十塊錢買把玩具槍，就可以衝進去大喝一聲「把所有錢交出來」，結果肯定會失敗，但進了監獄，有人管吃管住管衣服，一切的生活難題都解決了！

想著想著，猶如看了一部拙劣的喜劇片，顏曉晨竟然忍不住笑起來。一個人對著空氣傻呵呵地笑夠了，她取出手機，看了眼時間，快要六點，要去上班了！

學校要求出入校門必須下車，顏曉晨牽著自行車出校門時，碰到幾個同學拎著購物袋從外面回來，她笑著打招呼，同學們的眼神都有點古怪，顯然，他們認為她不應該這麼興高采烈。

兩週前，交往一個多月的男朋友把顏曉晨甩了。男朋友沈侯是他們這一屆挺出名的人物，不是以品學兼優聞名，而是以吃喝玩樂出名。顏曉晨在學校裡循規蹈矩、成績優異，年年都拿獎學金，算是同學眼中的好學生，沈侯卻恰恰相反，呼朋引伴、花天酒地，每年都有功課掛掉，反正不管怎麼看，這兩人都不像是同一個世界的。可一個多月前，兩人突然就在一起了，所有人都大吃一驚，連顏曉晨的室友都認定沈侯是在玩弄顏曉晨，含蓄地勸她別當真，顏曉晨卻只是微笑地聽著。

一切都如同學們的預料，開學時兩人在一起，期中考前沈侯就提出了分手。顏曉晨微笑著想，他們肯定覺得她就算不以淚洗面，也應該眼中含淚，但他們不知道，十八歲那年的夏天，她已經把一生的眼淚都流盡了。

❋ ❋ ❋

學校西門外有一條彎彎曲曲的老巷子，裡頭有不少酒吧。大概因為毗鄰這座全國知名的學府，這裡的酒吧在消費上只能算是中等，卻以有特色、有內涵著稱，來來往往的客人要麼是文化藝術從業者，要麼就是白領精英。大概為了迎合顧客群，酒吧很喜歡招女大學生來打工，顏曉晨就在藍月酒吧打工，工作時間從晚上六點半到十點半，以前一週工作三天，大四課程少了，顏曉晨又缺錢，想多賺點，就改成四天。

一個女大學生在酒吧工作，總會讓人產生一些不好的聯想，當年不是沒有其他兼職工作可以選擇，但這份工作的時間和報酬最適合顏曉晨，所以她也顧不上理會別人怎麼想了。

顏曉晨到藍月酒吧時，樂隊正在熱身，已到的Apple和Mary正準備蠟燭和鮮花點綴酒桌，營造氣氛。酒吧有不少老外顧客，大部分侍者也只是把這裡看作暫時落腳的地方，都不願用真名，所以都取了個英文名字。

顏曉晨和她們打了個招呼，去狹窄的雜物間換衣服。不一會兒，另一個同事Yoyo也到了。顏曉晨一邊和她聊天，一邊用廉價化妝品化了個妝。她一直捨不得在這些事情上花錢，但化妝是工作要求，看在每個月一、兩千的收入上，一切都能接受。兩年多下來，她的化妝技術進步不多，化妝速度卻快多了，不過十來分鐘，已經全部收拾妥當。

以酒吧的分類來說，藍月酒吧是一家靜吧，就是不會有勁歌熱舞，也絕不會有身材火辣的性感女郎扭屁股、晃胸脯。藍月酒吧一如它的名字，十分憂鬱的文藝風格，樂隊都是演奏比較抒情的慢歌，客人以安靜地聽歌和聊天為主。當然，酒吧畢竟是酒吧，偶爾也會出現熱鬧喧譁的場面，但只要不太過分，老闆不反對，客人們也很歡迎。

因為酒吧的風格定位，女侍者的穿著打扮也很正常，夏天時穿牛仔小短褲，冬天時可穿牛仔長褲，上身是學院風的立領紅白格子襯衫，袖子半捲，襯衫下襬打個蝴蝶結，唯一的要求就是露出一點點腰，和大街上的露肚裝、小可愛相比，藍月酒吧女侍者的衣著一點都不暴露。顏曉晨客觀地評價，這種打扮既正兒八經又俏皮活潑，老闆很清楚自己要什麼，因而藍月酒吧的生意一直不錯。

八點之後，客人漸漸多起來，每一天，酒吧都會有新鮮面孔，也有不少常客。不知道其他女侍者最喜歡什麼樣的顧客，而顏曉晨最喜歡的是老外，和崇洋媚外沒有絲毫關係，唯一的原因就是有的老外會給小費。給小費的客人，顏曉晨總是記得格外牢，但Apple、Mary和Yoyo記得最牢的客人是——英俊的男人。

「海德希克來了，就在門口！」Apple端著幾杯雞尾酒，壓著聲音激動地嚷嚷。從女侍者、收銀員到調酒師全都轉頭，盯著剛推門進來的客人。

算是無聊打工生活的一種消遣吧，侍者們喜歡議論客人，從推測他們的工作收入，到猜測他們的女伴是老婆還是小三。藍月酒吧還有個傳統，對印象深刻的客人，會根據外貌、衣著、言談舉止給他們打分數、排位、賜封號，如同狀元、榜眼、探花，從第一名到第十名都有特定的封號，是世界上最貴的十種酒。海德希克的準確說法是海德希克一九〇七（Heidsieck1907）[2]，一瓶酒售價二十七萬五千美金，世界排名第二。

海德希克一九〇七先生還不算常客，上週才第一次光臨藍月酒吧，但所有侍者都對他印象深刻，讓他立即上榜。顏曉晨上週有兩門科目要考試，沒有上班，可就昨天一晚已經聽了無數他的八卦。據說，此人相貌清貴，氣質儒雅，舉手投足一看就知道身家不凡，卻十分謙遜有禮，給小費非常大方，每一次服務都會說謝謝。雖然大家打工只是為了賺錢，並不在乎客人說不說謝謝，但如果客人說了，心中總會有一絲欣慰。

顏曉晨隨著眾人的目光，隨意地掃了一眼，海德希克一九〇七先生身材頎長，戴著無框眼鏡，裡面穿著剪裁合身的西裝，外面穿著風衣。顏曉晨暗自感嘆了一句「皮相還不錯」，就轉身去幹活了，也沒指望能接待這位金主。但是，Apple她們三人竟然誰都沒立即過去，如果是熟客，誰的客人誰招呼，可現在客人沒有任何偏向，算不得任何人的客人，她們又都想去，彼此顧忌著，一時間反倒誰都沒有去招呼海德希克一九〇七了。

調酒師William一邊調酒，一邊賊笑，「要不妳們賭酒，誰贏了誰去！」顯然，他很樂於看到幾個年輕女人為男人爭風吃醋。

但工作時間最長的Mary讓他失望了，「輪流，我們三個都已經去過了，這次讓Olivia去。」

Olivia就是顏曉晨，第一次到酒吧上班時，她沒有英文名字，為了工作方便，隨口起名Olivia。Apple和Yoyo都沒有意見，顏曉晨也沒意見。她放下手中的毛巾，快步走過去，「歡迎光臨！請問先生，幾位？」

海德希克好像沒聽清她說什麼，怔怔地看著她。顏曉晨微笑著又問了一遍，海德希克才反應過來，回道：「一位。」

顏曉晨領著他去九號桌，一個角落裡的兩人座。她先將桌上的小蠟燭點燃，再把酒水單拿給他，他沒有翻看，直接說：「黑牌[3]，加冰，外加一個水果拼盤。」

顏曉晨結完帳，端了黑牌和冰塊給他，他一直沉默不語，沒有說謝謝，但小費給的很多，大概三成了，遠遠超出顏曉晨的預期。

William詫異地問：「這麼大方？妳對他說了什麼？」

「什麼都沒說，和以往一樣。」

Apple不相信的樣子，「不可能吧！」

Yoyo似笑非笑地說：「不愧是名牌大學的大學生，和我們就是不一樣！」

在酒吧打工兩年多了，顏曉晨不是第一次聽到這些冷嘲熱諷的話，她全當沒有聽見，小心地把錢裝好，繼續工作去了。

＊ ＊ ＊

過了九點半，店裡坐滿，大家站了半晚，都累了，時不時躲在角落裡，靠著吧檯或牆壁，左腳換右腳，休息一會兒。

Apple和樂隊的女主唱April猜測海德希克一九〇七有沒有女朋友，Apple說：「都來了好幾次，如果

---

2 Heidsieck1907：全世界所知年分最久的一批法國香檳酒，於一艘波羅的海的沉船上發現，現仍可飲用，具有特殊的歷史價值。

3 黑牌：是JOHNNIE WALKER最暢銷的威士忌品牌，前身是一八六七年申請專利的「舊高地威士忌」(Old Highland Whisky)，在一九〇九年正式命名為黑牌蘇格蘭威士忌。大陸人稱為「黑方」。

有女朋友，肯定會一起來，顯然沒有女朋友了！」

April說：「他行為舉止很沉穩，應該三十左右，長得不錯，又很有錢，不可能沒有女朋友！」

Yoyo是行動派，藉著送冰水去晃了一圈，和海德希克聊了兩句，回來時笑吟吟地說：「沒女朋友！」

Yoyo的話像一枚燃燒彈，立即點燃了各個女孩的春心，排行榜上的男士大多「名草有主」，有的草還不止一位主，用Yoyo的話來說，人家有花心的本錢，女人也心甘情願。

William煽風點火，「難得遇到財貌兼備的男人，趕緊上！就算撈不到錢，能撈到肉體也值了！」

April問：「是真的嗎？」

William說：「要是彎的，我早行動了，還會勸妳們上？」

大家都笑起來，April有一次喜歡上個Gay，William一再勸她，她死活不信，後來證明William是對的，April傷心了一陣子。從那之後，碰到出色點的男人，她總喜歡讓William先掃描確定一下。

年齡最大的Mary剛三十歲，已經滿腦子都是女人青春有限的嚴肅話題，慢悠悠地說：「別浪費時間了！就算沒女朋友，也輪不到我們，權當是擺放在櫥窗裡的名牌貨吧！東西再好，看一看，過個乾癮就好了！」

「就算買不起，也可以去店裡試用啊！」Yoyo乍看有點像賈靜雯，因為長得美，走到哪裡都受歡迎，性格比較張揚。她抽出一張一百塊錢，拍到桌上，「開個賭局！今晚誰能泡到他，誰就贏了！我賭自己贏！還有沒有人參加？」

William是資深調酒師，賺得多，毫不猶豫地也放了一百塊，視線從五個女孩臉上掃過，笑咪咪地說：「我賭April贏。」April以前是跳民族舞的，畢業後找不到工作，就跑來酒吧唱歌，她瘦瘦高高，皮膚白皙，一頭烏黑的齊腰長髮，穿衣風格是楊麗萍[4]那種民族風，但色彩更素淨，樣式更生活化一些，非常文藝女神的風格，挺受白領精英男士的歡迎。

April笑咪咪地從錢包裡拿出一百塊錢，輕輕放到桌上，再指指自己，表示賭自己贏。

「我賺得沒妳們多。」Apple放了五十塊錢，「有Yoyo和April在，我沒什麼希望，但我也賭自己！」

Mary姐也拿出五十塊錢，猶豫了一會兒才說：「我志在參與，賭Yoyo贏。」

沒有人問顏曉晨，倒不是大家排斥她，而是都知道她節儉摳門，是個守財奴，從不參與任何有可能損失錢財的活動。

Yoyo藉著送酒，去問樂隊其他成員是否參加賭局，而Mary去問收銀的徐姐，不一會兒竟然有了九百五十塊錢。以前，大家也會時不時設一些莫名其妙的賭局，可第一次賭金這麼多，所有人都興奮起來，工作了半晚的勞累不翼而飛。

April和Yoyo矜持著，都不願先去，Apple說：「我先，就算撞不到狗屎運，也早死早超生！」

她走向海德希克一九〇七，酒吧裡的工作人員看似各忙各的，可實際目光都鎖在九號桌。

聽不到Apple說什麼，只看到她彎著腰和海德希克交談，一會兒後，她直起身，對大家搖搖頭，表示失敗了。

Yoyo藉口上洗手間補妝。補完妝出來，看April依然矜持地坐著，她決定先出擊。對大家比了個希望好運氣的手勢，走到海德希克身旁。兩人竊竊私語，只看Yoyo笑靨如花，身體的傾斜角度恰到好處，海德希克很是禮貌，抬手請Yoyo坐。兩人聊了幾分鐘，Yoyo回來了，有點沮喪，但依舊在笑，「他拒絕了

---

4 楊麗萍：雲南白族人，中國舞蹈藝術家、一級演員，中國舞蹈家協會副主席，為中國大陸第一位赴臺灣表演的舞蹈家。

我，但我打聽出他是做金融的，今年剛從國外回來，一直忙著發展事業，暫時沒時間考慮感情的事。」

Yoyo對April做了個加油的手勢，「看妳了，去拿下他！」

April端著一杯長島冰茶，施施然地走過去，徵詢海德希克的同意後，坐在他身旁。

樂隊很照顧April，男主唱特意選了一首經典浪漫的情歌，《I love you more than I can say》，April和海德希克一邊欣賞著樂隊的演奏，一邊時不時低語幾句，桌上燭光朦朧，氣氛十分好。

演奏結束後，全酒吧的人都鼓掌。下一首歌響起時，April依舊在和海德希克聊天。

William笑著說：「有戲！」

十幾分鐘後，April才回來，大家都眼巴巴地盯著她，她搖搖頭，「我們從鄧麗君聊到張國榮，從碧玉聊到愛黛兒，聊得倒是很投機，可他依舊沒答應和我一起吃頓飯。他很聰明，看我們一個個前仆後繼地去約他，問我們是不是拿他打賭玩，我全招了。」

April約男人很少失手，情緒有些低沉，Yoyo一邊往托盤上放酒，一邊說：「別難受了！事業成功人士都是工作狂，只知道加班，很悶的！還是嘯鷹好，又帥又會玩！下次他來，讓他帶我們出去玩！」

嘯鷹準確的說法是嘯鷹一九九二（Screaming Eagle Cabernet1992），世界排名第一位的酒，一瓶酒售價五十萬美金。顏曉晨還沒見過這位在藍月酒吧排名榜上第一位的男人，他算是常客，已經來過不少次，可每次來，她都恰好不上班，所以從沒見過嘯鷹一九九二先生。

William竊笑，「有人吃不到葡萄說葡萄酸了！」

Yoyo說：「我這叫自我安慰！」

Apple看著桌上的錢問：「誰都沒贏，賭局取消了？」

眾人正打算拿回各自的錢，顏曉晨突然問：「我現在加入賭局，行嗎？」

九百五十塊錢，她已經虎視眈眈了很久，感覺那不是幾張薄薄的鈔票，而是她未來的工作，她的衣食住行，她的一切！

Apple撇撇嘴，「April和Yoyo可都輸了，妳現在加入，只能賭自己贏！」

William熱切地說：「一起工作兩年了，從沒見Olivia出手過，歡迎，歡迎！」

April聳聳肩，無所謂地說：「可以啊！」

Yoyo笑了笑，「沒問題，不過多個人丟面子而已！」

見大家都不反對，顏曉晨拿出五十塊放到桌子上，「我賭自己贏。」這五十塊錢還是海德希克一九〇七剛才給的小費。

所有人都盯著顏曉晨，Apple甚至端好了酒，打算跟著她過去，見證她輸的全部過程。

顏曉晨很清楚，有三個前車之鑒，直接走過去邀請肯定失敗，但為了一千塊錢，她必須贏！

顏曉晨沒走向九號桌子，反倒走向樂隊，恰好一首歌剛唱完，她對樂隊說：「能占用一分鐘嗎？」

「沒問題！」男主唱Joe笑著把麥克風遞給顏曉晨。

顏曉晨深吸了口氣，盡力擠出微笑，「九號桌的先生，你好！你不認識我，可我很想請你吃頓飯。」

酒吧安靜了一瞬，所有人立即東張西望地找九號桌，待看清楚海德希克一九〇七的樣子，應該都以為顏曉晨是被男色迷住了，口哨聲響起，有人鼓掌，有人大笑。

根據觀察，顏曉晨推斷海德希克行事穩重、待人寬和，應該很不喜歡出這種風頭，但她沒辦法，只能豁出去，賭一把了。

顏曉晨遙遙看著他說：「我非常有誠意！時間，隨你定，不管什麼時候都可以！地點，我已經選好，餐廳建築宏偉，環境溫馨，菜餚風味匯聚南北菜系，中餐的傳統菜餚、西餐的經典菜式都有，還有伊斯蘭的特色燒烤，以及各種口味的湯品，絕對想吃什麼有什麼！」

顏曉晨每說一句，酒吧的客人就很配合地怪叫幾聲。

「這小姐為了追男人，下血本了！」

「就為了這些吃的，答應了吧！」

正常情況下，女生公開做這種事情，應該很羞澀，可顏曉晨完全是衝著錢去的，沒有絲毫羞澀，緊張倒是有，就是擔心得不到那些錢。

顏曉晨學著April唱完歌後鞠躬行禮的姿勢，對海德希克彎腰行了一禮，「我真誠地邀請，希望你能同意！」

笑聲、鼓掌聲、口哨聲不絕於耳，酒吧的氣氛如一鍋沸騰的開水，熱烈到極點，大家都期望著海德希克答應，不停地有人高喊：「答應她！答應她！」

顏曉晨知道自己有點卑鄙，利用無知的群眾給他施壓。拒絕一個人，不難！可拒絕這麼多滿懷期冀的人，絕不是一件容易的事！

終於他站了起來，好像說了什麼，但立即被雷鳴般的掌聲和歡呼聲淹沒，顏曉晨什麼都沒聽清，依舊呆呆地站著。

樂隊的鼓手很應景地敲了一段歡快激昂的爵士鼓，男主唱Joe笑對她說：「他答應了！」

顏曉晨愣了一愣，立即衝下舞臺，所過之處都是善意的笑聲和祝福聲，她胡亂地說著「謝謝，謝謝」，急急忙忙地跑到吧檯，「錢呢？」

William把錢給她，顏曉晨數了數，整整一千塊錢，忍不住放到嘴邊，狠狠地親了一口。

April表情古怪，「妳不會只是為了這些錢吧？」

讓文藝女神理解她的庸俗，恐怕很難，顏曉晨笑了笑，沒吭聲。

William說：「高級餐館裡一瓶果汁就要兩、三百，兩個人一千塊錢，根本不夠吃！」

Yoyo笑著拍拍顏曉晨的肩膀，半幸災樂禍半警告地說：「都是色迷心竅的錯！不過，當眾承諾了，可一定要做到，否則就是丟我們藍月酒吧所有人的臉！」

Apple鄙夷地說：「早知道這樣能贏，我也能贏。」

待她們走了，William悄聲問：「妳到底選了哪家餐館？我看看有沒有認識的朋友，想辦法幫你打個折。」

「謝謝，不過不用了。」

顏曉晨看了眼牆上的鐘，已經十點四十，「我下班了，再見！」

往常贏了錢的人都會請大家喝點酒、吃點零食，不過，也許因為知道顏曉晨這次當眾誇下海口，要大出血，大家都沒提這事，顏曉晨也厚著臉皮地裝作忘了，進了雜物室，顧不上換衣服，直接把外套穿上，背起包，就匆匆往外走。

酒吧一直營業到凌晨兩點半，這會兒正是最熱鬧時，但宿舍的大門就要鎖了，幸好酒吧距離學校不算遠，晚上人又少，自行車可以蹬得飛快，最快時，顏曉晨曾十二分鐘就衝回宿舍。

顏曉晨剛跨上自行車，有人叫：「顏小姐，請留步。」低沉有力的聲音，十分悅耳，猶如月夜下的大提琴奏鳴曲。

顏曉晨回身，是海德希克一九〇七先生，秋風徐徐，昏黃的門燈下，他穿著歐式風衣，踩著落葉疾步行來，猶如從浪漫的歐洲文藝片中截取了片段。
顏曉晨問：「什麼事？」
「我們還沒約好吃飯的時間。」
顏曉晨愣住了，說老實話，邀請他的那些話，她玩了文字技巧——時間，由他定，任何時候。可以是明天、後天，也可以是十年、二十年後，他當時答應她，讓雙方都體面地下了臺，卻可以定一個遙遠的時間，就誰都不算失約。
顏曉晨不知道他是沒聽出她話裡的漏洞，還是對她嘴裡那南北匯聚、東西合璧的菜餚生了興趣，但他幫她贏了一千塊錢，只要他願意，她肯定會履行諾言。
顏曉晨問：「你什麼時間有空？」
「明天如何？」
「好！」
他拿出手機，「能給我妳的手機號碼嗎？方便明天聯繫。」
顏曉晨報出號碼，他撥打給她，等手機鈴聲響了一下後，他掛掉電話，「這是我的電話號碼，妳隨時可以打給我。」
顏曉晨再顧不上多說，「好的，我知道了！其他事，我發簡訊給你。」她沒等他回答，就急匆匆地踩著自行車走了。
她一路狂騎，趕到宿舍樓下時已經十一點十二分。宿舍十一點熄燈鎖大門，但因為女生宿舍的樓下每天晚上都有一對對戀人難捨難分，真正落鎖總會晚個十來分鐘。

顏曉晨衝到大門前時，阿姨正要落鎖，看到她的樣子，沒好氣地說：「下次早點！」顏曉晨化著妝、深夜晚歸，阿姨肯定以為她拿著父母的血汗錢不好好唸書，卻去鬼混，夾槍帶棒地訓了她幾句。顏曉晨一聲沒吭，一直溫馴地聽著。

回到宿舍，室友們都還沒睡，人手一支手電筒。老大魏彤準備考研究所，在認真複習；老二劉欣暉和異地的男朋友煲電話粥；老四吳倩倩盤腿坐在床上，抱著筆電寫履歷。

魏彤和劉欣暉看到顏曉晨回來，擱下了手頭的事，聊起天來。

大四的話題，如果不談愛情，就是聊前途，十分單一。顏曉晨和吳倩倩目標明確，就是找工作，盡量留在上海這座生活了三年多的繁華都市。劉欣暉的家鄉在省會城市，家裡已安排她去一個福利待遇很好的大型國營企業工作。魏彤想考研究所，可又猶豫要不要投幾份履歷找一下工作。說起去年一個學姐，因為考研究所，錯過了找工作的時機，後來沒考上，工作也沒找到，只能混在學校裡繼續考試。到了大四，不管聊起前途，還是愛情，都是很沉重的話題，每個人都覺得前路茫然。

魏彤鬱悶地說：「我辛辛苦苦要考試，曉晨卻放棄了保研名額。」

性格開朗活潑的劉欣暉笑咪咪地說：「是啊，曉晨唸書那麼刻苦，一直是咱們班的第一名，放棄了保研，好可惜！」

精明強勢的吳倩倩說：「一點不可惜！如果不打算留在學校裡做學術，商學院的學生當然應該一畢業就去工作，工作幾年後再去國外讀個名校ＭＢＡ，曉晨是聰明人，選擇很正確。」

顏曉晨笑著沒說什麼，可惜不可惜、正確不正確，她壓根兒不知道，只知道必須要賺錢了。

洗漱完，她爬上床，躲在簾子裡把錢仔細數了一遍，摸著一千塊，終於覺得心裡踏實了一點！

第二天早上是專業課，魏彤和劉欣暉昨天睡得晚，起不來，吳倩倩說待會兒有老鄉來，也不去上課了，都拜託顏曉晨如果有事，及時電話通知她們。

顏曉晨一個人背著包包，去了教室。

大四了，蹺課的人越來越多，全班三十多個只來了十幾個，稀稀落落地坐著，老師也懶得管，照本宣科地講。顏曉晨覺得老師講得沒什麼意思，可習慣使然，依舊坐在第一排，全神貫注地記筆記。下了課，去自習教室做完作業，就到午飯時間了。吃過中飯，她去了資訊教室，一邊看別人的面試心得，一邊寫履歷。

大學的生活看似豐富多采，可真能落到紙面宣之於眾的卻乏善可陳，顏曉晨又因為打工，沒時間參加任何社團和學生會的活動，更是沒什麼可寫。為了把過去三年多的芝麻綠豆小事編造成豐功偉績，她搜腸刮肚、冥思苦想，完全忘記了時間。

直到桌上的手機震動幾下，顏曉晨才覺得眼睛因為盯著電腦太久，有些乾澀。她拿起手機，是一則陌生號碼的簡訊，「在忙嗎？」她反應了一會兒，才想起還有一個飯局，翻查昨天的通話記錄，果然是海德希克的號碼。

顏曉晨：「不忙，你想幾點吃飯？」

海德希克：「幾點都可以。」

顏曉晨：「你幾點下班？」

海德希克：「我上班時間比較自由，看妳什麼時間方便，我都可以。」

顏曉晨：「五點半可以嗎？我在學校的西門外等你，知道怎麼走嗎？」

海德希克：「知道，五點半見。」

＊＊＊

顏曉晨比約定時間提前五分鐘到西門，進校門的女生頻頻回頭看，擦肩而過時，聽到她們議論什麼「長得帥的有錢人」，她想，不會是海德希克吧？長得帥能一眼看出，可她們如何判斷出有錢沒錢的呢？

校門口人來人往，但顏曉晨第一眼就看到了海德希克。秋風中，他一襲風衣，氣質出眾，不得不說藍月酒吧侍者的眼光還是很可靠的。顏曉晨快步上前，卻發現連他姓什麼都不知道，完全不知道該如何稱呼。四目相對，她有點尷尬地說：「你好。」

「妳好。」他笑了笑，遞給顏曉晨一張名片。

顏曉晨想起下午剛看的面試心得上說，接名片時應該用雙手，立即現學現賣地接過名片，快速看了一眼——程致遠。

先把名字記下，別的也顧不上細看，顏曉晨把名片收了起來，笑著說：「我們去吃飯吧！」

程致遠拿出手機，「在哪裡？這會兒是下班時間，計程車很難叫，我讓司機送一下。」

顏曉晨說：「就在附近，很近的，走路去。」

顏曉晨在前領路，程致遠默默跟在她身旁。一路上不時有人看他們，但拜她的前男友沈侯所賜，顏曉晨已經習慣這些目光，沒太大感覺，程致遠也很是淡定的樣子。

十幾分鐘後，顏曉晨領著程致遠站在學校的餐廳前。

上下兩層，可容納一千多人同時用餐，建築的外觀是歐式風格，莊重宏偉，顏曉晨相信在寸土寸金的上海市沒有任何一家餐館能比它占地面積更大、更有氣勢。

走進了餐廳，學生們來來往往，用餐環境絕對夠溫馨。

顏曉晨促狹心起，一邊介紹，一邊等著看程致遠的精采反應。

「那邊的三個窗口是北方麵點，有扯麵、拉麵、燴麵、刀削麵、蔥油餅、餛飩、餃子……」

「那邊的六個窗口是炒菜，宮保雞丁、燒魚、燒肉、鴨血湯、鹽水鴨……各種南方菜餚。」

「那是伊斯蘭烤肉，現烤現賣。」

「樓上是各式小炒，還有鐵板牛柳、英式炸魚排、韓國石鍋飯、日本壽司。」

最後，她指著牆邊的一排大鐵桶說：「那裡有各種湯，免費的。」

程致遠倒沒顏曉晨預料中的意外和失望，神情自若地打量一圈，笑著調侃道：「果然菜餚風味南北匯聚、東西合璧，也真的是各式湯品都有。」

顏曉晨噗哧笑了出來，兩人間的尷尬拘束剎那間消失了。

顏曉晨問：「你想吃什麼?」

「炒菜和米飯，不要魚，學校餐廳的魚實在難以下嚥。」

看他這麼磊落，顏曉晨再厚顏無恥，也不好意思起來，帶著他上二樓，找了個靠著窗戶的空位讓他坐，「我去買飯，你等一下。」

二樓的小炒要比樓下的味道好，用餐環境也好很多，只是價格貴一大半，平時顏曉晨捨不得吃，可她從程致遠身上賺了一千塊錢，真的不好意思讓他吃一樓的大鍋飯。

買了一份芹菜炒雞絲，一份栗子燜肉，一份燙青菜，又買了兩杯可樂，花費不到七十塊。

顏曉晨把筷子遞給他，「希望你吃得慣。」

「我唸書時，也天天吃學校餐廳。」程致遠看著四周來來往往的學生，笑著說：「現在在外面吃飯的機會很多，可想吃一次學生餐，很難！」他夾了一筷栗子燜肉，吃完後，讚道：「國外的中餐都變了味，正經中餐館的紅燒肉也就這個水準。」

顏曉晨看他不像是客氣話，放下心來，卻越發不好意思。顏曉晨這人吃軟不吃硬，不怕別人對她壞，就怕別人對她好，玩文字糊弄人時，就是一副我是流氓我怕誰的心態，就算對方失望生氣，隨他去！反正她說的話都兌現了，你上當了是你笨！可這會兒程致遠談笑如常，很是照顧她的面子，顏曉晨反倒解釋起來，「我當時太想贏，耍了點花招。等我找到工作，再請你吃頓好的。」

「好！」程致遠答應得很乾脆俐落。

顏曉晨釋然了幾分，拿著可樂喝起來。

雖然二樓是小炒區，可畢竟是學校餐廳，絕不可能清幽安靜，四周一直人來人往，笑語喧譁。突然，顏曉晨聽到了熟悉的聲音，視線立即往旁邊掃去，一群人嘻嘻哈哈地走上樓來，幾個女生打扮得時尚漂亮，一下子吸引了不少人的目光。顏曉晨看到那個熟悉的身影，忙低下頭，專心吃飯。

一群人上了樓，各自分開，熟門熟路地去占位子買東西。一個男生攬著女伴去買飲料，走到一半，看到了顏曉晨，突然站住，刻意地高聲問：「沈侯，你喝什麼飲料？」

正站在窗口研究菜單的一個高個男生回頭，看到顏曉晨，似有些意外，視線在顏曉晨和程致遠身上逗留了幾秒，對問話的男生冷冷說：「趙宇桓，你沒病吧？」說完，就又去研究菜單了。

趙宇桓指指顏曉晨旁邊的空位，讓女伴去占。一會兒後，他端著飲料坐到顏曉晨旁邊的座位。

沈侯和其他人買好飯菜，也陸陸續續走過來坐下，一個男生特意跟顏曉晨打招呼，「顏曉晨，妳不介意我們坐這裡吧？」

「不介意。」顏曉晨笑了笑，繼續吃飯。

他們在旁邊說說笑笑，誰誰開了輛什麼車，哪個學校的校花被誰誰追到了。

沈侯翻翻揀揀地吃了一些，扔了筷子，拿著iphone手機玩遊戲。

趙宇桓湊過來問：「顏曉晨，不介紹一下妳對面的男士嗎？」

他看顏曉晨不搭理他，直接對程致遠說：「認識一下，我是顏曉晨的朋友，叫趙宇桓。」

「你好，我是程致遠。」

「看你的樣子，像是傳說中的事業成功人士，到學校來泡妹妹？」

程致遠顯然明白了趙宇桓是在找麻煩，不清楚他和顏曉晨的過節，沒有貿然開口，選擇了無視，繼續吃飯。

趙宇桓對旁邊的哥們兒陰陽怪氣地說：「我現在終於知道你們學校每天晚上停的那一排排豪華轎車都是什麼人開的了。」

大家都看著顏曉晨和程致遠笑。

趙宇桓怪模怪樣地嘆氣，「為了泡上妹妹，不但要有豪華轎車，還要能吃學校餐廳，這就叫能屈能伸的泡妞祕技啊！」

沈侯面無表情，埋著頭玩遊戲，其他人笑得前仰後合。

趙宇桓問：「程先生，你打過炮了嗎？」

也不知道程致遠有沒有聽懂，他平靜地看了趙宇桓一眼，依舊緘默。

顏曉晨卻火了，她笑咪咪地站起來，一邊喝著可樂，一邊走到趙宇桓面前，把剩下的半杯可樂澆到了趙宇桓頭上，微笑著說：「我一直都想這麼幹，謝謝你今天終於給了我機會！」

怪笑聲消失了，沈侯也終於抬起頭，看到趙宇桓的狼狽樣子，一瞬間，好似想笑，又立即忍住了，表情很是古怪。

趙宇桓愣了一瞬，摸了把臉才反應過來，猛地跳起來，「我×你媽！」想揍顏曉晨，程致遠一把拖開顏曉晨，沈侯拉住了趙宇桓。

趙宇桓一邊想掙脫沈侯，一邊指著顏曉晨破口大罵。

餐廳裡的學生們都不買飯了，全圍過來，八卦地看著他們，還有人唯恐天下不亂地嚷：「打架了！打架了！」

顏曉晨對程致遠說：「我們走！」

兩人匆匆走出食堂，發現天已經黑了。

顏曉晨心裡有些憋悶，埋著頭沉默地走路，程致遠也沒吭聲。

走了好一會兒，顏曉晨才想起他，「你吃飽了嗎？」

「飽了。」

顏曉晨抱歉地說：「你別客氣，如果沒有，學校外面有一家串燒店不錯，我帶你去嘗嘗。」

程致遠笑著說：「不是客氣，真吃飽了。」

「剛才的事，不好意思。」

「沒有關係。」

「學校裡不讓計程車進來，我送你到校門口。」

「我認得路，自己過去就行了。」

「沒事，我也想走一走。」

程致遠沒再拒絕，「趙宇桓真是妳朋友？」

「是我前男友的朋友。」

「妳的前男友……那個一直在玩遊戲的男生？」

「嗯，你怎麼猜出來的？」

「他看上去最不在意，可妳用可樂澆了趙宇桓後，他第一個跳出來，拉住了趙宇桓。他和趙宇桓中間還隔了兩個男生。」

顏曉晨嘴裡說：「他喜歡運動，反射神經比一般人快！」心裡的憋悶卻淡了許多。

程致遠不置可否地笑，一副見慣青春期孩子小心思的樣子，「你們為什麼鬧彆扭？」

顏曉晨不服氣地說：「第一，我們不是鬧彆扭，是分手了！第二，程先生，你也沒比我們大多少，不要一副老人家的樣子！」

「第一，我已年過三十，的確比你們大了不少！第二，顏小姐，我們商量件事，我直接叫妳顏曉晨，妳也直接叫我程致遠，好嗎？」

「好！」顏曉晨也實在受不了「顏小姐」這稱呼。

已經到了校門口，他站住，伸出手，「很高興認識妳，顏曉晨。」

顏曉晨常常聽到別人叫她的名字，可從他口中說出來，卻有一種難以言喻的凝重，讓她覺得怪怪的。顏曉晨伸出手，學著面試禮儀上說的，坦然注視對方，不輕不重地和他握了一下，「我也很高興認識你，程致遠。」

程致遠笑了，顏曉晨也忍不住笑起來。

程致遠說：「不用陪我等車了，妳先回去吧！」

顏曉晨想了想，程致遠是個大男人，現在才七點多，不會有安全疑慮，她也的確還有一堆事情要做，不再客氣，「那我先走了。」

「再見！」

＊　＊　＊

顏曉晨沒有回宿舍，去了英語角[5]，練習英語會語。

現在最吃香的就業單位不是大型國營企業就是政府機關，但顏曉晨在上海一無親朋，二無好友，實在不敢指望自己能進入這些香餑餑單位，只能把找工作的目標放在知名外商企業上。很多外企招聘時，會用英文面試，顏曉晨雖然考試成績不錯，口試卻一般，以前沒想過出國，一直不太重視，後來才反應過來，找工作也要英語會話流利。這才仗著成績好，趕緊找了個留學生，她輔導留學生中文，留學生陪

5 英語角：English corner，是一種為了提高英語口語能力的練習活動。

她練習英語。

顏曉晨練習到十點鐘，口乾舌燥地和留學生說了再見。

回到宿舍，三個室友一看到顏曉晨，如打了雞血一般激動，「聽說妳和沈侯出事了？」

看來有同學目睹了餐廳的鬧劇，顏曉晨笑著說：「都說現在能源缺乏，什麼時候科學家能研究出用八卦做動力，不要說地球的供電取暖，就是人類征服銀河系都指日可待了。」

魏彤說：「別轉移話題！」

劉欣暉好奇地問：「你們真打起來了？」

顏曉晨說：「不是我和沈侯，是我和他的一個朋友鬧了點小衝突。」她拿起盆子、毛巾和熱水瓶，準備去洗漱。

吳倩倩忙問：「然後呢？」

顏曉晨說：「我很快就走了，沒有然後。」她關上了廁所的門，卻不可能關上室友們的聲音。

同宿舍三年多，四個女孩雖然不能說相處得多麼親密無間，卻也算是親切友好，大概是體諒到曉晨畢竟是被甩掉的一方，雖然還在議論著沈侯，卻不再追問她了。

「沈侯竟然報考了雅思！」

「他要出國？難怪我們都壓力很大，他還那麼清閒。」

「他成績應該很差吧？能申請到學校嗎？」

「申請英國的學校唄！只要英語能過，交夠錢，英國的學校不難申請。」

「他英語成績好像不錯，我記得大二第二學期就過了六級。」

「他家很有錢吧？」

「去英國讀碩士幾十萬就夠了，不需要很有錢！沈侯家應該有點小錢，但肯定不算真有錢，我還撞見他在班尼路（Baleno）買衣服呢！他在外面的房子也是租的，咱們學院真有錢的應該是李成頌、羅潔，羅潔的爸媽可是直接給她在學校附近買了一間房子……」

顏曉晨打開水龍頭，嘩嘩的水聲終於將「沈侯」兩字擋在了她的耳朵外面。

商學院是學校的大學院，有六個系，每一屆學生有兩百多名，可從大一開始，每一次宿舍的臥談會，只要八卦男生，話題總會繞到沈侯身上，不僅是因為他長得高大英俊，還因為他和別的大一新生太不一樣。

他們學校也算是有點名氣的重點大學，商學院又是熱門學院，錄取分數很高，大家都是一路過五關斬六將殺出重圍才擠進來，每個人都是「好學生」。

剛上大一時，大家或多或少都保留著高中時代的習慣，對待學習很嚴肅認真，沈侯在一群「好學生」中間，顯得非常另類，竟然開學第一週就因為玩魔獸世界開始蹺課。當所有大一新生還像高中暗暗比較考試成績時，沈侯已經把大一過得像大四了，忙著四處吃喝玩樂。

隨著時間推移，無數曾經的資優生開始拿著剛剛及格的分數，很多人都在大學這個大染缸裡「腐化墮落」了，恐怕整個學院兩百多名學生，除了顏曉晨，每個人都逃過課，沈侯雖不再那麼惹眼，可他依舊是話題的中心。

等顏曉晨洗漱完，大家已經都安靜了，看書的看書，上網的上網。

顏曉晨爬上床，拉好布簾，有了一個小小的獨立空間，拿出手機準備充電，才看到好幾則未讀簡訊。一則陌生人，三則沈侯。

顏曉晨先看陌生簡訊，「很久沒在學校餐廳吃飯了，好像回到學生時代，真的很親切。謝謝！」是程致遠。

顏曉晨一直沒有存他的電話號碼，因為覺得兌現了「約定」後，不會再有交集，他只是個陌生人，他的名字、他的號碼、他的人，很快就會被遺忘。可現在，因為他一次又一次照顧了她可憐的尊嚴，連狡詐無賴的請客都變得很有意思，他變得不再那麼陌生，而且她說等找到工作後，再請他吃頓飯。也許他沒當真，也許當顏曉晨真邀請時，他壓根兒沒時間搭理她，可她一定會做到。

看看時間，簡訊是三個小時前發送的，反正也不知道說什麼，顏曉晨就懶得回了。

輸入他的名字，按了保存。霎時，所有陌生的簡訊都有了「程致遠」這個名字。很奇怪，只是一個簡單的改變，卻讓手機螢幕看上去舒服了許多。

顏曉晨打開了沈侯的簡訊，第一則簡訊是八點發的。

「妳在哪裡？我來找妳。」

八點半，第二則簡訊。

「妳是沒看到簡訊，還是不想回我的簡訊？不是說好了，分手後依舊是朋友嗎？妳要不想理我，說一聲！我保證徹底消失！」

九點二十五分，第三則簡訊。

「看到簡訊後，給我消息。」

顏曉晨立即回覆：「抱歉，剛看到簡訊。找我什麼事？」

不一會兒，沈侯的簡訊就到了：「沒事就不能找妳？」

「你不是說我很悶嗎？沒事找我，不是更悶？」
「女人真記仇！妳今天太衝動了吧？趙宇桓是嘴巴欠抽，可真鬧起來，妳能打得過他？」
「打不過也要打！就算輸了，他也會明白，我不是他戲耍的對象，下次見了我，肯定會收斂一點。」
「看不出來啊！妳竟然有這麼火爆的一面！我一直把妳當成吃素的，沒想到妳是偽裝成草食動物的肉食動物！」
顏曉晨忍不住笑起來，不知道回覆什麼，卻捨不得放下手機。
宿舍的燈熄了，她躺平，把手機調成震動，握在手中。
「妳晚上幹什麼呢？我發了三則簡訊都沒看到。」
「和留學生練英語，手機放在包包裡，沒聽到。」
「一整個晚上都在努力唸書？」
「先去英語角和別人隨便聊一會兒，後來輔導留學生一小時功課，他輔導我一小時英語。」
「妳有興趣出國？」
「為了找工作。」
「今天晚上和妳吃飯的男人是誰？」
顏曉晨拿著手機，不知道該怎麼回答，朋友？顯然算不上。陌生人？不太可能熟悉到一起吃晚飯。總不能說這頓晚飯價值一千塊錢吧？
沈侯的簡訊又到了，「不會是新男友吧？妳的速度可不要太嚇人！咱倆才剛分手！」
顏曉晨盯著最後一句話看了一會兒，心情竟然有點好，至少說明沈侯還沒新女友，「不是，就是隨便一起吃頓飯。」

「妳確定妳沒打錯字？我是妳男朋友時，想約妳看電影，也不能隨便吧？要不我們明天晚上也隨便一起出去玩玩？」

「我明天要打工。」

「和別人吃飯，就是隨便。和我看電影，不是要打工，就是要唸書。」

顏曉晨無奈地苦笑，這人說得苦大仇深，實際上只約過她兩次，一次她正好要打工，一次第二天做專案報告，他們專案小組已經定好了晚上做練習，「你已經和我分手了，隨便不隨便還重要嗎？」

好一會兒後，沈侯的簡訊又到了，「不重要了！不過，妳好歹給我留點面子，不要那麼快move on，在我沒有交新女朋友之前，妳也別交新男朋友，行嗎？」

顏曉晨像蝸牛一般慢慢地打了兩個字，「可以。」

沈侯沒有再回，顏曉晨卻一直沒有放下手機，就如她對他的感情，不管他知道不知道，在意不在意，她一直沒有放下過。

2 Chapter

愛情

愛情和火焰一樣，沒有不斷的運動就不能繼續存在，
一旦它停止希望和害怕，它的生命也就停止了。

——拉羅什福科6

早上，顏曉晨泡在資訊教室修改履歷。

下午，是最後一門全院必修課——經濟法。顏曉晨去上課時，發現階梯大教室裡的人格外多，一眼望去，只看見黑壓壓的人頭，看不到空位，她這才想起今天發期中考成績，難怪來上課的人這麼多。

顏曉晨正四處找座位，聽到了熟悉的聲音叫她。

「顏曉晨，這裡有空位！」沈侯站起來，衝她招手，示意她過去。

在同學們詭異的目光下，顏曉晨擠了過去，坐到沈侯旁邊，「你怎麼沒坐最後一排？」

「妳以為還是大一，大家都爭著搶著坐第一排？現在想坐最後一排得早點來！」

顏曉晨拿出課本，開始看書，沈侯拿著平板電腦在看財經新聞。

6弗朗索瓦・德・拉羅什福科（François VI, duc de La Rochefoucauld, 1613-1680）：出身巴黎貴族世家，德・拉羅什福科公爵封號承襲自父親。早年曾捲入政爭，晚年出入文藝沙龍，專心寫作。代表作《人性箴言》收錄五〇四則箴言。

顏曉晨和沈侯的手機幾乎同時響起，顏曉晨看手機，是老大魏彤的簡訊，「妳和沈侯和好了？」顏曉晨鬱悶地盯著螢幕。

沈侯湊過來，看了一眼顏曉晨的手機，嘿嘿地笑，把他的手機拿給她看，一連十幾則，有簡訊、有微信，都是問：「你和顏曉晨復合了？」

顏曉晨抬頭看了教室一圈，想不到在期中考試成績即將公布的陰影下，大家的八卦心依舊熊熊燃燒！

沈侯問顏曉晨：「妳打算怎麼回覆？」

「實話實說。」

顏曉晨敲了兩個字「沒有」，摁了傳送。

沈侯扯了扯嘴角，把他的手機扔給顏曉晨，「幫我一塊兒回覆了。」他埋頭繼續玩平板。

顏曉晨用的是一款諾基亞的舊手機，連微信7功能都沒有，沈侯用的是蘋果手機最新款。顏曉晨還記得第一次拿到沈侯的手機時，連怎麼接電話都不知道，還是沈侯手把手教會她如何用這種觸控式手機，現在她雖然會用了，可畢竟用得少，很多功能不熟，只能笨拙地一則則慢慢回覆。

沈侯抬頭瞅了她一眼，看她微皺著眉頭，一絲不苟地和手機搏鬥，忍不住唇角微翹，含著一絲笑繼續看財經新聞。

經濟法老師進來，看到教室裡滿滿的人，笑著說：「除了考試，這是人最齊的一次課。」

大家都笑了，老師說：「為了留住難得來的同學，先講一小時課，第二節課我會留半小時發考卷。」

同學們笑完了，都開始聽課。

第一節課上完，課間休息時，顏曉晨去洗手間，聽到幾個女生在議論她和沈侯。

「沈侯和顏曉晨又在一起了？」

「我問過了，沈侯說沒有。」

「他們可真夠奇怪的，談戀愛時像沒有關係，分手了反倒像談戀愛。」

「大概顏曉晨想找機會復合，讓沈侯幫她占座位，沈侯拉不下面子拒絕。」

「不可能吧？」

「怎麼不可能？顏曉晨看著很老實，實際私生活很亂，聽說她常常去外面和男人鬼混，是她死皮賴臉主動追沈侯的。」

顏曉晨拉開了廁所門，很淡定地從幾個女生身旁走過。她們沒想到八卦的對象就在裡面，尷尬地閉了嘴。全院兩百多人，除了全院必修課，很少有機會在一起，顏曉晨只是覺得她們眼熟，連她們的名字都不知道。

回到教室，沈侯已經在座位上，正和一個男同學聊天。這同學也是院裡的神人，經常缺課，和大家都不熟，顏曉晨敢保證他連她的名字都不知道，可據說已經在外面做專案，收入不菲。

顏曉晨默默坐下，腦子裡一直回想著剛才幾個女生說的話。說她私生活混亂，已經不是第一次聽到，自從她大二開始在酒吧打工，就有了這說法，最誇張的版本是說她在外面坐檯。不過，說她死皮賴臉地追沈侯，卻是第一次聽到，畢竟她和沈侯這個學期才在一起，在一起的時間總共還不到兩個月。

7 微信（WeChat）：是中國騰訊公司二〇一一年推出的一款支援S60v3、S60v5、S40、BlackBerry、Windows Phone、Android以及iphone平臺的即時通訊軟體。

老師開始講課，顏曉晨卻沒在聽課。

沈侯奇怪地看了她幾眼，終於忍不住問，「妳沒事吧？居然不聽課？」

她想說話，可看看周圍的同學，拿起了手機，準備發簡訊。

沈侯也有默契地拿起了手機。

顏曉晨問：「你覺得是不是我死皮賴臉地追你？」

沈侯滿臉的笑，「沒感受到，不過，的確是妳先表白，當然算是妳先追我！」

他把手機遞給顏曉晨，螢幕上，一則舊簡訊。

發信人：顏曉晨

發信時間：8月2日17：28

內容：我喜歡你。

顏曉晨十分吃驚，完全沒想到沈侯竟保存著這則簡訊，他在螢幕上滑了一下，示意她接著看。

發信人：顏曉晨

發信時間：8月2日17：53

內容：剛才的簡訊很抱歉！我只是想讓你知道而已，沒有其他想法，也不會再做任何事情，你無須回覆，可以當沒有收到。

顏曉晨苦笑，她清楚地記得那天她情緒壓抑，一時衝動發出了那則表白的簡訊，發出後，卻花了二十幾分鐘寫第二則道歉的簡訊。沈侯當時沒有給她任何回覆，而她也的確只是想讓他知道有個人喜歡他而已，沒有抱任何希望，也沒期望任何結果。對她而言，把話說出來，就如火山噴發一次，噴發完也就平靜了，依舊過自己的日子。

可沒有想到，一個月後的某個晚上，她從自習室出來，快要到宿舍時，沈侯突然出現在她面前，對她說：「做我的女朋友！」

猶如突然被五百萬砸中，第一反應不是高興，而是被砸懵了，懷疑是假的。顏曉晨愣愣地看著沈侯，遲遲不說話，讓沈侯很不耐煩，「到底同不同意？痛快一點！」

「好！」顏曉晨依舊分不清東南西北，卻立即答應了，就如被五百萬砸中的人，即使懵到完全不知道該如何應對飛來橫財，卻一定會先緊緊抓住。

兩個確認了戀愛關係的「親密戀人」，卻一點親密的姿態都沒有，更沒有喜悅的表情。沈侯沉默著，好像不知道該再說什麼，顏曉晨也沉默著，是真不知道該說什麼。

兩人面對面，呆呆地站了一會兒。

沈侯問：「妳還有什麼要說的嗎？」

「沒有。」

「那我走了！」

他瀟灑地走了，顏曉晨卻猶如做夢一般回了宿舍，她不知道他到底哪根神經搭錯了，但真的很開心，希望他多神經錯亂一段日子。

顏曉晨記得他們在一起的那一天是九月十六日，他提出分手是十月二十八日，期間她要打工唸書，他連假和父母去了趟國外旅遊，其實真正約會的日子很少。似乎還沒等顏曉晨進入狀態，沈侯就發現錯了，喊了停！

突然之間，顏曉晨心情很低落，把手機還給沈侯，開始認真聽課。

沈侯本以為顏曉晨看到自己以前發的簡訊會說點什麼，或者有點羞澀乃至悵惘的反應，但沒想到顏曉晨居然像一個機器人，霎時就把所有歸零，沒有任何情緒波動地聽課記筆記，他靜靜瞅了她一會兒，才繼續玩平板。

老師宣布完作業，結束了今天的課。

大學裡很保護個人隱私，不會公布分數，兩個助教叫著名字，走來走去，把試卷發到每個同學手裡。

顏曉晨考了九十六分，沈侯考了四十八分，他掃了一眼分數，笑起來，「妳的一半。」

顏曉晨不知道能說什麼，沉默地看著自己的試卷。

其實，沈侯對喜歡的科目學得挺好，比如線性代數、微積分，有七、八十分，在全院是中等成績，可他憎惡死記硬背，碰上經濟法這種全都要背的課，就會很慘。

因為人多，試卷發了二十多分鐘還沒發完，老師說：「看完試卷，覺得分數沒有問題的同學可以走了，臨走前把試卷交回來，倒扣著放到講臺上。對分數有疑問的同學可以私下來找我。」

同學們陸陸續續交卷，離開了。

沈侯一邊收拾東西，一邊問：「晚上要去打工？」

「嗯。」

「妳不是打算找工作嗎？在找到工作前最好少打點工！從現在開始，大公司會陸陸續續來學校徵人，很多面試是在晚上。」

顏曉晨倒真忽略了這一樁，只想著面試應該都是白天的工作時間，不會有影響，可忘記為了照顧同學們白天有課，不少大公司常在晚上舉行徵才活動。

沈侯看顏曉晨的表情，就知道她是真沒想到，便從包裡抽出一疊列印資料，遞給她。

顏曉晨粗粗掃了一眼，是即將到學校徵才的公司介紹，公司名稱、時間、面試地點都整理得一清二楚。這些資料，學校會在網上公告，各個院校也會通知畢業生，可都是零零散散，絕不會這麼齊全，還很容易就被其他訊息淹沒。

顏曉晨如獲至寶，忙笑道：「謝謝！謝謝！」

沈侯有點彆扭，「有什麼好謝的？又不是我整理的，是學生會的哥兒們弄的，我順手拿了一份。」

顏曉晨說：「還是要謝！沒你的面子，人家可捨不得把辛苦整理的資料給我！」

沈侯把自己的試卷扔給顏曉晨，「別廢話了！」

顏曉晨拿著兩人的試卷擠到講臺前把試卷交了。

出了教學大樓，沈侯問顏曉晨：「妳去哪裡自習？」

顏曉晨看了下時間，已經快五點，六點就要去上班了。以前她為了節省時間，會一邊看書，一邊隨便吃點麵包，可今天也不知道為什麼，突然問：「你有事嗎？沒有的話，一起去吃東西吧！」

「我和張佑安說好了一起吃晚飯。」

張佑安就是課間休息時，和沈侯聊天的神人。

顏曉晨笑了笑，「那我走了，回見！」

顏曉晨像往常一樣去了自習室，不過沒看書，拿出沈侯給她的資料，仔細研究了一番。

她一邊啃麵包，一邊把和她工作時間有衝突的公司都勾了出來。如果徵才方向和她的主修很吻合，就一定要想辦法調整上班時間，如果不太吻合，就先不去了，到時讓同學幫忙拿一份資料，按照流程投遞履歷就行了。

差十分鐘六點半時，顏曉晨趕到了藍月酒吧。

William和Mary好奇地問顏曉晨，「妳和海德希克一九〇七訂好吃飯的時間了嗎？」

所有人都豎著耳朵聽。

顏曉晨說：「已經吃過了。」

所有人都驚訝地看著顏曉晨，Apple想問什麼，顏曉晨趕忙說：「反正我說到做到了！別的事請去問海德希克，也算為大家製造了個說話機會。」

April和Yoyo眼睛一亮，都不再說話。Apple嘟囔，「誰知道人家還來不來？昨天晚上就沒來，也許已經被妳嚇跑了！」

不知道是不是被Apple的烏鴉嘴給說中，今天晚上海德希克一九〇七先生又沒出現。Yoyo倒是沒什麼，忙著應付別的男人搭訕，April卻明顯有點不高興，而Apple拐彎抹角，不停地諷刺顏曉晨。

顏曉晨知道她們不喜歡她，但她們不會發薪水給她，也不會幫她找工作，顏曉晨對她們的不滿，實在沒有精力關心，一律無視。

忙忙碌碌中，就到了週末。

程致遠再次出現在藍月酒吧，這次他是和朋友一起來的，因為來得早，店裡人還不多，Yoyo她們上前打招呼，程致遠也笑著問好，主動詢問：「Olivia今天上班嗎？」藍月酒吧為了留住常客，也為了避免侍者爭搶客人，有一條不成文的規矩，不是侍者挑顧客，而是顧客挑侍者。就如現在，程致遠主動提起顏曉晨，還能叫出她的名字，證明對她的印象很好，某種意義上，他就算是顏曉晨的客人。

Yoyo把程致遠領到九號桌，一邊點蠟燭，一邊說：「Olivia有上班。」卻沒有像往常一樣，緊接著體貼地問一句，「要叫她過來嗎？」而是直接把酒水單放在程致遠和另一位男士面前。

程致遠卻好像沒明白這中間的祕密，沒有打開酒水單，而是打量了一圈酒吧，笑著問：「怎麼沒見到她呢？」

Yoyo的笑容有點僵，「她正在忙，您想要喝點什麼呢？」

收銀的徐姐突然揚聲叫：「Olivia，客人找妳，手腳快點！」徐姐四十歲上下，掌握著酒吧的財務大權，是老闆的心腹，平時很少說話，由著年輕的侍者們鬧騰，可她一旦說話就代表老闆。徐姐看似責怪顏曉晨動作慢，耽誤了招呼客人，實際卻做了裁判，表明規矩就是規矩，任何人不能破壞，Yoyo強笑著說了句「Olivia馬上就來」，匆匆離開了。

顏曉晨忙把手中的杯子和碟子都放下，站起來，從角落裡走過去，恭敬地打招呼：「程先生，晚上好！想喝點什麼？」

程致遠揚眉睇了她一眼，似笑非笑地說：「我照舊，顏小姐。」

顏曉晨心裡罵真小氣，嘴裡卻很禮貌地問：「黑牌，加冰？」
「對。」
顏曉晨看另一個男子，「請問先生要喝點什麼？」
他翻著酒單，對程致遠說：「不如來一瓶藍牌吧！」
顏曉晨眼睛一亮，藍月酒吧是中等酒吧，藍牌[8]就是最貴的酒之一了，如果能賣出一整瓶，又能讓客人申請會員，肯定有獎金拿。
程致遠說：「你這段時間不是在做個大案子嗎？」
「喝不完就存著唄，反正你應該經常來。」
顏曉晨忙說：「存酒很方便，只需填寫一張簡單的會員表，一分鐘就可以了，會員還經常有折扣和小禮物。」
程致遠對顏曉晨說：「那就要一瓶藍牌。」
顏曉晨喜孜孜地寫下單子，跑到吧檯，把單子遞給徐姐，「給我一張會員表。」
徐姐一邊笑咪咪地打單，一邊問：「妳有男朋友嗎？」
顏曉晨被問得莫名其妙，「沒有！」
徐姐把會員表遞給她，「妳還小，別著急，慢慢挑，一定看仔細了，可要是真不錯，也千萬別放過！等妳到我這個年紀，就知道遇到一個好男人有多難了！」徐姐視線掃過程致遠，「我看這人不錯。」
顏曉晨終於明白徐姐想到哪裡去了，鬱悶地說：「您想多了！可不是衝著我，酒是他朋友要求點的。」
徐姐笑著說：「時間會證明一切，我這雙眼睛男人見多了，不會看錯。」

那您還單身一人？顏曉晨不以為然地做了個鬼臉，去吧檯等酒。William取好了酒，她按照慣例，先把整瓶酒拿去給客人看，等他們看完，再開瓶。

等酒時，程致遠很配合地填寫會員表，獲得一個印著藍月亮標記的會員卡。

他們喝酒時，顏曉晨忙著招呼其他客人，並沒太關注他們，Apple卻藉著送水，去找程致遠打聽顏曉晨究竟在哪裡請他吃飯，也不知道他們說了什麼，反正程致遠沒拆她的臺，從那之後，Apple她們再沒用此事擠兌她。

程致遠和朋友坐了一個多小時，喝了小半瓶酒。

離開時，程致遠給顏曉晨二十塊錢小費，他朋友卻給了五十塊。

顏曉晨心花怒放，特意跑到徐姐面前轉了一圈，把兩筆小費給她看，「看到了嗎？他朋友給了五十塊，比他多！就說您想多了，您還不信！」

徐姐正忙著，笑著揮揮手，「別著急，慢慢看。」

顏曉晨摸著口袋裡的錢，樂孜孜地盤算著，如果這個週末進帳好，下週就可以去買面試的衣服了，而Yoyo和Apple卻真生氣，冷著臉，一句話都不和她說。

顏曉晨雖然很摳門貪財，但所得都正大光明，對她們並無愧疚，只能隨她們去，安慰自己，等找到工作，這樣的日子就會結束了。

8藍牌：是JOHNNIE WALKER蘇格蘭威士忌系列的最頂級酒品。大陸簡稱為「藍方」。

＊ ＊ ＊

好像突然之間，校園裡就到處都是各大公司徵才的宣傳海報。

顏曉晨和宿舍姐妹一起去了聯合利華的徵才活動，場面可以用「人山人海」來形容，人一直擠到外面走廊上。一場說明會聽下來，明明已經初冬，她們卻都出了一身汗。去的路上，四個人說說笑笑，回來的路上，四個人都有點沉默。之前，只是對未來很茫然，這一刻，卻切切實實全轉化成了壓力。

魏彤問：「我們學校的就業率究竟怎麼樣？希望是百分之百。」

吳倩倩說：「只是要找一份工作應該不難，但月薪一、兩萬是工作，月薪一、兩千也是工作，我聽一個老鄉說，如果月薪低於六千，會過得非常辛苦，她大姨媽來時肚子疼得要死都捨不得叫車，至於買房子，想都別想！」

大家默默無語，吳倩倩突然說：「我想嫁個有錢人！」

魏彤說：「我想嫁王子！禿頭的王子我也不嫌棄了。」

這句話有個宿舍典故，英國的威廉王子大婚時，媒體的報導鋪天蓋地，劉欣暉對吳倩倩感慨：「對所有的灰姑娘而言，世界上又少了一個真正的王子！」魏彤不屑地說：「禿頭的王子，送給我也不要！」

今昔對比，劉欣暉誇張地抱住魏彤，擦擦眼角根本沒有的淚水，悲痛地說：「老大，我對妳太失望了，妳居然對殘酷的現實低下了妳高貴的頭顱！」

四個人都忍不住哈哈大笑起來，氣氛終於輕鬆了。

顏曉晨問：「我打算這週去買面試穿的衣服，有人一起去嗎？」
劉欣暉驚詫地說：「妳怎麼現在才買？我暑假的時候，媽媽就陪我買好了，妳媽沒幫妳買？」
吳倩倩說：「『十一』9，正好有打折，我去逛商場時，已經順便買了。」
魏彤說：「我表姐送了我兩套她穿不下的正裝，暫時就不用買了。」
「哦，那我自己去吧！」大學三年，顏曉晨花了太多時間在打工，每一塊錢都要算計著花，但凡花錢的活動都盡量找藉口不參加，可同學間只要出去玩，哪裡能不花錢？剛開始，還有人時不時叫她，時間長了，同學們有了各自的朋友圈，即使有什麼活動，也不會有人想找她。顏曉晨變成班上的隱形人，大家對她印象模糊，她對大家也不熟悉，唯一熟悉一點的就是同宿舍住了三年多的室友，但也都保持著距離，逛街吃飯這種活動絕不會找她。

❀ ❀ ❀

在上海這個大都市生活了三年多，可顏曉晨還從沒有去過百貨公司買衣服，又是人生中第一次買正裝，她想在預算之內盡量買一件品質好的，卻完全沒有頭緒該去哪裡。
正在網上查找哪個百貨好，手機震動了幾下。
是沈侯的簡訊，「在幹麼呢？」
「資訊教室，你呢？」

9十一：每年十月一日至七日是大陸國慶日假期，又稱十一長假。

「我的經濟法作業沒時間做了，妳幫我做一份？」
「好。」
「謝了，回頭請妳吃飯。」
顏曉晨想了想，「能提別的要求嗎？」
「說！」
「我想去買一套面試的衣服，你能陪我去嗎？」
「好啊！什麼時候？別週末去，週末人多。」
「明天咱倆都沒課，明天可以嗎？」
「可以。」
「我的預算最多是五百，要便宜點的地方。」
「妳整天忙著賺錢，錢都到哪裡去了？」
顏曉晨不知道該怎麼回答，怔怔地看著手機螢幕，遲遲沒有回覆沈侯。
一會兒後，又一則沈侯的簡訊，「妳家裡有什麼困難嗎？」
顏曉晨立即回覆：「沒有。」
「算了，我不問了。明天十點我來找妳。」

❋　❋　❋

早上，九點四十五分時，顏曉晨給沈侯發簡訊，「你在哪裡？我去找你？」

沈侯直接給她打了電話，「我在路上，有點堵車。」

「你不在學校？」

「我這幾天住在外面。再過半小時，妳到南門外等我。」

顏曉晨又做了一會兒作業，看時間差不多時，離開了宿舍。

到了南門外，四處掃了一圈，沒見到沈侯。正在發簡訊給他，一輛車停到了顏曉晨面前，車窗滑下，沈侯坐在駕駛座上，對她招手，「上車。」

顏曉晨呆看著他。

他探身過來，把太陽眼鏡拉下一點，睇著顏曉晨，「怎麼？還要我下車，提供開車門的紳士服務？」

「不是。」顏曉晨慌慌張張地上了車，「我以為坐公車，你哪裡來的車？」她和沈侯是一個省的老鄉，都不是本地人，不可能開家裡的車。

沈侯一邊打方向盤倒車，一邊說：「和朋友借的。」

顏曉晨看著車窗外的人，輕聲說：「說不定明天就會有同學說顏曉晨傍大款[10]。」

沈侯嗤笑，「管他們說什麼呢！」

他的態度，突然讓顏曉晨有了勇氣，問出一句早就想問的話，「那些話，你都沒當真吧？」

「同學背後議論妳的話？」

「嗯。」

10傍大款：大陸常用語，指為了金錢物質，結交有錢人。

「我自己長了眼睛，幹麼要信別人的話？」

「你的意思是相信自己看到的？你眼裡的我是什麼樣？」

「好學生唄！」

顏曉晨有些失望，可又不知道自己期望聽到什麼。

沈侯問：「妳眼裡的我是什麼樣？」

「我說不清楚。」

「說不清楚妳還說愛我？妳究竟懂不懂什麼叫愛？」

顏曉晨又羞又窘，只覺臉滾燙，雖然她已向他表白過，可那是透過簡訊，面對的是螢幕，不是真人！

沈侯看了顏曉晨一眼，似乎沒想到他們這把年紀，還有人能羞到連耳朵都發紅，而且這個人還是幾乎像機器人一樣沒有什麼情緒波動的顏曉晨。他愣了一下，咧著嘴，暢快地笑起來，十分開心地繼續追問，「妳愛我什麼？」

顏曉晨簡直想找個袋子把自己罩起來，「你能不能別一直提那句話？」

「不能！趕緊回答我，妳愛我什麼？」

顏曉晨支支吾吾地說：「我真的說不清楚，反正就是很好，你說話做事，都很好！」

沈侯有點臉熱心跳，姿態卻依舊是大大咧咧的，口氣也依舊痞痞的，「那妳到底什麼時候愛上我？什麼時候覺得我很好的？」

顏曉晨愣了一愣，似乎想起什麼，臉上的紅潮漸漸褪去，她緊抿著唇，扭過頭，默默看著窗外的車水馬龍。

沈侯察覺到顏曉晨的變化，笑容也消失了，尖銳地問：「妳口中的愛，除了妳自己都說不清楚的

『很好』，還有什麼？」

顏曉晨盯著川流不息的車輛，慢慢地說：「我不知道，我只能在能力範圍內對你盡量好。」

剩下的路程裡，沈侯沒有再和顏曉晨說話，一直默默地開著車。

到了百貨公司，沈侯直接領著顏曉晨去女裝樓層看職業套裝，顏曉晨像劉姥姥進大觀園，有些眼花撩亂，不知從何下手。

沈侯問：「妳有偏好的品牌嗎？沒有的話，我就幫妳選了。」

聽到他會幫她做決定，顏曉晨如釋重負，「沒有，你幫我看吧！」

因為是上班日的早上，百貨裡的人很少，兩人逛進一家店，兩個櫃姐立即熱情地迎上來問好，招呼他們隨便看。

沈侯挑了一套衣服，讓顏曉晨去試。顏曉晨裝著看款式，瞄了一眼標價，要九百九十九元，她悄悄對沈侯說：「不行，價格嚴重超支！」

櫃姐走過來，笑容可掬地說：「如果喜歡，就試試，我們全場五折，部分過季商品還有特價，最低折扣是兩折。」

顏曉晨一聽，立即放心了，客氣地說：「我想試一下這套。」

櫃姐幫她配了一件白襯衫，領著她去試衣間。

顏曉晨穿好後，走了出去，很標準的職業正裝，不透不露，可面對著沈侯，不知為何，就是覺得有些羞澀，都不敢直視沈侯的眼睛，直接走到鏡子面前。

櫃姐走過來幫她整理衣服，誇讚說：「很好看，褲長也剛好。」

腰部的剪裁做得很好，顯得整個人精神奕奕，顏曉晨也覺得好，問沈侯：「你覺得怎麼樣？」

他上下打量一番，未置可否，又遞給她兩套衣服，「去試試這兩套。」

顏曉晨正在試衣服，一個二十五、六歲的長髮女子走進來，看了她幾眼，拿了一套顏曉晨試穿的衣服，翻看標價。一個櫃姐在接電話，另一個櫃姐正低著頭幫顏曉晨整理褲腳，都沒顧上招呼她，顏曉晨笑著說：「全場五折。」

長髮女子一下子笑了，「真的？」

顏曉晨指指櫃姐，櫃姐站了起來，好像有些頭暈，一時間沒說話，表情呆滯，傻傻地站著。

沈侯咳嗽了一聲，櫃姐忙說：「對，全場五折。」

長髮女子立即去挑衣服，一邊拿衣服，一邊拿出手機打電話給朋友，「妳上次看中的衣服打折了！全場五折，妳快點來……什麼？怎麼不可能打折？我就在店裡……就現在，在店裡！對了！對了！妳趕緊發個群組訊息，通知大家一聲，讓她們都趕快來！」

櫃姐的臉色很難看，顏曉晨問：「妳沒事吧？」

櫃姐勉強地笑著，「沒事，有些貧血，頭有點暈。小姐喜歡哪套？」

總共試穿四套，顏曉晨最喜歡第三套，且正好是特價品，打四折，她對沈侯說：「就這套？」

沈侯說：「可以。」

結帳時，顏曉晨把襯衫還給她們，「襯衫不要。」

櫃姐剛把襯衫放到後臺，掛在胸前的手機響了下，她拿起手機看了一眼簡訊，笑著回過頭，對顏曉晨說：「這件襯衫妳穿著很好看，真的不要嗎？是特價品，打兩折哦！」她打計算機，「打完折是三十九塊錢。」

顏曉晨有些糾結，超支三十塊，可今天借沈侯的光，省下搭公車和地鐵的錢，她問沈侯，「你覺得呢？要買嗎？」

沈侯低著頭在玩手機，無所謂地說：「我又不是妳的衣櫃！妳自己看著辦！」

櫃姐遊說顏曉晨，「這件襯衫單穿也很好看，價格很划算，小姐買了吧。」

顏曉晨一想，也對啊，忙說：「我要了！」

長髮女子抱著衣服從試衣間出來，興高采烈地對顏曉晨說：「價格這麼實惠，怎麼不多買幾套？」

顏曉晨說：「目前只需要一套。」

付完帳後，櫃姐把包好的衣服遞給顏曉晨，顏曉晨提著紙袋和沈侯出門時，長髮女子的三個朋友匆匆趕來，櫃姐口裡說著「歡迎光臨」，可顏曉晨總覺得她的表情很古怪，像是馬上要哭出來的樣子。

沈侯問顏曉晨：「妳還要逛一下嗎？」

「不用了。」

他取了車，送顏曉晨回學校。

顏曉晨說：「今天真謝謝你。」

沈侯正要說話，手機響了，他看了一眼，沒有接，可手機不停地響著，他接了電話，卻不說話，一直「嗯嗯」地聽著，到後來，不耐煩地說：「行了行了！不管虧多少錢，都算在我頭上！」

沈侯掛了電話，對顏曉晨說：「兩個哥兒們有金錢糾紛，我也被拖進去了。」

「嚴重嗎？」
沈侯笑著搖搖頭，「沒事，就是讓外人占了點便宜而已！」
顏曉晨看他表情很輕鬆，就沒再多問。
回到學校，已經一點多，學校餐廳只剩殘羹冷飯。
宿舍正好沒有人，只要找個藉口跟阿姨說一聲，男生可以在白天來女生宿舍。
顏曉晨領著沈侯進了宿舍，「我煮麵給你吃吧！」
「好。」
魏彤有個小電磁爐，宿舍的人經常用它煮麵，現在天氣涼，陽臺上還剩幾個雞蛋，一把青菜。
顏曉晨下了麵，打一個蛋，再放一些青菜，一碗有葷有素的湯麵就熱乎乎地出爐了。
沈侯嘗了一口，「不錯！妳們女生可真費工，我們男生就用開水泡一泡。」
因為鍋很小，一次只夠煮一包麵，顏曉晨開始給自己下麵，沈侯一直等著。
顏曉晨說：「你怎麼不吃？泡麵涼了就不好吃了！」
「等妳一塊兒吃。」
只是一句很普通的話，顏曉晨卻覺得心好像被什麼東西撓了一下，手失了準頭，蛋敲了幾下都沒破。
沈侯嘿嘿地笑，「妳又臉紅了！做了三年同學，我第一次發現原來妳很容易臉紅。」
顏曉晨自嘲，「我自己也是今天剛發現。」
兩人坐在凳子上，盯著小電磁爐，等著麵熟。空氣中瀰漫著泡麵的味道，竟然有一種家的溫馨感。
顏曉晨有些恍惚，多久沒有這種感覺了？仔細算去，不過三年多，可也許痛苦時，時間會變得格外慢，她竟然覺得已經很久，像是上輩子的事。

「麵熟了。」沈侯提醒顏曉晨。

顏曉晨忙關了電源，笑著說：「好了，開動！」

吃完麵，顏曉晨去洗碗，沈侯站在她桌子前，瀏覽她的書架。

顏曉晨切了點蘋果和香蕉，放在便當蓋上，端給他。

沈侯隨手翻看著弗里茲．李曼的《恐懼的原型》[11]，「妳還看心理學的書？」

「隨便看著玩。」

他把書塞回書架，「這書真能教會人面對恐懼？」

「不能。」

沈侯吃了幾塊香蕉，突然問：「妳的恐懼是什麼？」

顏曉晨愣了一下，才反應過來他剛才的問題其實設了個陷阱，如果自己沒有恐懼，又怎麼可能知道書籍並不能解決問題？

顏曉晨笑著說：「好！經濟法的教授如果有機會和你談商業合約，肯定給你九十分！」

沈侯看她迴避了問題，也沒再逼問，笑著說：「可惜他不是妳，不能慧眼識英才！」

顏曉晨問：「聽說你要考雅思？打算出國？」

11《恐懼的原型》：臺灣商務二〇〇三年出版，為一德國心理學家弗里茲．李曼（Fritz Riemann, 1902-1979）所著，為德文心理學論著中的經典之作。

「怎麼？捨不得我走？」

「不是。就是突然想起來了，問問你畢業後的打算。」

沈侯盯著她，「妳認真的？我出不出國，妳都沒感覺？」

「每個人都有自己的人生路。」即使沈侯不出國，顏曉晨也不奢望會和他在一起，所以，只要是他選擇的路，她都會衷心祝福。

沈侯低下頭，吃了幾塊水果，淡淡地說：「我媽心氣高，非要逼得我給她做面子，我懶得看她哭哭啼啼，就先報個名，哄哄她。」他回頭看了一眼，見宿舍的門鎖著，笑著說：「妳很清楚，我對唸書沒有太多熱情，這四年大學我可是靠著妳讀完的。」

那是大一，顏曉晨剛到這個城市，人生地不熟，只知道做家教賺點生活費，後來急需一筆錢，她賣了一次血，可依舊差三千多塊。那時候，沈侯正沉迷魔獸世界，懶得做作業、寫論文。一個急需人幫忙，一個急需錢，機緣巧合下，顏曉晨和沈侯談成了交易，她幫他做作業、寫論文，一個學期四千塊錢。

沈侯知道顏曉晨要價偏高，要求預付三千五也很離譜，但他看著這個寡言少語的同學，竟然鬼使神差地答應了，不但答應，還主動預付四千。他對顏曉晨吊兒郎當地說：「反正要預付，不差那五百，免得我惦記。」他數了四千塊錢給她，她卻臉漲得通紅，沒有伸手接。他裝沒看見，把錢塞到她手裡，故意調侃地說：「妳叫顏曉晨，是吧？金融系的第一名，我算賺了！」

顏曉晨和沈侯雖然在一個學院，可是主修不同，顏曉晨是游離在班級之外的人，沈侯也是游離在班級之外的人，兩人完全無交集，就算有學院必修課，可全院兩百多人，混到大學畢業，仍會有很多人叫不出名字。本來，他們的生活應該是兩條平行線，可就是因為代寫作業和論文，顏曉晨進入了沈侯的視線。從那之後，沈侯不想做的作業，要完成的論文，期末考試前影印筆記、勾重點……沈侯都會找顏曉晨，顏曉晨從來不拒絕，但只第一次收了他四千塊錢，之後，無論如何她都不收錢。因為顏曉晨不肯收錢，沈侯也不好意思總找她代寫，只能變得勤快點，借了作業來抄，一來二去，有意無意地，變成顏曉晨幫他輔導功課，沈侯也漸漸地不再玩遊戲。

沈侯瞅著顏曉晨，「妳那次可是獅子大開口要了我不少錢！妳說，當年我要和妳這麼熟，妳會不會免費啊？」

顏曉晨淡笑著搖搖頭，那筆錢真是急需的救命錢。

他拿起書敲了一下顏曉晨的頭，「妳這人真沒勁！連點甜言蜜語都不會說！」

顏曉晨揉了揉並未被打疼的頭，不解地問：「你媽媽那麼希望你出國唸書，為什麼不索性高中一畢業就送你出去呢？」

沈侯沒有避諱地說：「兩個原因。我媽就我一個孩子，她生我時是高齡產婦，吃了不少苦，對我很緊張，捨不得把剛滿十九歲的我放出去。還有個重要原因，我高三時喜歡玩遊戲，過度沉迷，新聞上總報導孩子太小送出國就學壞，我媽怕我性子未定，也學壞了，不敢把我送出去。」說著，沈侯的手機突然響了，他接完電話後說：「我要走了。」

顏曉晨送他到樓下，「今天真的很謝謝你。」

「好了！妳這話說了幾遍？妳不累，我還累！」他不耐煩地揮揮手，大步流星地離開了。

顏曉晨回到宿舍，坐在他剛才坐過的椅子上，拿著他剛才用過的叉子，覺得絲絲縷縷的甜蜜縈繞在心間，可下一瞬，想到他如果出國了，她就沒了這種偶爾得來的甜蜜，再想到畢業後，他會漸漸走出她的世界，再無交集，絲絲縷縷的甜蜜都變成了苦澀。

顏曉晨輕嘆口氣，理智雖然都明白，情緒卻是另外一種不可控制的東西。

Chapter 3

年輕的心

我們的心憧憬著未來，現實總是令人悲哀，
一切都是暫時的，轉瞬即逝。

——普希金[12]

隨著參加過一次又一次的徵才活動，投遞出一份又一份履歷，有的同學得到面試機會，有的同學沒有得到。

找工作不像唸書，唸書的付出和收穫都看得清清楚楚、明明白白，贏者是努力勤奮所得、理所應當；輸者是不夠勤奮，不能怨天尤人。找工作卻讓人看不清楚，明明成績很好的同學竟然會第一輪筆試就失敗，明明成績一般的同學卻在面試中大放光采。

同一個專業，找工作的方向完全相同，每一次投遞履歷都是一輪競爭。剛開始，大家還沒什麼感覺，沒有顧忌地交流著如何製作履歷，如何回答面試問題，可隨著一次次的輸和贏，大家逐漸意識到他們不僅僅是同學，還是競爭者，不知不覺中，每個宿舍的氣氛都變得有一點古怪。大家依舊會嘻嘻哈哈地抱怨找工作很煩，卻都開始迴避談論具體的細節，比如面試時究竟問了哪些問題，他們的回答是什麼。

顏曉晨在兩個外商企業的第一輪面試中失敗了，她自己分析原因，和英語有很大的關係，因為表達上不夠自信，導致給人的第一印象不好。但經過幾輪面試，積累了一些經驗，她開始明白其實面試的問題都有套模式，尤其第一輪，可以更有目的性地準備。

顏曉晨和她幫助輔導功課的留學生商量好，不再泛泛地練習對話，而是做一些面試練習，本來留學生已經答應，可又突然反悔了，甚至取消他們互相輔導功課的約定。剛開始，顏曉晨以為她哪裡做得不好，找他溝通，他卻言辭含糊，後來才發現他被院裡的另一個女生搶走了，兩人說話時，肢體間透著說不清道不明的曖昧。顏曉晨知道，事情已經無關能力，她成績再好也搶不過，只能發了一封電子郵件給他，謝謝他這一個多月的幫助，並祝他在中國學習愉快。

學校的留學生不少，可從英美這些英語國家來的留學生並不多，現在學期已經快結束，顏曉晨不可能再找到留學生幫忙，只能自己練習，效果差了很多，她鼓勵自己，熟能生巧、勤能補拙！

為了找工作，顏曉晨不得不把打工的時間改成三天。酒吧裡來往的老外不少，但這些老外大部分是附近學校的外語老師，人家靠教英語賺錢，不可能指望和他們練習對話，而且他們或多或少會講一點中文，點單時，還會特意說中文，練習對話。但顏曉晨不管了，逮到一個機會是一個，反正碰到老外就說英文，即使翻來覆去不過是些酒水名字，好歹可以練習一下語感。

程致遠來酒吧時，顏曉晨剛招呼完一桌老外客人，又練習了一下午英語會話，腦子裡轉來轉去還都是英語，對著他也說了英文，「Sir, what can I do for you ?」

12亞歷山大．謝爾蓋耶維奇．普希金（Aleksandr Sergeyevich Pushkin,1799-1837）：生於莫斯科，俄國文學始祖。他的詩歌、小說、戲劇、童話創作從百姓生活中取材，是十九世紀俄國浪漫主義文學代表，也是現實主義文學的奠基人。他去世時，報紙刊載：「俄羅斯詩歌的太陽殞落了！」

他笑著也回了英文，「Sure, I just want to have some drink.」

顏曉晨才反應過來，抱歉地說：「不好意思，昏頭了。」

程致遠問：「妳最近是在練習英語會話嗎？」

顏曉晨很詫異，「你怎麼知道？」

「很多年前，我剛去美國唸書時，也曾這樣過，抓住每個機會，和外國人說英語。」

顏曉晨笑起來，「我是為了找工作。真討厭，明明在中國的土地上，面試主管也是中國人，卻要用英文面試！」

程致遠仔細看了她一眼，關切地問：「怎麼？找工作不順利？」他每週都來酒吧，有時一個人，有時和朋友一起，每次都是顏曉晨招呼，他一直溫文有禮，從沒有逾矩的言行，一個多月相處下來，顏曉晨和他雖然不能說很熟，可也算能聊幾句的朋友。

「我拿到了幾個大公司的面試，不能算不順利，但也不能算順利，聽說最後一輪面試會見到一些老外高級主管，我口語對話不流暢，怕是因為這個原因最後被拒。」這段時間，宿舍的氣氛很微妙，很多話都不能說。說不行，會覺得妳在裝，說行，會覺得妳炫耀。程致遠離顏曉晨的生活很遠，反倒可以放心訴一下苦。

程致遠說：「我這段時間不忙，妳要願意，我可以幫妳。」

「你幫我？」顏曉晨不解地看著程致遠。

「我在國外唸書工作了很多年，英文還算過得去，何況我的公司徵過人，我也算是有經驗的面試主管。」他笑看著顏曉晨，「有沒有興趣接受一下挑戰？」

顏曉晨突然想起，好像是Apple還是Yoyo說過他從事金融工作，和顏曉晨算是同行，一個「有」字已經到了嘴邊，卻仍克制住了，「我先去幫你拿酒。」

給他拿了酒，顏曉晨忙著去招呼別的客人，沒時間再繼續這個話題。

顏曉晨一邊做著手上的工作，一邊心裡糾結。程致遠的提議非常誘人，他做為金融圈的前輩，而且看得出來，事業做得很成功，有機會接近他，和他交流，本就是很好的學習機會，提高口語能力不過是附帶的好處。可是無功不受祿，她拿什麼去回報呢？

掙扎好一會兒，顏曉晨忍痛做了決定，還是靠自己吧！

她拿著水壺，走過去給他加檸檬水，想告訴他「謝謝你的好意，但不麻煩了」。給水杯加滿水，她笑了笑，剛要開口，程致遠的手機突然響了。他做了個手勢，示意她稍等一下。

第一句「你好」，程致遠用的是普通話，但之後的對話，程致遠用的是家鄉方言，在外人耳朵裡，完全是不知所云的鳥語，可顏曉晨只覺親切悅耳，驚喜地想，難怪她和程致遠有眼緣呢，原來是老鄉！

程致遠掛了電話，抱歉地說：「不好意思，剛才妳想說……」

顏曉晨忘記了本來想說的話，忍不住用家鄉話說，「原來我們是老鄉呀！」

程致遠滿面驚訝，指指顏曉晨，笑起來，「真沒想到，我們竟然是老鄉。」

兩人不約而同地問：「你家在哪裡？」問完，又都笑起來。

就像對暗號一樣，他們用家鄉話迅速地交換著情報，發現兩人同市不同縣，程致遠知道顏曉晨的初中學校，如果不是因為初中時父母搬家了，他也會進那所初中，顏曉晨知道他的小學學校，她高一時的同桌就是那個學校畢業的。

因為別桌的客人招手叫侍者，顏曉晨顧不上再和程致遠聊天，匆匆走了。可因為偶然發現的這件事，讓顏曉晨覺得，她和程致遠的距離一下子真正拉近了。幾分鐘之前，程致遠和其他客人一樣，都是這個大都市的浮萍，漂在上海的霓虹燈下蠅營狗苟、紙醉金迷，可幾分鐘之後，他的身後蔓延出了根鬚，變成一株很實在的樹，而且這株樹的根鬚是她熟悉瞭解的，她小學時還去過他的學校參加風箏比賽，教過他的班主任老師已經是校長，在風箏比賽後致詞頒獎。

像往常一樣，程致遠在酒吧坐了一個小時左右。

離開時，他打趣地問顏曉晨：「小老鄉，想好了嗎？我之前的提議。」

也許因為他的稱呼和笑容，顏曉晨竟然很難說出拒絕的話，猶豫著沒有回答。

程致遠問：「我的提議讓妳很難決定嗎？」

顏曉晨老實地說：「機會很好，但是，感覺太麻煩你了！」

程致遠用家鄉話說：「朋友之間互相幫點小忙很平常，何況我們不只是朋友，還是同在異鄉的老鄉。妳考慮一下，如果願意，給我電話，我們可以先試一次，妳覺得有收穫，我們再繼續。」說完，他就離開了。

顏曉晨糾結到下班時，做了決定。

怕時間太晚，她不好意思打電話給程致遠，先發了則簡訊，「休息了嗎？」

沒一會兒，顏曉晨的手機響了。

「顏曉晨？」隔著手機，他的聲音都似乎帶著笑意，讓人一聽到就放鬆下來。

「是我。」

「做好決定了嗎？」

「嗯，要麻煩你了！」

「真的不麻煩，妳一般什麼時間方便？」

「時間你定吧，我是學生，時間比你自由。」

「明天是週日，妳應該沒課，可以嗎？」

顏曉晨立即答應了，「明天可以。」

「現在天氣冷，室外不適合。我們是有針對性地練習面試英語，在公眾場合妳肯定放不開，不如來我辦公室，可以嗎？」

「好。」

「那就這麼定了，明天見。」

「再見！」

掛了電話，顏曉晨才想起來還不知道他的辦公室在哪裡，想起他曾給過她一張名片，急急去找，可當時被她隨手裝到包包裡，早不知道丟到哪裡去了。

顏曉晨鬱悶得直拍腦袋，不得不厚著臉皮發簡訊給他，「麻煩給我你辦公室的地址，謝謝了！」心裡祈求他已經忘記給過她一張名片。

電話又響了，顏曉晨忙接起，很是心虛地說：「不好意思。」

程致遠笑著說：「是我疏忽了，明天早上我來接妳。」

顏曉晨忙說：「不用，不用，我自己坐車去，你給我地址就行了。」

程致遠也沒再客氣，「那好，我把地址發給妳。」

過了一會兒，收到簡訊，公司地址簡單明瞭。

顏曉晨上網查好如何坐車，準備好各種資料，安心地睡覺了。

第二天一早，顏曉晨坐車趕去程致遠的公司。

一般金融公司都在浦東金融區，可程致遠的公司卻不在金融區，距離顏曉晨的學校不遠，換一班公車就到了。

下車後，顏曉晨一邊問路，一邊找，走了十來分鐘，找到程致遠的公司，是一棟四層高的小樓，建築風格有點歐式，樓頂還有個小花園。

程致遠的簡訊上沒有樓層和房間號碼，顏曉晨摸不清該怎麼辦，便打電話給程致遠。

「我到了，就在樓下，你在幾樓？」

「我馬上下來。」

一小會兒後，他出來了。天氣已經挺冷，但大概趕著下來，他沒穿外套，只穿著一件襯衫，顏曉晨怕他凍著，趕緊跑了過去。

他領著顏曉晨進門，一樓沒有開燈，空曠的大廳顯得有些陰暗，厚厚的地毯吸去他們的足音，感覺整棟大樓就他們兩個人，顏曉晨突然有點緊張。

進了電梯，程致遠笑問：「孤身一人到完全陌生的地方，怕不怕我是壞人呢？」

被他點破心事，顏曉晨的緊張反倒淡了幾分，「你不是壞人。」在酒吧工作了兩年多，也算見識過形形色色的人，程致遠的言行舉止實在不像壞人。顏曉晨對自己說：妳應該相信自己的判斷。

程致遠看著她說：「是不是壞人，表面上看不出來。」

顏曉晨覺得他眼睛裡似別有情緒，正想探究，電梯門開了。

四樓的大廳十分明亮，一個面容清秀的女子正坐在辦公桌前工作，聽到他們的腳步聲，立即站起來，恭敬地叫了聲「程總」。

程致遠說：「這是我的祕書辛俐。」

辛俐對著顏曉晨笑了笑，顏曉晨僅剩的緊張一下子全消散了。

程致遠領著她走進一個小會議室，窗戶外面是一段不錯的河景，沒有樓房遮擋，很是開闊。

程致遠請顏曉晨坐，辛俐送兩杯茶進來，看顏曉晨在脫大衣，體貼地問：「我幫妳掛外套?」

顏曉晨忙說：「不用，我放椅子上就可以了。」

辛俐禮貌地笑笑，安靜地離開了。

程致遠坐到會議桌的另一邊，「我們開始囉！」

顏曉晨把履歷、各種證書影本遞給他。

他低著頭，把履歷和資料仔細看了一遍，方抬頭說：「Hi, you must be Xiao-chen, I'm Zhi-yuan Cheng, nice to meet you !」

看上去，他和剛才一樣，坐姿沒變，也依舊在微笑，可不知道究竟哪裡不同了，一瞬間，顏曉晨就覺得他變得很鋒利，帶著禮貌的疏遠，審視挑剔著她的每一個小動作。

顏曉晨不自禁地把腰挺得筆直，「Hi, Mr. Cheng, nice to meet you, too!」

他指指顏曉晨的成績單，「Wow! I am quite impressed by your GPA as I know it's very tough to get top scores in your university. I was wondering how you did it. You must work really hard or you are extremely smart, maybe both?」

顏曉晨的面試經驗很少，可她知道程致遠很厲害，他看似在讚美她，卻每一句話都是陷阱。為什麼成績這麼好？妳認為自己聰明嗎？為什麼喜歡學習，卻沒有考慮繼續讀碩士？既然不喜歡做學術，打算畢業後就找工作，為什麼沒有多參加一些相關的社團活動？為什麼想到我們公司？為什麼對這個職位感興趣？我們公司最吸引妳的是什麼……一個又一個問題，看似都是常見的面試問題，可當他巧妙地穿插在聊天中，精心準備好的回答竟然都用不上，如果說了假話，肯定會立刻露馬腳。

三十多分鐘後，當他放下她的資料，表示面試結束時，顏曉晨一下子鬆了口氣。

程致遠笑問：「感覺如何？」

顏曉晨喝了口水，說：「感覺很糟糕。」

他笑著說：「看得出來，妳為了面試精心準備過。面試是需要準備，但記住，盡量真實地面對自己！面試官雖然職位比妳高、社會經驗比妳豐富，可都是從你們這個年紀過來的人，他們沒指望你們這些還沒踏出校門的人有多能幹，他們更重視你們的性格和潛力是否和企業文化符合。」

顏曉晨疑惑地看著他。

他說：「舉例說明，四大會計事務所會更喜歡勤奮踏實的人，投行[13]會更喜歡聰明有野心的人，諮詢公司會希望妳性格活躍、喜歡出差，四大國有商業銀行會希望妳性格溫和、謹慎懂事……一個性格適合去投行的人卻不幸進了國有商業銀行，對他自己而言，是悲劇，對公司而言，也是一次人才浪費，反過來，也是如此。」

顏曉晨若有所悟，邊聽邊思索。

程致遠說：「其實，面試官拒絕一個人，很多時候並不是因為他不夠優秀，而是因為面試官根據自己的經驗，判斷出他不適合這個公司。有時候，即使透過提前準備的答案，騙過了面試官，可生活最終會證明，人永遠無法騙過自己！」

顏曉晨很鬱悶，剛覺得自己找到成功的門道，結果他卻說即使成功了，最終也會失敗。

程致遠說：「你們剛要踏出校門，缺乏自信，很著急，總想著抓到一份工作是一份，可等你們有朝一日也成為面試官，去面試別人時，妳就知道這是多麼錯誤的做法。職業是人一輩子要做的事，在現實允許的情況下，應該盡可能忠實於自己，選一個和性格、愛好契合的方向。人生的第一份工作尤其重要，如果選錯了，需要付出很多努力去糾正。」

顏曉晨嘆氣，「道理肯定是你對，不過，目前我們哪顧得上那麼多？只想能找份工作養活自己。」

程致遠溫和地說：「我明白，大家都是從這個年齡過來的。我只是以過來人的角度多說幾句，希望能幫到妳。」

顏曉晨用力點頭，「很有幫助，我覺得你比之前面試我的面試官都厲害！多被你折磨幾次，我肯定能游刃有餘地應付他們。」

程致遠笑，「看來我通過妳的面試了。我們可以定個時間，每週見一次，練習英語。」

顏曉晨遲疑著說：「太麻煩你了吧？」

程致遠說：「我五月才剛回國，還沒什麼機會結交新朋友，空閒的時間很多，一週也就抽出一、兩個小時，只是舉手之勞，時間算來也不會太長，等妳找到工作再好好報答我。」

「那我不客氣了，就每週這個時間，可以嗎？」

13投行：即投資銀行，負責協助客戶（公司）上市、重組、併購等業務。

「沒問題！」程致遠把顏曉晨的資料還給她，開玩笑地說：「我們公司明年也會招募新人，到時妳如果還沒簽約，可以考慮一下我們公司。」

顏曉晨也開玩笑地說：「到時候，拜託你幫我美言幾句。」

程致遠笑看了下錶，「快十二點了，一起吃飯吧。」

「不了，我得回學校。」顏曉晨開始收拾東西。

程致遠走到窗前，說：「正在下雨，不如等等再走。」

顏曉晨看向窗外，才發現天色陰沉，玻璃窗上有點點雨珠。

程致遠公司距離公車站要走十來分鐘，顏曉晨問：「你有傘嗎？能借我用一下嗎？」

「公司已經訂好便當，妳隨便吃一點，也許等飯吃完，雨就停了。」

辛俐拿著兩份便當進來，幫他們換了熱茶，再拒絕就顯得矯情了，顏曉晨只能說：「謝謝！」

顏曉晨和程致遠邊吃飯邊聊天，吃完便當，又在他的邀請下，喝了一點功夫茶。

程致遠見多識廣，又是金融業的，和顏曉晨的工作目標相同，聽他說話，只覺得新鮮有趣，增長見識，不知不覺一個小時就過去了。窗外的雨卻絲毫沒有停的意思，反而越下越大，砸得窗戶劈啪直響。

顏曉晨發愁地想，這麼大的雨就算有傘，也要全身濕透。

程致遠說：「我住的地方距離妳的學校不遠，正好我也打算回去，不如妳等我一下，坐我的車回去，反正順路。」

顏曉晨只能說：「好。」

程致遠從書架上隨手抽了幾本英文的商業雜誌，遞給她，說，「妳看一下雜誌，我大概半個小時就好。」

「沒有關係，反正我回到學校，也是看書做功課，你慢慢來。」

二十多分鐘後，程致遠敲敲玻璃門，笑說：「可以走了。」他身材頎長，穿著一襲煙灰色的羊絨大衣，薄薄的黑皮鞋，看上去十分儒雅。以前，顏曉晨總覺得儒雅是個很古代的詞語，只能用來形容那些古代的文人雅士，程致遠卻讓她覺得只有這個詞才能準確地形容他。

顏曉晨趕忙穿上外套，背好包包，跑出了會議室。

到公司樓下時，顏曉晨剛想問程致遠，他的車停在哪裡，一輛黑色的賓士車停在他們面前，司機撐著一把大黑傘下了車，小步跑著過來打開車門。

程致遠抬抬手，說：「女士優先。」

司機護送著顏曉晨先上車，才又護送著程致遠繞到另一邊上車。

嘩嘩大雨中，車開得很平穩，顏曉晨忍不住瞎想起來。

賓士車並不能說明什麼，畢竟價格有兩、三百萬的，也有幾十萬的，顏曉晨看不出好壞，可據她並不豐富的社會經驗所知，公司一般只會給高級主管配司機。雖然程致遠的公司看上去不大，可程致遠不過三十出頭，這個年齡，在金融圈能做到基金經理就算做得很成功了。

程致遠問：「妳在想什麼？」

顏曉晨做了個鬼臉，「我在想你究竟有多成功，原本以為你只是某個金融公司的中階管理人員。」

程致遠微笑著說：「成功是個含意很複雜的詞語，我只是有點錢而已。」

他眉梢眼角有著難言的滄桑沉鬱，顏曉晨雖然年紀小，卻完全能明白他的意思，賺錢並不是一件難事，可想要幸福開心，卻非常難！這世上有些東西，不管有再多的錢都買不到！她沉默地看著窗外，大雨中的世界一片迷濛，沒有一點色彩，就如她深藏起來的內心。

手機突然響了，諾基亞的老手機，在安靜的車內，鈴聲顯得很是刺耳。

顏曉晨忙從包裡掏出手機，竟然是沈侯的電話。

「喂？」

沈侯說：「雨下得好大！」

顏曉晨看向車窗外，「是啊！」

「淋到雨了嗎？」

「沒有。」

「妳晚上還要去打工？」

「嗯，要去。」

「這麼大雨都不請假？」

「請假就沒錢了。」

他嗤笑，「妳個財迷！妳打算怎麼過去？」

如果雨一直這麼大，自行車不好騎，顏曉晨說：「希望到時候雨停了吧，實在不行就走路過去。」

「我正好在學校，開車送妳過去，妳在自習室，還是宿舍？我來接妳。」

顏曉晨下意識地看了一眼程致遠，「不用了，我在外面，待會兒才能回學校。」

「小財迷！可千萬別坐公車了！這麼冷的天，淋濕了不怕生病啊？看醫生可是也要花錢的！妳在哪裡？我立即過去。」

「我沒坐公車，一個朋友正好住咱們學校附近，他有車，順路送我。」

「妳的哪位朋友？」

說了程致遠的名字，沈侯也不會知道，顏曉晨說：「你不認識，我回頭再和你說。」

「他現在就在妳旁邊？」

當著程致遠的面議論他，顏曉晨有些不好意思，聲音壓得很低，「嗯。」

「男的？」

「嗯。」

「好，我知道了！」沈侯說完，立即掛了電話。

顏曉晨想了想，發了則簡訊給他，「謝謝你！下雨天，開車小心一點！」

程致遠笑問：「妳的小男朋友？」

顏曉晨立即糾正：「不是，前男友。」

「你們怎麼還沒和好？」

顏曉晨十分鬱悶，「都和你說了，我們不是鬧彆扭，是正式分手。」

程致遠右手放在下巴上，擺出思索的姿勢，故作嚴肅地說：「嗯，我知道你們是正式分手，但是，正式分手也可以和好，我問錯了嗎？」

顏曉晨無奈地解釋：「我們是同一個學院的同學，就算分手了也要見面，所以分手的時候，說好了繼續做朋友。」

程致遠笑著搖搖頭，「你們這個年紀的人愛恨分明，分手後，很難真正做朋友，如果還能心平氣和地繼續做朋友，根本沒有必要分手，表示雙方還餘情未了。」

顏曉晨懶得和這位老人家爭論，「反正我們現在就是普通朋友！」

程致遠不置可否地笑，一副等著看你們這些小朋友的小把戲的樣子。

到學校時，雨小了很多。雖然依舊淅淅瀝瀝地飄著，可撐把傘走路已經沒有問題。學校不准私有車進入學校，顏曉晨麻煩司機把車停在距離宿舍最近的校門。司機匆匆下了車，撐著傘，為顏曉晨拉開車門。

程致遠讓司機把傘給顏曉晨，他說：「車上還有多餘的傘，這把傘先拿去用。」

顏曉晨笑著說：「謝謝！下個週末我還你……」話還沒說完，另外一把傘霸道地擠了過來，把司機的傘擠到一邊，遮到她頭頂上。

顏曉晨回頭，看是沈侯，驚訝地問：「你怎麼在這裡？」

沈侯沒好氣地說：「我也是這個學校的學生，為什麼我不能在這裡？」他的目光越過顏曉晨，打量著車裡的程致遠。程致遠禮貌地笑笑，頷首致意，沈侯卻毫不客氣，無聲地切一聲，衝他不屑地翻了個白眼。

顏曉晨沒看到沈侯的小動作，想起程致遠之前「餘情未了」的話，有些尷尬地對程致遠說：「我和同學一起走，就不借你的傘了。謝謝你送我回來。」

程致遠微笑著說：「順路而已，千萬別客氣。」

司機發動車子，黑色的賓士車轉了個彎，很快就匯入車流，消失不見。

顏曉晨和沈侯並肩走在雨中，沈侯說：「那人面熟，是上次和妳一起在學校餐廳吃飯的傢伙嗎？」

「是他！」

「他不會是想泡妳吧？」

「別亂說！我們只是普通朋友。」

「切！男人對女人好從來不會是只為了做普通朋友。」

顏曉晨鬱悶，「你看他的樣子像是沒女人追嗎？需要煞費心計地泡我？」

沈侯不屑，「斯文敗類！你們在哪裡認識的？」

「我打工的酒吧。」

沈侯的聲音一下子拔高了，「顏曉晨，妳有沒有搞錯？酒吧認識的陌生人就敢坐他的車？」

顏曉晨好性子地解釋，「不算是陌生人，已經認識一個多月了，而且他和我是老鄉。」

「這都什麼年代了？還老鄉見老鄉兩眼淚汪汪呢！光咱們學院可就有好幾個老鄉！」

「我和他是正兒八經的老鄉，同市的，講一樣的方言。」顏曉晨和沈侯也是老鄉，可他們是一個省的不同城市，十里不同音，何況他們還距離滿遠，只能彼此勉強聽懂，所以兩人之間從不說方言。

沈侯冷冷地說：「我警告妳還是小心點，現在的中年男人心思都很齷齪！」

顏曉晨忍不住笑起來，「你幹麼？這麼緊張不會是吃醋了吧？」

「切！我吃醋？妳慢慢做夢吧！我是看在妳好歹做過我女朋友的分上，提醒妳一聲。」

顏曉晨說：「謝謝提醒！你怎麼正好在校門口？」

沈侯說：「沒事幹，想去自習室複習功課，可一個人看書看不下去，想找妳一起。」

顏曉晨本來沒打算去自習，可難得沈大爺想看書，她忙說：「好啊，我們直接去自習室。」

到了自習室，兩人一起溫習功課。

沈侯看了會兒書就昏昏欲睡，索性趴在桌子上睡起來。

顏曉晨由著他睡了二十分鐘後，推他起來，沈侯嘟囔：「不想看書。」

顏曉晨說：「你已經當掉四門功課，再當掉一門可就拿不到學位證書了。以前當掉功課，可以第二年補考，但我們明年這個時候早畢業了，你去哪裡補考？快點起來看書！」

沈侯懶洋洋地趴在課桌上，指指自己的唇，無賴地說：「妳親我一下，我就看書。」

顏曉晨有點生氣，「你把我當什麼？你都和我分手了，說這些話有意思嗎？」

沈侯說：「就是分手了才後悔啊！我都還沒親過妳，想著妳的初吻有可能便宜了別的男人，我可真是虧大了！不如我們現在補上？」

顏曉晨盯了沈侯一瞬，一言不發地埋下頭，默寫英語單字。

沈侯推推她，「不是吧？開個玩笑而已，妳生氣了？」

顏曉晨不理他，繼續默寫單字。

沈侯叫：「顏曉晨！顏曉晨！曉晨！曉晨！」

顏曉晨當沒聽見，沈侯猛地搶走了她的筆，得意揚揚地睨著她，一副「看妳還敢不理我」的樣子。

顏曉晨低頭去翻包包，又拿出一支筆用。沈侯有點傻眼，默默看了一會兒，居然又搶走了。

顏曉晨盯著沈侯，沈侯嬉皮笑臉地看著她，一副「妳再拿我就再搶」的無賴樣子。

顏曉晨一共只帶了兩支筆，想從沈侯手裡奪回，幾次都沒成功，不得不說：「還給我！」

沈侯笑咪咪地說：「妳告訴我一句話，我就把筆還給妳，還會立即好好看書。」

「什麼話？」

沈侯勾了勾手指，示意她靠近點，顏曉晨俯過身子，側耳傾聽。沈侯湊在她耳畔，輕聲說：「告訴我，妳愛我！」

他的唇幾乎就要吻到她，溫熱的呼吸拂在她耳朵上，就好像有電流從耳朵傳入身體，顏曉晨半邊身子都有些酥麻，她僵硬地坐著，遲遲無法回答。

沈侯卻誤會了她的意思，笑容剎那消失，猛地站了起來，劈哩啪啦地收拾課本，想要離開。顏曉晨趕忙抓住他的手，自習室裡的同學聽到響動都轉頭盯著他們，沈侯沒客氣地看了回去，「看什麼看？沒見過人吵架啊？」

自習的同學全都扭回了頭，耳朵卻大張著，靜聽下文。

沈侯手裡還握著他剛搶走的筆，顏曉晨握著沈侯的手，在筆記本上，一筆一劃地慢慢寫字。三個歪歪扭扭的字漸漸出現在筆記本上：我愛你。

等三個字全部寫完，沈侯的眉梢眼角都是笑意。

他靜靜坐下，嗤一聲，把整頁紙都撕了下來，仔細疊好後，對顏曉晨晃晃，放進了錢包，「這些都是證據，等哪天妳變心了，我會拿著它們來提醒妳！」

沈侯盯著顏曉晨的眼睛，很霸道地說：「沒有我的允許，不許變心！懂嗎？」

顏曉晨無語，在他咄咄逼人的目光下，只能點點頭。她實在搞不懂沈侯在想什麼，提出分手的是他，不許她變心喜歡別人的也是他。不過，那並不重要，她知道自己在想什麼就好了。

十二月下旬時，學院裡開始有人拿到錄取通知，最牛的一個手裡拿了三個錄取通知，讓還沒有被錄取的人流了一地口水。

魏彤雖然也時不時去參加一下徵才活動，關注著找工作的情報，可她目標很明確，汲取前人教訓，一心撲在考試上，堅決不分心去找工作。

最讓人意外的是劉欣暉，她居然成了顏曉晨宿舍第一個拿到錄取通知的人。之前，連劉欣暉自己都認定第一個拿到錄取通知的人不是成績優異的顏曉晨，就應該是精明強勢的吳倩倩，可沒想到竟然是各方面表現平平的自己。

劉欣暉拿到錄取通知那天，一邊高興，一邊唉聲嘆氣。因為她肯定是要回家鄉的，在上海找工作不過是應景，歷練一下。她拿著電話，嬌聲嬌氣地和男朋友說：「哎呀！薪水很不錯的，比咱們家那邊高很多，還解決上海戶口，想著戶口和錢都到手邊了，我竟然要拒絕，真是太痛苦了！還不如壓根兒沒有得到……」

魏彤把耳機戴上，繼續和模擬試卷搏鬥；顏曉晨靠躺在床上，默背單字；吳倩倩在桌子前整理履歷資料。

劉欣暉剛才看到信時太激動，順手就把臉盆放在吳倩倩的桌子邊，本來是無關緊要的一件小事，可吳倩倩拉椅子起身時，看到盆子擋路，一腳就把盆子踢了出去，用力過猛，盆子嗖一下直接飛到門上，砰一聲大響，落在地上，翻滾了幾下才停止。

全宿舍一下子安靜了，魏彤摘下耳機，顏曉晨坐直身子，吳倩倩也沒想到自己一腳居然用了那麼大力，她尷尬懊惱地站著。劉欣暉啪一聲掛了電話，飛快地從床上跳下來。

魏彤不愧是做了幾年宿舍老大，立即衝過去把盆子撿起來，放到劉欣暉桌下，人擋到吳倩倩和劉欣暉中間，笑著說：「倩倩，妳練佛山無影腳啊？」

劉欣暉剛要張口，顏曉晨也笑著說：「快要新年了，過完新年，這個學期基本上也就結束了，欣暉，妳回去的機票訂了嗎？」

被打了兩次岔，劉欣暉的氣消了大半，想到馬上要畢業，犯不著這個時候鬧僵，她把剩下的氣也壓住了，「訂好了，上午考完最後一科，下午的飛機，晚上就到家了，還能趕上吃晚飯。」

魏彤和顏曉晨沒話找話地說著回家過年看春節晚會……吳倩倩拿起洗漱用具，一聲不吭地進了廁所。

劉欣暉小聲嘀咕：「她找不到工作難道是我的錯？衝我發什麼火啊？」

魏彤說：「壓力太大，體諒一下了。」

劉欣暉委屈地說：「就她壓力大啊？也沒見曉晨衝我發火！」

顏曉晨笑說：「我在心裡發火呢！妳看看妳，工作家裡幫忙安排，男朋友呵護備至，就連隨便找找工作，也是妳第一個找到，妳還不允許我們羨慕嫉妒恨一下啊？」

劉欣暉嘆氣，「哪裡有妳說的那麼好？我也有很多煩惱。」

魏彤抓住劉欣暉的手放到頭頂，「幸運女神，把妳的運氣給我一點吧！我要求不多，只求能考上研究所。」

劉欣暉撲哧笑了，拿出女神的派頭，裝模作樣地拍拍魏彤的頭，「好，賞賜妳一點。」

魏彤屈膝，學著古裝劇的臺詞說：「謝主子恩典。」

三人插科打諢完，劉欣暉不再提剛才的事，爬上床繼續講電話。魏彤和顏曉晨相視一眼，笑了笑，也都繼續看書去了。

雖然一場風波揭過去，可宿舍的氣氛卻更加微妙了。對大部分這個年齡的畢業生而言，從出生到長大，一直都活在父母的庇佑下，畢業找工作是他們第一次自己面對人生選擇，第一次自己面對人生壓力，每個人都不輕鬆，心情沉重，難免心理失衡。

往年的年末，宿舍四個人都會聚餐一次，可今年因為考試的考試，找工作的找工作，都沒心情提這事，平平淡淡地就到了十二月三十一日。

❀ ❀ ❀

新年的前一夜，酒吧非常熱鬧，幾乎人擠著人，顏曉晨連站著休息的時間都沒有，像個陀螺一樣，一直忙個不停，程致遠和兩個朋友也來了酒吧，可除了點單時兩人說了幾句話，後來再沒有說話的機會，顏曉晨連他什麼時候走的都不知道，突然想起他時，發現他已經離開了。

好不容易熬到下班，她累得幾乎再站不住。騎著自行車趕回宿舍，宿舍裡空蕩蕩的，沒有一個人在。每年的新年，學校有十二點敲鐘和校長致辭的傳統，所以每年的今夜，宿舍都會破例，要到深夜才會鎖大門。顏曉晨不知道她們去了哪裡，反正都各有活動，剩她一人孤零零地辭舊迎新。

太過疲憊，顏曉晨連洗漱的力氣都沒有，沒精打采地靠坐在椅子上發呆。手機響了幾聲，她拿出手機，看到三則未讀簡訊，是不知去哪裡嗨皮的那三個傢伙發來的，意思大致相同，都是祝她新年快樂。

顏曉晨依樣畫葫蘆地回覆完，遲疑了一瞬，打開通訊錄，給媽媽發簡訊，「下午匯了一千塊錢給妳，請查收！新年……」後面兩個字應該是「快樂」，可是她的手指僵硬，猶如被千斤巨石壓著，根本打不出那兩個字，她盯著螢幕看了半晌，終於把「新年」兩字刪去，只保留第一句話，按了發送。

她握著手機，心裡隱隱地期待著什麼，可一如往日，簡訊石沉大海，沒有任何回覆，就好像她的簡訊壓根兒沒有發送出去。掌心的手機像是長了刺，扎得她疼，她卻越握越緊。

突然，手機響了，螢幕上出現「沈侯」的名字，顏曉晨的整個身體一下子放鬆下來，她閉上眼睛，緩了一緩，接通了電話。

「顏曉晨，妳在哪裡？」沈侯的聲音很像他的人，飛揚霸道到囂張跋扈，就如盛夏的太陽，不管不顧地光芒四射。

「我在宿舍。」

「趕緊下來！我就在妳樓下！快點！」他說完，也不管顏曉晨有沒有答應，立即就掛了電話。

反正剛才回來還沒脫外套，顏曉晨喝了口水就跑下樓。

沈侯沒想到，掛完電話不到一分鐘，顏曉晨就出現了。他笑著說：「妳屬兔的吧？這麼快？」

顏曉晨問：「找我什麼事？」

沈侯說：「去散步。」

「散步？現在？」

「妳去不去？不去拉倒！」沈侯霸氣凌人，作勢要走。

顏曉晨忙說：「去！」

顏曉晨和沈侯並肩走在學校裡。

她這才發現，這個時間在學校裡散步的人可不少，拉著手的、抱著腰的、摟著肩的，一對又一對，應該都是等著新年鐘聲敲響，一起迎接新一年的戀人。

顏曉晨和沈侯走到湖邊時，恰好新年鐘聲敲響了，兩人不約而同地停下，靜靜聽著鐘聲，一下又一下……悠揚的鐘聲宣告著，舊的一年結束，新的一年來臨了。

沈侯笑著說：「祝妳新年快樂！」

顏曉晨說：「祝你新年平安、快樂！」

兩人正兒八經地說完，四目相對，都覺得有點怪異，笑著扭過頭，卻看到湖邊不少戀人正相擁接吻，年輕的軀體旁若無人地糾纏、熱吻，好像恨不得要把對方吃進肚子。

顏曉晨以前也不是沒在校園裡看到過戀人接吻，可第一次看到這麼多對，也是第一次沈侯就在她身邊。她十分尷尬，都不知道視線該往哪裡擱，似乎不管往哪裡擱，都會看到不該看的畫面，轉來轉去，正巧對上沈侯的視線，顏曉晨越發尷尬，急匆匆地扭頭就走，「我們去別的地方轉轉！」

沈侯俯過身子，湊到她臉前笑問：「妳不好意思什麼？他們都敢做，我們為什麼不敢看啊？」

顏曉晨推開他，沒好氣地說：「因為我是正常人，沒有你臉皮厚！」

沈侯把一直拎在手裡的一個紙袋遞給她，「新年禮物。」

顏曉晨沒想到還有禮物，驚詫了一瞬，才高興地說：「謝謝！」

「不打開看看嗎？」

顏曉晨打開袋子，柔軟的彩色紙裡包著玫瑰紅的帽子、圍巾、手套。上海雖然不比北方寒冷，可冬天等公車時，寒風吹到身上也是很冷的。

顏曉晨明白了沈侯要她現在就打開的意思，一一都戴上後，笑著說：「謝謝！」

沈侯打量著她，點點頭，「不錯，挺好看的，我的眼光不錯。」

顏曉晨又有點不好意思了，一邊快步走路，一邊顧左右而言他，「我沒準備禮物給你，過春節時再補你一份吧！」

沈侯說：「別麻煩了，不過，有件事想麻煩妳。」

「什麼？」

「我這個學期要補考宏觀經濟，妳能不能幫我考一下？」

顏曉晨收到新年禮物的喜悅淡了幾分，沈侯並不是為她精心準備了禮物，而是有所求。顏曉晨為自己的自作多情暗嘆了口氣，「你先答應我件事，我就幫你。」

宏觀經濟學是全學院必修課，每次考試都在大教室，兩百多人一起考，老師根本認不清楚誰是誰，交卷時即使寫的是別人的名字，也肯定察覺不了，幫沈侯這個忙並不難。

沈侯嬉皮笑臉地說：「想要我的肉體，沒問題。想要我的心靈，我得好好考慮一下。」

顏曉晨沒理會他的玩笑，認真地說：「你好好複習經濟法和另外兩門必修課，一定要過！」

「經濟法咱倆坐前後。」

顏曉晨忍不住捶了沈侯的腦門一下，簡直想敲開這傢伙的腦袋，看看裡面裝的是什麼破爛玩意，「選擇題能給你抄，問答題你怎麼抄？好歹要看一下書吧！」

沈侯笑著說：「我答應！」

顏曉晨苦口婆心地勸，「下學期就沒課了，只一門畢業論文，最後幾門考試，堅持一下。」

沈侯站得筆直，敬了個禮，「是，顏老師！」

顏曉晨哭笑不得，怕再說下去他嫌煩，結束了唸書的話題，「那就這麼定了！」

沈侯問：「妳找工作的事怎麼樣了？」

「前兩天收到一份錄取通知，不是我想去的，薪資也不高，不過總算是個鼓勵。你呢？」

「我前段時間不是忙著考雅思準備出國嘛！打算下個學期再開始找工作！」

「你真不打算出國了？」

「真不打算！像我這樣的人出了國也是混，還不如在國內混。」

兩人邊走邊聊，繞著校園走一大圈，快凌晨一點時，沈侯才送顏曉晨回宿舍。

宿舍裡依舊一個人都沒有，恐怕今天晚上她們都不會回來了。

可也許因為剛見過沈侯，又收到新年禮物，顏曉晨這會兒不再覺得宿舍冷清，反倒覺得一個人很自在，不用向人交代她的帽子和圍巾是誰送的。

匆匆洗漱完，上了床，要給手機充電，她才發現手機上有兩則未讀簡訊，都是來自程致遠的。

第一則簡訊：「在這個辭舊迎新的時刻，祝你新的一年健康平安！」

這則簡訊是十一點五十九分發的，顏曉晨覺得十之八九是罐頭簡訊，沒太在意。

第二則簡訊：「祝妳早日找到稱心如意的工作！」

這則簡訊就在十幾分鐘前，不像是罐頭簡訊，顏曉晨想了想，微笑著回覆：「謝謝！祝你新的一年身體健康，事業更上一層樓。」

程致遠的簡訊很快就到了，「妳也還沒睡，下週末照舊見面嗎？」

顏曉晨想了想，回覆他：「馬上就要期末考試，下週我想複習。春節前後你一定有很多事要忙，就不麻煩你陪我練英語了，等下個學期開學，我們再約。這段時間麻煩你了，謝謝！」

程致遠：「別客氣，朋友就是用來互相幫忙的。酒吧的工作是不是也要請假？」
顏曉晨：「是要請假。對了，我前兩天收到一個工作的錄取通知。」
程致遠：「恭喜！妳打算接受嗎？」
顏曉晨：「對方只給兩週的時間讓我做決定，如果我簽約了，就不能再找別的工作。可我最想去的幾家公司，都要等下個學期才會有最後的結果，我想了一下，決定放棄了。」
程致遠：「妳的決定很對！加油！」
顏曉晨：「我會的，晚安！」
程致遠：「晚安！」
顏曉晨放下手機，在床上躺了一會兒，突然一個骨碌坐起，一把抓過手機，像是生怕失去勇氣一樣，用極快的速度給媽媽發了一則簡訊：祝健康平安！
快樂，太過寶貴，連祝福都會覺得奢侈，像是一種嘲諷！健康平安，是她僅剩的期許了。

4 Chapter

冷暖之間

世上所有的男人和女人都有各自的悲傷，
他們大多數都有著委屈。

——查爾斯・狄更斯[14]

過完元旦，很快就進入了期末考週。

老大魏彤考完了研究所，不管結果如何，堅持了一年的拚搏總算告一段落，可以稍作休息。吳倩倩和顏曉晨都有了錄取通知，雖然不是她們理想的工作，兩人也不約而同地選擇不簽約，等於仍是沒有工作，但好歹有了成功找到工作的經驗，讓她們對自己多了幾分信心，宿舍裡的氣氛一下子輕鬆許多。就要期末考試，所有人把其他事都暫時放下，心思全放在功課上，宿舍四個女孩又像以前一樣說說笑笑，偶爾還一起去自習室複習備考。

顏曉晨平時在功課上花了很多工夫，考試前反倒不需要太花時間，可是在幫沈侯考試這件事上，卻花了她不少時間和心思。雖然上一次，顏曉晨的宏觀經濟學拿了高分，可畢竟已經過了兩年，教材更換了，老師也不同，她怕出意外，讓沈侯把課本和影印的筆記拿給她，打算把所有知識再從頭複習一遍。

沈侯看顏曉晨為了他如此認真，也說到做到，每天都會去自習室，認真地複習其他幾門功課。顏曉晨看他如此，放下心來。

晚上，顏曉晨和沈侯一起自習，出來時，竟然碰到了劉欣暉。顏曉晨怕碰到同學，特意選了距離他們學院最遠、條件又最差的文科樓自習，沒想到人算不如天算，竟然在這裡都能碰到同一個宿舍的同學。

劉欣暉笑得意味深長，「你們怎麼在這裡自習？」

顏曉晨有點不自在，「快考試了，現在自習的人太多，別的教室不好占位子。」

沈侯卻無所謂的樣子，大大咧咧地打了個招呼，「妳也來這裡自習？」

劉欣暉說：「我是來找一個高中同學。你們慢慢走，我先回宿舍了。」她悄悄對顏曉晨做了個鬼臉，騎著自行車走了。

顏曉晨對沈侯說：「她肯定激動地回去講八卦了！」

沈侯不以為然地說：「八卦就八卦唄！」

顏曉晨回到宿舍，三個女孩興致勃勃地盯著她，魏彤說：「趕緊交代！坦白從寬，抗拒從嚴。」

顏曉晨把包包擱到桌子上，「我和沈侯一起去自習了，只是以友好互助的同學關係，不是以濃情蜜意的戀愛關係。妳們懂的，期末考！」

魏彤大笑起來，「哈哈哈！謝謝欣暉的中飯，謝謝倩倩的晚飯！」

原來，劉欣暉回到宿舍，把碰到沈侯和顏曉晨的事一說，三個人竟然打了個賭，魏彤賭顏曉晨只是因為期末考幫沈侯複習功課，劉欣暉和吳倩倩卻賭兩人又在一起了。

---

14 查爾斯．狄更斯（Charles Dickens, 1812-1870）：英國維多利亞時期最偉大的小說家，英語世界裡，僅次於莎士比亞，著作最常被改編為戲劇與電影。代表作品《孤雛淚》、《小氣財神》、《塊肉餘生錄》、《雙城記》、《遠大前程》等。

劉欣暉鬱悶地嚷嚷：「顏曉晨，沈侯都和妳分手了，妳幹麼幫他啊？」

吳倩倩笑了笑，什麼話都沒說，拿起課本繼續看書。

顏曉晨看她們都洗漱完了，把頭髮挽起紮好，一手拿著臉盆和毛巾，一手提著熱水壺，去廁所洗漱。

她正在洗臉，聽到劉欣暉大聲問：「曉晨，妳的經濟法筆記在哪裡？借我看一下！」

顏曉晨閉著眼睛，一邊掬水沖去臉上的泡沫，一邊說：「在包包裡。」

顏曉晨關了水龍頭，用毛巾擦臉時，突然想到包包裡還有宏觀經濟學的書和筆記，趕忙拉開廁所的門。

已經遲了，劉欣暉站在顏曉晨的書桌旁，拿著宏觀經濟學的書，困惑地翻了翻，看到扉頁上沈侯的名字，突然明白過來，得意地對著全宿舍晃了晃書，「妳們看這是什麼？曉晨，還說妳和沈侯是清白的同學關係？哼！我才不相信呢！沈侯的書怎麼會在妳包包裡？」

魏彤想了一想，也反應過來，「沈侯這學期要補考宏觀經濟學？」

顏曉晨走出廁所，一邊放臉盆毛巾，一邊裝作很隨意地說：「他讓我幫他抓考試重點。」

劉欣暉驚嘆，「這麼厚一本書，妳對他也太夠意思了吧！」

顏曉晨從包包裡翻出經濟法筆記，遞給劉欣暉。劉欣暉一手接過經濟法筆記，一手把宏觀經濟學的書還給顏曉晨，顏曉晨立即塞回包裡。

魏彤以過來人的經驗，語重心長地說：「曉晨，沈侯不是值得妳投資的專案，不會產生利潤回報。」

魏彤高中時就有了男朋友，高考15後，兩人一個進了名牌大學，一個進了三流大學，魏彤不顧父母反對，堅持和這男生在一起。為了照顧男生的自尊心，魏彤各種小鳥依人、千依百順，大二時，男生劈腿同校的系花，這還不算最糟糕的，最糟糕的是魏彤竟然發現男朋友在QQ聊天裡嫌棄她的床上動作太死板。

顏曉晨拿了洗腳盆接涼水，「妳們都想多了，只是朋友間幫忙而已。就要畢業了，以後能幫到他的機會也不多。等工作後，大家各奔東西，很難再見面，趁著還有機會，能幫一點是一點。」

吳倩倩好笑地問：「既然妳的好不能把他留在身邊，幹麼還要對他好？」

顏曉晨反問：「對一個人好一定要他回報嗎？」

吳倩倩犀利地說：「一個人，尤其是一個女人，首先愛的應該是自己！自己都不拿自己當回事，也別指望別人把妳當回事！張愛玲那一套為愛卑微到塵埃裡，還自以為能開出花的做法，根本不現實，看看她一生的悲劇就知道了！」

魏彤點頭，感慨地說：「就算要對人好，也要選對人！這世上渣男很多，一定要帶眼識人！」

所有關於沈侯的事，顏曉晨只想藏在自己心裡，她笑了笑，什麼都沒再說。

劉欣暉突然覺得有點心酸，再沒興致打趣顏曉晨，「曉晨，如果不能兩情相悅，千萬記住，找個愛妳的男人，而不要找一個妳愛的男人！」

顏曉晨端著洗腳盆走到凳子旁，加好熱水，坐下洗腳，正好此時宿舍熄燈了，幾人不再討論愛情中值不值得的問題。

＊　＊　＊

15高考：中國大陸的大學入學考試，通稱「高考」。

顏曉晨的選修學分已經全部修滿，這學期只有兩門專業科目，自己的考試一切順利，幫沈侯考的宏觀經濟學也很順利，大教室裡坐了一百多個人，還有幾十個人因為來得晚，教室裡坐不下，被安排到另一個小教室。

教授和助教根本記不住那麼多面孔，同學間也稀裡糊塗，顏曉晨坐在不起眼的角落裡，埋頭考試。等卷子答完後，她卻不敢交，一直等到考試結束，助教收卷時，才把考卷遞給旁邊的同學，旁邊的同學連著自己的考卷一起遞給旁邊的同學，就這樣，好幾張考卷一起傳到了助教手裡。

顏曉晨低著頭，隨著人流迅速地溜出教室。等到教學大樓外，她輕輕吐出一口氣，覺得心口的一塊大石終於落了地。

拿出手機，正在給沈侯發簡訊，突然，有人在她肩頭拍了下，「妳怎麼在這裡？」

顏曉晨被嚇得差點跳起來，「欣、欣暉！」

劉欣暉困惑地看看教學大樓，「妳在裡面自習？今天不是因為考試多，教室全被占了嗎？」

「我……我不是上自習，我是去找老師問了幾個問題。」

「不愧是好學生！我現在看書，覺得整本書都是問題！」劉欣暉笑做了個鬼臉，沒再多想，親熱地挽住顏曉晨的胳膊，「一起去餐廳吃飯？」

「好！」

顏曉晨一邊走，一邊給沈侯發簡訊報平安，順便告訴他，她和欣暉一起吃飯，不用在餐廳等她了。

下午時，沈侯到自習室來找她，兩人一起複習經濟法。

第二天早上考試時，他們真一前一後坐了，顏曉晨也不知道沈侯到底抄到多少，反正問他，他說應該能考七、八十分吧。顏曉晨算算，期中考占總成績的百分之三十，平時作業占百分之二十，期末考占百分之五十，作業她一直有幫他，應該能拿滿分，這樣一來，期末考拿個七、八十，沈侯及格應該沒問題了。

兩週的期末考，在複習和考試中一晃而過。大四上學期結束，寒假正式開始。

寒假不同於暑假，暑假有不少同學會留在學校，托福班、GRE班、研究所考試班、打工……學校依舊熱熱鬧鬧。可寒假天寒地凍，幹什麼都不合適，中間又有個舉國歡慶、全家團聚的春節，同學們都急匆匆地往家趕。

很快，宿舍裡其他三個女孩就都走了，樓道裡也漸漸空了。

沈侯和顏曉晨的家鄉距離上海不遠，有火車、有客運，交通很方便，不用太擔心坐車的問題。

沈侯走前，來問顏曉晨：「車票訂了嗎？什麼時候回家？」本來他想著兩人一起走，大不了他繞一下路，先送她回家，權當去旅遊。兩人一起自習備考時，他問過她好幾次回家的時間安排，可顏曉晨總是說考完試再說，結果他爸媽看他老不買車票，直接打發了人來接他回家。

顏曉晨說：「再過一、兩週就回去。」

「妳怎麼那麼晚回去？留在學校幹什麼？」

「還能幹什麼？打工賺錢啊！」

「財迷！」

顏曉晨笑笑，沒有反駁沈侯的話。

沈侯忍不住問：「顏曉晨，妳家該不會是靠妳養家吧？妳年年拿最高獎學金，可以說學費住宿費全免，妳在酒吧打工，每月應該有一、兩千塊，妳又那麼節省，根本花不了多少錢……」

顏曉晨用玩笑話打斷了沈侯的詢問，「我如何花錢、賺錢是我的事，就不勞您關心了！」

「妳以為我想關心嗎？隨口問問而已。」對顏曉晨把他當外人的態度，沈侯很受傷，卻不願承認，只能嘴硬地表示根本不在乎。

❀ ❀ ❀

沈侯憋著一肚子氣走了。

等回到家，開著暖氣，吃著零食，躺在沙發上玩遊戲，想起顏曉晨一個人孤零零留在宿舍，宿舍裡可沒有暖氣，他的氣又漸漸消了。想知道她的消息，又拉不下面子，偏偏顏曉晨也不聯繫他，讓他恨得牙癢癢，向他表白的是她，可清清淡淡、全不在意的也是她！

正和面子較勁，幸好期末考成績下來了，給沈侯一個順理成章的理由去聯繫顏曉晨。

沈侯在學校的官網上查完成績，給顏曉晨發了簡訊，「宏觀經濟學八十二，經濟法六十八，全部通過，可以順利畢業！謝了！」

他一邊等顏曉晨的回覆，一邊在網上亂逛，無意中看到一條搶劫案的新聞，記者最後還提醒旅客春節期間注意安全，沈侯忙又發了則簡訊給顏曉晨：「春節前是搶劫案高峰期，注意安全，有什麼事打電話給我！」等發送出去，覺得自己氣勢太弱，趕忙追加了一則，「妳這次幫了我大忙，還沒收我的錢，算是欠了妳一份人情，有什麼事用得上我，儘管開口。」

沈侯一會兒瞅一眼手機，眼巴巴地等著，可顏曉晨一直沒有回覆，他都要等得發火時，顏曉晨的簡訊終於姍姍而來，一連兩則。
「過了就好！」
「好的，我會記得連本帶利都收回。」
沈侯急匆匆地發簡訊質問：「為什麼這麼久才回我簡訊？」寫完了，仔細一想，不對啊！這樣發過去不就表明他一直守著手機在等她的簡訊嗎？他旋即刪除，決定也要像顏曉晨一樣，晾晾對方！
他去喝了點水，又站在窗戶邊欣賞了會兒風景，感覺上等了好久，一看時間，才過去五分鐘，顯然不夠「晾晾對方」的標準，便在屋裡轉了幾圈，實在沒事幹，開始翻箱倒櫃，把衣服整理好後，看看時間，才過去了十幾分鐘，覺得還是不夠「晾晾對方」的標準；他又跑到廚房，東摸摸西看看，甚至拿了個鳳梨削皮挖洞，切好後，端去給保姆阿姨吃，把阿姨驚得兩眼發直地看他。
沈侯雖然鬼心眼不少，可做事向來直來直去，平生第一次因為一個人，竟然上也不是、下也不是，他覺得這哪裡是「晾晾」顏曉晨，根本就是他在「晾晾」自己。
雖然還是沒達到設定的目標，但沈侯再也憋不住，衝進屋子發簡訊給顏曉晨，「妳最近在幹什麼？」
這一次，顏曉晨的簡訊立即到了，「財迷當然是忙著賺錢了！」
沈侯感覺好了一點，故意先回覆幾則社群平臺的訊息，才慢條斯理地發了則簡訊，「妳找了個白天的工作？」
顏曉晨的簡訊又是立即到：「是啊！」
沈侯笑起來，幾日的不舒坦全部煙消雲散，「財迷可要明白身體健康是最寶貴的財富，要注意身體！」

「工作很輕鬆，就是發發文件，我身體很好！」

沈侯咧著嘴笑罵了句「財迷」，心滿意足地放下手機。

❊ ❊ ❊

此時，財迷顏曉晨正站在街頭，忙著賺錢。

她依舊晚上去藍月酒吧打工，只是周圍的學校都放了假，酒吧的生意也受到影響，冷清了不少，相應的，侍者的收入也少了。

臨近春節，臨時工很不好找，顏曉晨找了一份發廣告傳單的工作，每天十二點到下午五點，站在街道最繁華的地方發傳單。

寒風中，顏曉晨給沈侯發完簡訊，把手機塞回口袋裡，立即接著做事，每看見一個人，就趕緊把傳單塞給人家，動作一定要快。她穿著厚厚的羽絨外套，戴著沈侯送她的帽子和圍巾，盡可能讓自己保暖，可戴著手套就會不方便發傳單，所以沒有辦法戴手套。

來來往往的行人中，顏曉晨眼角餘光瞥到一個人走近她，忙把傳單遞過去，對方拿住了，卻沒有不耐煩地走開，而是站定在她身旁。顏曉晨扭頭，看是程致遠，咧著嘴笑起來，驚喜地說：「我還納悶這人怎麼不走呢？原來是你！」

程致遠沒有說話，定定地看著她，視線緩緩從她的臉上掃到手上，定格住了。

顏曉晨因為小時候手上就生過凍瘡，一旦凍著就很容易復發，這幾天一直站在寒風中，手上又開始長凍瘡，兩隻手看上去有點腫脹，又紅又紫，很是難看。顏曉晨不好意思地笑笑，「老毛病了，搽了凍瘡膏也沒什麼用。」

程致遠忙把視線移開，「妳……妳白天都在做這個？」

「是啊！」

「為什麼不找家公司做實習生？應該會有很多公司歡迎你們學校的學生！」

「就寒假這一、兩週，沒有公司會有這麼短期的實習工作。」顏曉晨一邊說話，一邊還逮著機會把幾份廣告傳單遞了出去。

程致遠突然把她手裡的傳單搶了過去，「我幫妳發！」他壓根兒不會判斷哪些人有可能接傳單，動作也很笨拙，但勝在衣冠楚楚、風度翩翩，幾乎沒有人捨得拒絕他，還有不少小姑娘遠遠看到他，特意過來，從他身邊走過，拿一份廣告傳單，聽他說一聲「謝謝」。

顏曉晨愣愣地看著他。

一疊傳單不一會兒就發完了，程致遠說：「發完了！妳可以下班了吧？」

顏曉晨拍拍背上的雙肩包，笑起來，「裡面還有滿滿一包呢。不過，還是多謝你啊！你剛才嚇了我一跳。」

程致遠愣了一下，忙道歉：「不好意思，我以為就剩這麼點了，想著這麼冷的天，趕緊幫妳做完，就算完事了。」

這人看似溫和，實際也是個雷厲風行的角色，顏曉晨釋然了，「沒事沒事，你是好心幫我。我穿得很厚，凍不著！」她打開包，又拿出一疊傳單，一邊發一邊問：「你來這邊辦事嗎？」

程致遠說：「約了朋友在附近喝咖啡談點事，沒想到看到妳，就過來打個招呼。」

顏曉晨看程致遠沒有說走，怕他是不好意思，善意地催促：「我還得繼續工作，你趕緊去見朋友吧，別被我害得遲到了。」

「那妳忙吧，我先走了！」

顏曉晨揮揮手，笑咪咪地說：「再見！」

發傳單這工作看似容易，只是薄薄一頁紙，遞給對方，好像並不礙他什麼事，他隨手接了就可以隨手扔，可很多人走過路過，就是不願要。

這段時間顏曉晨深深體會到這點，有時候過了五點還沒發完，為了不被扣錢，只能再在寒風裡多站一段時間，熬到傳單發完。可寒冷這東西，和邊際效益遞減的經濟學原理截然相反，它是邊際效益遞增，剛開始的一、兩個小時並不算難挨，甚至不覺得有多冷；中間一、兩個小時，即使穿著羽絨外套，也開始覺得身子冷、腿發涼，這時候靠著保溫杯裡的熱水，也能混過去；可後面一、兩個小時，熱水就算沒喝完，也變涼了，這時不僅身子冷，連胃和肺裡都覺得冷，似乎每吸一口氣，都把寒冷帶進了五臟六腑。

今天顯然又是不夠幸運的一天，五點時，顏曉晨仍沒發完傳單。天色已經黑沉，氣溫越來越低，大街上行人的腳步越來越快，願意接傳單的人也越來越少，有的人不知道在哪裡受了氣，被顏曉晨擋住路時，甚至會嫌惡地呵斥一句「滾開」。無論做多少心理安慰，被人如此呵斥，顏曉晨也會有點難受，但難受完了，依舊要帶著微笑發傳單。

街道拐角處的咖啡店，程致遠獨自一人坐在窗戶旁的座位上，喝著咖啡。事情早已談完，他的朋友四點半就走了，他卻一直坐在這裡，靜靜地看著遠處的顏曉晨——

顏曉晨趁著一疊傳單發完的間隙，從包包裡拿出保溫杯，打開喝了一口，卻發現已經冰冷，齜牙咧嘴地嚥下後，趕緊又把保溫杯塞回去。她一邊發著傳單，一邊時不時眼饞地覷一眼旁邊飲料攤上熱呼呼的飲料。這種不設座位、鋪面狹窄的街頭小鋪的飲料應該沒有多貴，便宜的大概四、五塊就能買到，可她一直看著，卻都捨不得買。

派發廣告傳單絕不是一個受人尊重的工作，大部分人即使不願意要，也只是冷漠地走開，少數人卻會嫌惡地惡語相向，顏曉晨應該也不好受，但她總能一個轉眼，就像什麼事都沒有發生過一樣，帶著笑容，把廣告傳單遞出去，希望對方能夠收下。

熬到快六點時，顏曉晨終於發完了傳單，她跑到街道另一頭發廣告傳單的小組長那裡領了錢，隔得遠，程致遠看不太清楚，像是六、七十，反正絕對沒有一百。

最後，她背著包，準備趕去酒吧上班，走過一家家蛋糕店、咖啡店、衣服店、速食店……她看都沒看，旁若無人地大步走著，突然，她停住了步子。程致遠有點驚慌，以為她發現了他，可立即就發現不是，她走到街道邊。那裡有兩個乞丐，自從程致遠下午走進咖啡店，他們就在那個地方乞討。一個看著是殘疾，兩隻小腿萎縮了，一個卻不知道什麼原因，頭低垂著，跪在地上，地上用粉筆寫著字。因為他們安靜得像兩尊雕塑，也因為太多關於假乞丐的網路流言，腳步匆匆的行人很少理會他們。

顏曉晨看了他們一瞬，在口袋裡摸了摸，走到殘疾的乞丐面前，彎下身子放了一張錢，又走到另一個一直跪在地上的乞丐面前，彎下身子放了一張錢。然後，她後退了幾步，轉過身匆匆地走入人流，消失在程致遠的視線中。

程致遠招手叫侍者結帳，他走出咖啡館，經過兩個乞丐時，下意識地掃了一眼，那個殘疾的乞丐已經把錢收了起來，另一個趴跪在地上的乞丐還沒有動他面前破鞋盒裡的錢，零星的硬幣中只有一張紙幣，五塊錢。

程致遠停住了腳步。

兩個和顏曉晨年紀差不多的女孩一手拿著購物袋，一手端著熱飲，從他和乞丐間走過，程致遠的視線從她們手中的熱飲上掠過，盯向鞋盒。他走到乞丐面前，彎下身，從鞋盒裡撿起五塊錢，不僅旁邊的乞丐震驚地瞪著他，連一直垂頭跪在地上的乞丐也驚訝地抬起頭，敢怒不敢言地看著他。

程致遠拿出錢包，把五塊錢放進去。殘疾的乞丐剛憤怒地叫了一聲，他又抽出一張五十塊，放進鞋盒，「這五塊錢，我買了。謝謝！」

他裝好錢包，腳步迅疾，匆匆離去，經過另一個殘疾的乞丐身旁時，放下一張十塊錢。

❋ ❋ ❋

晚上八點多，顏曉晨正蹲在櫃子前擺放杯子，聽到William怪腔怪調地叫她，她直起身，看到程致遠站在酒吧門口。

顏曉晨請假考試的那兩週，聽說他來了酒吧一、兩次，不過等顏曉晨考完，再來上班時，反倒沒再見到他來酒吧。

好久不見他，大家都挺高興，正好客人也不多，每個人都笑著和他打了個招呼。顏曉晨快步迎過去，聞到他身上的酒味，有點詫異，已經喝過酒，怎麼還來喝酒？

程致遠把一個小紙袋遞給她，「今天不是來喝酒的，剛和朋友吃過飯，回家的路上，順道過來一趟，送點東西給妳。」

雖然他們是站在門廊處低聲說話，可架不住大家都豎著耳朵在偷聽，也不知是誰「嗤」一聲譏笑，顏曉晨一下子很尷尬。

程致遠這才留意到，助理隨手找來的小紙袋恰好是一款歐洲知名珠寶的袋子，顏曉晨不見得懂這些，可顯然有不少人已經想歪了。他不疾不徐，微笑著對顏曉晨說：「我看妳手上長了凍瘡，這病雖然不要人命，可又痛又癢，難受起來連覺都睡不好。正好我有一盒加拿大帶回來的凍瘡膏，就拿來給妳。不是什麼值錢的玩意，還是用過的，更是一文不值，放在我那裡也是浪費，妳別嫌棄，拿去用用，看有沒有效果。」程致遠說著話打開紙袋，拿出一盒看上去半舊的藥膏，給顏曉晨說了用法和注意事項，因為他坦蕩的態度，讓一幫偷聽的人反倒有些訕訕的。

顏曉晨心情也放鬆了，這事利人不損己，換成她，她也會去做。她笑著接過凍瘡膏，對程致遠說：「謝謝！」

「別客氣，我走了！」程致遠把紙袋扔進垃圾桶，朝William、Mary他們笑著揮揮手，轉身離開了，每個人的禮節都沒落下，搞得William他們越發不好意思，都不知道該對顏曉晨說什麼，只能裝作很忙，誰都不提這事。

顏曉晨忍不住偷笑，總算明白程致遠為什麼三十出頭就能夠事業有成，他看似溫和，實際綿裡藏針。

＊　＊　＊

顏曉晨晚上回到宿舍，洗漱後，塗上了凍瘡膏。還真管用，立即就不覺得癢了。

因為擦了藥膏，不方便拿手機，顏曉晨趴在床上，用一指神功發簡訊給程致遠，「已經用了凍瘡膏，謝謝！」

程致遠沒有回覆，也許在忙，也許看完覺得沒有必要回覆，顏曉晨也完全沒在意。

客廳裡只開了壁燈，光線幽暗。程致遠坐在沙發上，一手拿著酒杯，喝著酒，一手拿著手機，看著手機裡的簡訊：「已經用了凍瘡膏，謝謝！」

程致遠盯著簡訊看了一瞬，放下手機。他從桌上拿起從乞丐那裡「買來」的五塊錢，一邊仔細看著，一邊默默地把一杯酒都灌了下去。

程致遠有點醉了，身子不自禁地往下滑，他索性躺倒在沙發上，兩手各拽著錢的一端，無意識地翻來覆去地把玩著，似乎要研究出它有什麼地方與眾不同。

顏曉晨有點記掛沈侯，不知道這會兒他在幹什麼，她慢慢地打了行字，「你在幹什麼？」可打完後，又覺得自己在打擾他，他的世界多姿多采，她發這樣的簡訊過去，如果他不回覆，她失望難受，他若回覆，又是難為他。

顏曉晨刪掉了草稿，把沈侯白天發給她的簡訊來來回回看了好幾遍，慢慢地睡去。

沈侯和高中死黨約唱歌，現在的人走到哪都離不開手機，有人一邊唱歌，一邊刷微博[16]和微信。沈侯也時不時拿出手機玩，微博的圖示上有紅色數字提示有新訊息，而微信的圖示上也有紅色數字，唯獨簡訊的那個圖示，不管打開幾次，都沒有紅色數字出現。其實，現在已經很少有人透過簡訊聯繫，朋友之間都是發微信，不管是圖片還是語音，都很方便，可偏偏那個死丫頭用著破手機，沒有辦法安裝微信，只能發簡訊。

沈侯的心情越來越差，但越發裝作不在意，強逼著自己不再去碰手機，興高采烈地吆喝著大家一起玩，喝得酩酊大醉，最後終於如己所願，忘記了心情不好的原因。

❋ ❋ ❋

顏曉晨站在街頭，繼續她的臨時工生涯。

雖然迎著寒風，忙忙碌碌地發著廣告，可她心裡總隱隱期待著沈侯能像昨天一樣，突然就給她發則簡訊。

喧鬧的大街上，不容易聽到簡訊的提示音，昨天她就沒聽到，後來查看時間才發現有未讀簡訊。她把手機調成震動，放在羽絨外套的口袋裡，這樣就可以第一時間知道，可她仍舊抽空，時不時把手機拿出來看一眼，生怕錯過了沈侯的簡訊。

只可惜，每一次都真的沒有他的簡訊，而不是錯過了。

此時，沈侯也在重複著和顏曉晨相同的動作，一邊坐在電腦前玩遊戲，一邊時不時拿起手機看一眼，明明手機就放在電腦旁邊，有簡訊的話肯定能聽到，可他就是怕自己沒聽到。往常一玩起遊戲，就會什麼都忘記了，現在卻總是心不在焉，忍不住一次又一次查看手機。沈侯都想罵自己一句：犯賤！

昨天是他主動聯繫她的，她的回覆還姍姍來遲，今天無論如何，再忍不住也得忍！如果她真在乎

16 微博（Weibo）：微型博客（MicroBlog）的簡稱，是類似於臉書、推特等的社群平臺，以新浪、騰訊和搜狐為主要入口網站。

他，總會給他發個消息吧？

可惜，等來等去都沒有等到顏曉晨的簡訊，正好狐朋狗友打電話來問他要不要打牌，沈侯決定必須用另一件事來忘記這件事，啪一聲關了電腦，穿上外套，拿起車鑰匙和錢包，衝下了樓。

顏曉晨在期盼等待中，忐忑不安地過了幾個小時，覺得不能再這麼下去，開始給自己催眠，讓自己不要再期待。沒有期待，偶然得到時會很驚喜，就像昨天一樣，有了期待，卻會被失望淹沒到窒息。

轉移對一件事注意力的方法就是用另一件事來吸引，顏曉晨努力把所有精力放到工作上，給自己設定了挑戰目標——這個小時發了五十張傳單，好！下一個小時挑戰六十張！

她原地跳了幾下，讓身子變得更暖和一些，一邊發廣告，一邊對自己說：加油！顏曉晨！加油！妳行的，妳一定能做到！加油！加油……

李司機緩緩把車停在路邊，笑呵呵地說：「程總，到了。別忘記您剛買的熱飲！」

「謝謝！」程致遠提著兩杯熱飲下了車，卻遲遲沒有往前走，只是站在車邊，隔著洶湧的人潮，遙望著遠處那個走來走去、蹦蹦跳跳地發著廣告傳單的人。

好一會兒後，程致遠依舊定定站在那裡，既不像是要離開，也不像是要上車。薄暮昏暝中，他靜默地佇立在寒風中，眉頭微蹙，凝望著遠處，好似陷入一個難以抉擇的困境。李司機心裡直犯嘀咕，也不知道該走該留，這裡不能停車，往常都是程致遠下車後，他就開車離開，等程致遠要走時，提前給他電話，他過來接他。

一個穿著工作制服的人走了過來，吆喝著說：「這裡不能停車！」

程致遠好似終於回過神來，面上帶著慣常的笑意，抱歉地說：「不好意思，馬上就走。」他提著原封未動的兩杯熱飲，轉身上了車，對李司機說：「回家吧！」

❋ ❋ ❋

春節前三天，酒吧老闆來發紅包，藍月酒吧歇業放假。發廣告傳單的工作也停了，顏曉晨算是澈底閒了下來。

給媽媽匯了一千塊後，帳戶裡還剩兩千多塊錢，她覺得這段時間沒有白幹。

整棟宿舍的人幾乎都走了，顏曉晨卻還是沒有去買車票。春節期間，學校所有的教職員工都放假，宿舍封樓，她知道自己必須要離開，可總忍不住一拖再拖。

小年夜那天，一週沒有聯繫的沈侯突然發來簡訊：「這段時間太忙，把妳給完全忘記了，突然想起應該問候一下妳，應該已經到家了吧！忙著逍遙什麼？」

字裡行間流露著沈侯一貫的漫不經心，顏曉晨不知道該如何回覆。她拿著手機，縮坐在冰冷的宿舍裡，呆呆地看著窗外。不知道是因為空氣汙染，還是真的雲層太厚，看不到太陽，天空陰沉沉的，大白天卻有一種薄暮昏暝時分的灰暗，讓人如同置身於絕望的世界末日電影中。

也不知道過了多久，手機突然響了，顏曉晨看到來電顯示上的「沈侯」，忽然就覺得一切都變得有了色彩。

她剛接通電話，沈侯的聲音就劈頭蓋臉地砸了過來，壓根兒沒有給她說話的機會，「顏曉晨，妳看到我的簡訊了嗎？」

沈侯的聲音很是火爆，顏曉晨以為是她回覆不及時，小心翼翼地說：「看到了。」
「為什麼不回我？」
「我……我正好在忙別的事，沒來得及回。」
「妳在忙什麼？」
「也沒忙什麼，就是……一些雜事了。」
沈侯呵呵笑著問：「什麼雜事讓妳連回簡訊的時間都沒有？」
顏曉晨覺得他的笑聲有點陰森森的，「沈侯，你生氣了嗎？」
「怎麼可能？我發簡訊給妳後就去打牌了，打了幾圈牌才發現妳沒回覆我，打個電話問候一下。」
顏曉晨也覺得自己想多了，不管是為一個人高興還是生氣，都是因為很關心。她怕沈侯問她在家裡幹什麼，急匆匆地說：「謝謝問候，我還有事要做，就不和你多聊了，你好好享受寒假吧！」
沒等她說再見，沈侯就笑著說：「我當然會好好享受假期了！朋友催我去打牌，再……」見字的音還沒落，他就掛了電話。
「再見——」顏曉晨對著手機裡的嗚嗚音，輕輕說。
聲稱正忙著和狐朋狗友打牌的沈侯氣得一下子把手機扔到床上，人也直挺挺倒在床上，臥室裡靜悄悄，只有他一人，氣惱地盯著天花板。
顏曉晨發了會兒呆，想不出該幹什麼，從倩倩的書架上找了本財經雜誌看起來。很是枯燥的東西，她也沒有真正看進去，不過總算有件事做。
直到天色黑透，顏曉晨才驚覺她竟然在宿舍裡待了一天，忘記吃飯。並不覺得餓，可她一直覺得吃飯是一種儀式，透過一日三餐規範著作息，延續著生命。她拿上餐券，決定去學校餐廳隨便吃點，可走到餐廳，卻發現門竟然關著。明天就除夕了，學校的餐廳已經全部放假。她只能去商店，想買點泡麵、餅乾，發現連商店也全都關門了。

顏曉晨回到宿舍，看門的阿姨正在做最後的檢查，看門窗是不是都鎖好了，冷不防看到她，被嚇了一跳，驚詫地問：「妳怎麼還沒走？」語氣很是不悅，顯然顏曉晨的滯留給她添了麻煩，否則她就可以直接鎖大門回家，安心過節了。

顏曉晨陪著笑說：「明天就走。」

阿姨帶著警告問：「明天早上走？」

「對，明天早上！」

「走之前檢查門窗，都關好。」阿姨很不高興地走了。

顏曉晨開始收拾行李，一件外套、幾件換洗衣服、幾本書，東西不多，但她故意慢悠悠地收，每件都疊成平整的豆腐塊放進衣箱。收拾好行李，洗漱完，她準備睡覺，從廁所出來時，突然覺得有點餓。

顏曉晨想找點吃的，卻什麼都沒找到，魏彤她們在時，宿舍裡總會有餅乾、話梅、牛肉乾一類的存貨，可她們走後，宿舍真是什麼都沒有了。

顏曉晨想想，反正明天要早起去買票，索性現在就睡覺，一覺起來，就該吃早飯了。

她爬上床，翻來覆去總睡不著，不知道看門的阿姨是回去了，還是在下面的傳達室，想著整棟宿舍也許只有她一個住，以前看的一些恐怖片畫面浮上心頭，也想起了陪她一起看恐怖片的人，不覺得害怕，只覺得難過。

＊　＊　＊

清晨，顏曉晨在飢餓中醒了。

她快速地洗漱完，帶著行李，離開了宿舍。

本打算在路邊小攤買點豆漿包子做早飯，可平時到處都能看到的早點攤全沒了，路邊的小商鋪也全關門。顏曉晨苦笑，真是失算，做這些小生意的人都是外鄉人，漂泊在外打工一年，不就是為了這幾天能回家團聚嗎？

買不到早點，顏曉晨只能忍著飢餓出發。

她先去學校附近的一個售票點買火車票。可不管顏曉晨問哪個班次的車，胖胖的售票大嬸都面無表情，冷冰冰地扔兩個字，「沒有！」

顏曉晨嘀咕，「有不少車啊，怎麼一張票都沒有了？」

大嬸斜眼看她，不客氣地說：「妳不看新聞的嗎？現在什麼時候？一票難求的春節！妳早前幹麼去了？居然年三十跑來買票！」

顏曉晨乖乖聽完訓，笑著說：「不好意思，麻煩妳了！」拖著行李要走。

胖大嬸看小姑娘的態度挺好，心又軟了，「趕快去長途客運站，也許還能買到票！」

「謝謝！」顏曉晨回頭笑笑，去馬路對面的公車站等公車。

到了鬧哄哄的汽車站，倒是有賣早點的攤位，可她一看售票窗前排隊的隊伍，顧不上祭自己的五臟廟，先趕緊去排隊買票。

汽車站裡熙來攘往，有人神情麻木、拖著大包小包；有人面容疲憊、蹲在地上吃泡麵；還有人蓬頭垢面、縮在地上睡覺，體臭味和泡麵味混在一起，還有一股隱隱的尿騷味。

顏曉晨知道這些地方最亂，她想著行李箱裡沒什麼值錢東西，就書和衣服，但背上的雙肩包裡可是有現金、有卡，她為了安全，把包背在胸前，一手拖著行李箱，一手護在包上。

排了一個小時，終於排到售票窗前，可售票員依舊是面無表情，給了她冰冷的兩個字：「沒有！」

顏曉晨已經考慮到有這個可能，也想好了對策，沒有直達的巴士，那就先買一張到附近城市的票，到那邊後再轉一次車。她正要開口詢問，隊伍後面恰好有一對夫妻和她去一樣的地方，排隊排得肝火上升，聽到這個消息，一下子就炸了，怒吼著質問售票員：「沒有票不能早點通知嗎？排了一個多小時，你現在才說沒有？」

對這種情況，售票員司空見慣，全當沒聽見，面無表情，直接高聲說：「下一個！」

「你什麼態度？」那對夫妻越發生氣，不肯離開，大吵大嚷著要和售票員理論。

別人卻沒心情關心他們的失望和憤怒，心急著買票回家，往窗口擠，隊伍一下就亂了。顏曉晨被擠得差點摔倒，她趕忙往外讓。

幸虧春節期間，轉運站應付這樣的事早有經驗，維護治安的員警立即趕了過來，在制服和警徽的威懾下，人群很快安靜下來。

顏曉晨早已被擠到隊伍外，剛才的混亂時間不長，但她已被踩了好幾腳，當時她什麼都顧不上，只有保護自己的本能，努力往外擠。

這會兒安全了，她才發現背在胸前的雙肩包被割斷一條肩帶，包上也被劃開一條口子，她嚇壞了，立即拉開包，發現現金和晶片卡都沒有了。

她不敢相信，把所有東西拉出來翻了一遍，真的沒了！幸好她一直沒捨得買錢包，東西都是零零散散地放在包裡或者口袋裡，身分證沒有丟。

顏曉晨知道肯定是剛才人擠人時，有人趁亂下手，可排在她後面買票的人，已經都不見了。

顏曉晨跑過去找員警，「我被偷了！」

因為長時間值勤而面色疲憊的員警立即打起精神，關切地問：「丟了多少錢？」

「四百多塊。」一百多是用來買車票，剩下的是零用錢。

員警一聽金額，神情鬆弛了，「還丟了什麼？」

「一張晶片卡，還有學生證。」

員警聽見她是學生，知道四百多塊就是大半個月的生活費，同情卻無奈地說：「轉運站人流量很大，除非當場抓住，錢找回來的可能性很小，人沒事就好，妳趕緊去把重要的卡掛失了。」

顏曉晨只是下意識地要找員警，其實她也很清楚不可能把錢找回來。員警問：「手機丟了嗎？需要我們幫忙打電話通知妳親友嗎？」

顏曉晨被提醒了，連忙在羽絨外套的口袋裡掏，諾基亞的舊手機仍在，還有二十來塊零錢。幸虧羽絨外套的口袋深，她又瘦，裡面裝了手機也沒人看出來。顏曉晨對員警說，「謝謝您了，我的手機還在。」

「那就好！」員警叮囑了顏曉晨幾句以後注意安全，就讓她離開了。

顏曉晨先打電話給銀行客服，把晶片卡掛失。

她拖著行李，單肩挎著包，沮喪地走出汽車站。

站在寒風中，看著背包上整齊的割痕，沮喪漸漸消失，她開始覺得後怕。那麼厚的肩帶都被一刀劃斷，可見刀的鋒利，真不知道那些小偷是怎麼做到的，一個閃失，她就會受傷，真被一刀捅死，倒也一了百了，怕就怕死不了、活受罪。手機突然響了，她看了眼來電顯示，是「程致遠」，這會兒她實在沒心情和人聊天，把手機塞回口袋裡，任由它去響。

她站在路邊，呆呆看著車輛來來往往，好一會兒後，心情才慢慢平復。

晶片卡丟了，裡面的錢沒辦法立即取出來，宿舍已經封樓，身上只剩下二十多塊錢，顯然，唯一能做的事就是打電話求助，可是能向誰求助呢？

雖然在這個城市已經生活了快四年，但除了校園，這座城市對她而言依舊很陌生。同學的名字從她心頭一一掠過，唯一能求助的人就是沈侯，可是沈侯在老家，遠水解不了近渴，何況她該如何向沈侯解釋現在的情形？但不向他求助，她今天晚上連棲身之地都沒有。

在走投無路的現實前，她猶豫了一會兒，只能選擇向沈侯求助，不管怎麼說，他朋友多，也許有辦法。

她掏出手機，打算給沈侯電話，卻發現除了一個未接來電，還有三則未讀簡訊，竟然都是「程致遠」。

第一則簡訊是早上九點多，「妳回家了嗎？」

第二則簡訊是早上十點多，「在忙什麼？」

第三則是下午一點多，也就是十幾分鐘前，「發簡訊給妳，沒人回，打電話給妳，也沒人接。有點擔心，方便時，請回簡訊給我。」

也許人在落魄時格外脆弱，顏曉晨看著這三則簡訊，竟然鼻子有點發酸，她正猶豫究竟是該先打電話向沈侯求助，還是先給程致遠打個電話，手機又響了，來電顯示是「程致遠」，倒是省去了她做選擇。

顏曉晨接了電話，「喂？」

程致遠明顯鬆了口氣，「太好了，終於聯繫到妳，再找不到妳，我都要報警了。」

有人關心惦記自己的感覺十分好，顏曉晨心頭一暖，很內疚剛才不接電話的行為，聲音格外輕軟，「我沒事，讓你擔心了。」

程致遠笑著說：「不好意思，人一旦年紀大了，陰暗的社會新聞看得太多，容易胡思亂想，妳別介意！」

「不……謝謝你！真的謝謝你！」

程致遠聽她的聲音不太對，問：「妳在哪裡？我怎麼聽到那麼多車的聲音？」

「我在長途客運站。」

「上海的？」

「嗯。」

「妳買到回家的車票了嗎？」

「沒有。」

「妳找個暖和安全的地方待著，我立即過來。」

顏曉晨剛想說話，程致遠急促地說：「我這邊有司機、有車，過去很方便，妳要是覺得欠了我人情，就好好記住，以後我有事求妳時，妳幫忙……」

顏曉晨打斷了他的話，「我是想說『好』！」

「嗯？哦……妳說好？」程致遠一下子變成了結巴，「那、那……就好！」

顏曉晨被逗笑了，程致遠恢復了正常，「我很快到。」

雖然口袋裡還剩二十幾塊，可這個時間，客運站附近的食物都很貴，顏曉晨買了杯熱飲和麵包就把錢幾乎全花光了。

顏曉晨吃完麵包，越發覺得餓，可沒錢了，只得忍著。

等了三十來分鐘，程致遠打電話告訴她，他快到了。

看到那輛熟悉的黑色賓士，顏曉晨鬆了口氣，終於不必在除夕夜饑寒交迫地流落上海街頭了。

司機幫顏曉晨把行李放到後車廂，顏曉晨鑽進車子。程致遠看到顏曉晨的樣子，立即猜到發生了什麼，「妳被搶了？」

「不是被搶，是被偷。我都不知道是誰幹的。」

程致遠拿過背包，仔細翻看了一下，慶幸地說：「破財免災，只要人沒事就好，下次別一個人來這種地方。」

顏曉晨說：「其實現金沒丟多少，可晶片卡丟了，我現在連買包泡麵的錢都不夠，你……你能不能借我點錢？」雖然她知道那點錢對程致遠不算什麼，可還是很不好意思。

「當然可以。」

「還有件事……想麻煩你……」顏曉晨遲疑著該如何措辭，肚子卻已經迫不及待咕咕地叫了起來。

程致遠問：「妳是不是沒吃中飯？」

顏曉晨紅著臉說：「昨天一天沒吃飯，今天只吃了塊麵包，你車上有吃的嗎？」

程致遠四處翻了一下，「沒有！老李，這附近有什麼餐館？」

李司機說：「今天是除夕，營業的餐館不多，而且過了用餐時間，還沒到晚飯時間，也沒飯吃。」

顏曉晨忙說：「不麻煩了，隨便買點麵包餅乾就行。」

李司機說：「年三十，賣麵包蛋糕的店也不開。」

程致遠對顏曉晨建議：「不如去我家吧！」

已經又麻煩人家接，又問人家借錢，再客氣可就矯情了，顏曉晨爽快地說：「好！」

程致遠的房子在一個高級住宅社區裡，是複合式公寓，面積不算很大，但裝潢十分精緻，大概因為有地暖系統，屋子裡很暖和，一點都沒有冬天的感覺。

這是顏曉晨在現實生活中看過的最好房間，剛走進去時，有點侷促，但程致遠把洗手間指給她後，就離開了。沒有他在旁邊，顏曉晨的那點侷促很快就消失不見。她去洗手，才發現鏡子裡的自己有多狼狽，難怪程致遠一眼就判定她被搶了。顏曉晨洗了把臉，又梳了頭，把馬尾重新紮好，整個人看上去總算不像「受害者」了。

程致遠匆匆走進廚房，把兩個爐子都開大火，一個煮餛飩，一個煮湯，用紅色的蝦皮、金黃的蛋皮、綠色的小蔥、黑色的紫菜做了湯底，等餛飩起鍋後，再調入醬油、香醋、麻油。

顏曉晨走出洗手間時，程致遠的餛飩也做好了，他用一個日式的藍色大碗公裝好，端了出來，「可以吃了。」

顏曉晨本以為會是幾塊麵包，沒想到餐桌上放了一碗色香味俱全的餛飩，她連話都顧不上說，直接埋頭苦吃，等吃得半飽時，才對程致遠說：「你太厲害了！怎麼能短短時間內就變出一碗薺菜餛飩？」

「冷凍餛飩，十來分鐘肯定就煮好了啊！」

「這餛飩真好吃，是什麼牌子？」

「是我請的阿姨自己包的，凍在冰箱裡，讓我偶爾晚上餓時，做個夜宵，調料也是她配好的，所以這碗餛飩我真是沒出什麼力，只是出了點錢。」

顏曉晨握了握拳頭，笑咪咪地說：「有錢真好！我要努力賺錢，希望以後冰箱裡也隨時可以有自製的薺菜餛飩吃！」

程致遠被逗笑了，「如果就這點願望，妳肯定能如願以償。」

等顏曉晨吃飽了，程致遠把碗筷收到廚房。

顏曉晨提議，「你請我吃了餛飩，我來洗碗吧？」

「不用，用洗碗機，妳去客廳坐坐，我一會兒就好了。」

顏曉晨壓根兒沒見過洗碗機長什麼樣，知道幫不上忙，也不在這裡添亂，乖乖地去客廳。

流落街頭的危機解決，也吃飽喝足了，顏曉晨開始思索下一步該怎麼辦。今天肯定來不及回家了，就算明天的車票不好買，後天的車票也肯定能買到，想回家總是能回的，可回家並不是指回到某個屋子，而是指回到彼此想念的親人身邊。

會有人盼著和她團聚嗎？

顏曉晨掏出手機，沒有媽媽的簡訊、電話。

她想了想，發簡訊給媽媽：「我一切平安，本來打算今天回家，但回去的車票沒有買到，今天就趕不回去了，我明天再去買票。」

摁了發送，看著簡訊成功發出去後，她放下手機，一抬頭，看見程致遠站在不遠處，默默地看著她。

顏曉晨笑問：「你收拾完了？」

「嗯。」程致遠走過來，坐在另一邊的沙發上，「發簡訊給妳媽？」

「你怎麼知道？」

「大年除夕不能回家，肯定要給家裡人一個說法。在轉運站時，妳焦頭爛額顧不上，這會兒事情解決了，一定會報個平安，省得她擔心。」

自家事只有自家知，顏曉晨苦澀地笑了笑，問道：「你怎麼沒回家過年？」

「公司有點事耽擱了。對了，我計畫明天回老家，妳和我一起走算了！」

「這……」顏曉晨遲疑。

「司機反正要送我回去，帶上妳，也不會多花油錢，從上海過去，正好先經過妳家那邊。我們是同一個市的老鄉，路程完全一樣，沒必要我的車還有空位，卻讓妳去坐客運。」

顏曉晨覺得他的話很有道理，「那好吧。」

冬天天黑得早，顏曉晨看外面已經有點陰了，怕待會兒找旅館不方便，決定告辭，她說：「我想跟你借兩千塊錢，最遲下個學期開學還，可以嗎？」

程致遠說：「稍等一下。」他轉身去樓上，過了一會兒，拿著兩千塊下來，把錢遞給顏曉晨。

「謝謝！」顏曉晨收好錢。

程致遠問：「妳是不是打算待會兒去住旅館？」

「對，我正想問問你家附近有什麼旅館可推薦。」

「妳要信得過我，今晚就把我這裡當旅館，我睡樓上，樓下的客房歸妳，我們一人一層，絕不會不方便，明天早上吃過早飯，我們就一起出發，還省得司機接來接去。」

他話都說到這個分上，她能說信不過他嗎？何況，她還真的是非常相信他！說老實話，經歷了今天早上的事，她是真的有點怕，本打算寧可多花錢也要找個絕對安全的旅館。顏曉晨笑著說：「蝨子多了不癢，債多了不愁，我也不在乎多欠你一份人情了，謝謝！」

程致遠拿起顏曉晨的行李，帶她到客房，「妳先洗個熱水澡，要累了，就先躺一下，我們晚飯可以晚點吃。」他把洗髮液、沐浴乳、吹風機、浴巾一一指給她，還特意演示一遍如何調節水的冷熱，蓮蓬頭的水打濕了他的衣服，他也沒在意，反而提醒顏曉晨洗完澡後小心地滑。

他拿出防滑墊和腳踏墊把浴室內外仔細鋪好，顏曉晨站在門口，怔怔看著他。

程致遠起身後，看到顏曉晨的目光，自嘲地說：「是不是太囉唆了？」

顏曉晨搖搖頭，「沒有……只是……」

「什麼？」

顏曉晨好像看著程致遠，目光卻沒有聚焦，不知落在何處，「只是突然覺得，你將來一定會是個好父親。」

程致遠面色古怪，愣了一瞬後，苦笑著說：「顏女士，妳沒必要時時刻刻提醒我，我的青春小鳥已經飛走了吧？」

顏曉晨笑吐吐舌頭，「我錯了，下次一定記得誇你會是個好情人。」

程致遠笑搖搖頭，「妳洗澡吧！有事叫我。」他幫她關好門，離開了。

顏曉晨洗完熱水澡，覺得有些累，想著稍微躺一下就起來，沒想到竟然睡了過去。

她迷迷糊糊醒來時，只覺得床褥格外舒服，翻了個身，還想接著睡，可突然之間意識到她在哪裡，立即清醒了。

她忙起來，摸出手機看了眼，八點多。她穿好衣服，把床整理一下，去洗手間梳了下頭髮，看儀容整齊，拉開門走出房間。

客廳燈火明亮，電視開著，可是沒有聲音，程致遠靠在沙發上，在看書，裡面穿著藍色格紋襯衫，外面披著一件乳白色的羊毛針織衫，他一手拿著書，另一手無意識地放在下巴上，表情嚴肅，再加上眼鏡，讓他看起來像是劍橋大學裡的教授。

顏曉晨看他如此專注，不知道該不該走過去，停下腳步。

程致遠好像有點累了，抬起頭，看著虛空沉思一瞬，似乎想到什麼，放下書，拿起錢包，從錢包裡抽出一片東西，仔細看著。

顏曉晨定睛一看，發現是一張五塊錢，程致遠卻像是在看什麼十分特別的東西，一直在盯著看，眉頭緊蹙，唇邊帶著一絲若有若無的笑。

顏曉晨微微咳嗽一聲，程致遠立即抬頭，看到她，神情有些異樣。顏曉晨走過去，掃了眼他手裡的錢，沒有字，也沒有標記，普普通通、半舊的五塊錢，和世上的其他五塊錢沒有任何區別。

程致遠很快就恢復了正常，順手把錢夾到書裡，站了起來，「睡醒了？我還打算妳再不起來就去叫妳。」

顏曉晨不好意思地說：「睡沉了。」

程致遠問：「餓嗎？」

「不餓。」顏曉晨走到沙發旁坐下。

「我叫了點飯菜，不管餓不餓都吃點。」程致遠去餐廳，顏曉晨忙跟過去，想幫忙。程致遠也沒拒絕，對顏曉晨說：「把飯菜拿去客廳，我們邊看電視邊吃。」

兩人一起把餐盒在茶几上擺好，程致遠又拿了幾瓶果汁，倒也琳琅滿目。

程致遠拿起遙控器，取消靜音，春節晚會的聲音霎時充滿了整個屋子，就好像一把火一下子點燃氣氛，空氣中有了過節的味道。

兩人一人拿著一個碟子，一邊吃菜，一邊看電視。顏曉晨笑著說：「雖然大家年年罵春節晚會難看，可年年都缺不了它。」

程致遠拿起杯子和她碰了一下，「很高興和妳一起過年。」

顏曉晨喝了一口果汁，對程致遠說：「謝謝你收留我，讓我不致過年除夕夜飢寒交迫地流落街頭。」

兩人互碰了下杯子，程致遠用家鄉話說：「我也要謝謝妳，讓我不致過年除夕夜一個人孤零零地過節。」

顏曉晨樂了，「是你這樣，還是你們這個年紀的人都這樣？感覺特別體貼，特別會照顧別人的面子，明明是你幫了我，說得好像反倒是我幫了你。」

程致遠想了想說：「我在妳這個年紀時，的確不像現在這樣，人總要經歷過一些事，才會收起鋒芒，懂得體諒別人。」

兩人看著春節晚會，邊吃邊聊，不知不覺就十點多了。

程致遠說：「我打個電話給爸媽拜年。」他拿起手機，走到餐廳去打電話，隔著玻璃門，聽不到聲音，只看到他站在窗戶前低聲說著話。

顏曉晨拿起手機，猶豫了一會兒，撥通了媽媽的手機，一邊聽著手機鈴聲，一邊把電視的聲音調小。

手機響了很久，才有人接。

隔著手機，依舊能聽到嘩啦嘩啦搓麻將的聲音。顏曉晨叫了聲「媽媽」，卻沒有回音，只聽到一群人爭吵出牌的聲音。一會兒後，媽媽興奮的聲音傳過來，「五餅，吃！」伴隨著打麻將的聲音，媽媽不耐煩地問：「什麼事？」

顏曉晨張了張嘴，還沒說話，媽媽說：「我正忙著！沒事就趕緊掛電話，有打長途電話的錢，不如買包煙孝敬妳老娘！」

她的話含糊不清，顏曉晨可以想像，她肯定嘴裡叼著煙，一手忙著打麻將，一手不樂意地拿著手機。

顏曉晨說：「我就是想告訴妳，我明天到家。」

「知道了！三條！」在啪一聲麻將出牌的聲音中，媽媽掛斷了電話。

顏曉晨把手機緊緊抓在手裡，下意識地抬頭去看程致遠，他依舊在餐廳裡說著話，兩人目光相撞，他隔著玻璃門對她打了個手勢，笑了笑，而顏曉晨也勉強地笑了笑，把電視聲音開大，繼續看電視。可電視上究竟在演什麼，她壓根兒不知道。

手機的簡訊提示音突然響了，顏曉晨拿起手機，看到簡訊竟然來自程致遠。

「願所有不開心的事都隨著舊的一年一去不返，願所有好運都隨著新的一年來到妳身邊，新年快樂！」她抬起頭，程致遠站在餐廳裡，一手拿著手機，一手插在褲兜裡，歪著頭，靜靜看著她。

顏曉晨忍不住抿著嘴角笑起來，沒想到他還有這麼活潑的一面，她衝著他晃了晃手機，大聲說：「謝謝！」

程致遠笑著拉開玻璃門，走過來坐下，一邊埋頭發簡訊，一邊說：「我還得給同事朋友們發訊拜年。」

顏曉晨坐了一會兒，有點無聊，看看時間，剛過十一點，決定也給同學們拜個年。自從上大學後，顏曉晨很少主動幹這事，都是別人給她發了簡訊，她禮貌地回覆。寫了幾句祝福語，點擊群組發送。不一會兒，就有回覆的簡訊陸陸續續來了，手機一會兒響一聲、一會兒響一聲，倒是顯得很歡樂，有的同學的簡訊不必回覆，有的同學的簡訊還需要再回覆，來來往往中，時間過得格外快，馬上就要十二點。

幾個主持人一起站在舞臺上，熱情洋溢地說著話，等他們說完，就要開始倒數計時了。

顏曉晨一直在等這一刻，像兔子般噌一下跳起，「我去打個電話！」她一邊按手機，一邊快步走進餐廳，反手把玻璃門推上。

第一遍電話沒有打通，顏曉晨毫不猶豫地按鍵重撥。

沈侯正在和一個死黨通電話，對方說得很投入，他卻鬱鬱寡歡、心不在焉。嘟嘟的提示音響起，提醒他有新的電話打來，他沒在意，一邊聽著電話，一邊玩著電腦。

堂弟沈林在院子裡大叫，「猴哥，就要十二點了，你要不要放煙火？」

一群兄弟姐妹哈哈大笑，小時候大家一直叫沈侯「侯哥哥」，後來也不知哪個傢伙看完《西遊記》後決定改叫「猴哥」，一幫唯恐天下不亂的搗蛋鬼紛紛跟隨，全部改口。剛開始沈侯還挺為這稱呼得意，那可是有七十二般變化的齊天大聖，長大後卻著實頭疼這稱呼，但後悔也已經晚了。

沈侯推開玻璃門，走到陽臺上，倚著欄杆，居高臨下地看著堂弟沈林，皮笑肉不笑地說：「八戒，你自己玩吧，哥不和你爭！」

兄弟姐妹們笑得更歡了，大堂姐沈周叫：「火呢？準備好！一到十二點就點！」

一群年輕人熱熱鬧鬧地擠在一起，有人站在臺階上，有人站在屋簷下，有人拿著打火機蹲在煙火旁，一起隨著電視上的主持人大聲地倒數計時，「十、九、八……」

電話裡的來電提示音又響起，沈侯拿著手機，漫不經心地聽著死黨的絮叨聲，想著不知道顏曉晨這會兒在幹什麼，突然，他心有所動，都顧不上給死黨打招呼，立即掛斷，接聽新打來的電話。

「……六、五、四……」

電話接通了，輕輕一聲「喂」，跨越了空間，響在他耳畔，猶如世間最美妙的聲音，讓他的世界剎那明媚，心剎那柔軟。

這一刻，他竟然失去了語言功能，也只能如她一般，「喂？」

「二、一……」噭噭的歡呼聲猛地響起，漫天煙火在他頭頂綻放。

她應該也聽到了他這邊的歡呼尖叫聲，笑著說：「新年快樂！你那邊好熱鬧！」

幾分鐘前，沈侯還覺得過節很無趣，一幫兄弟姐妹折騰著放煙火很無聊，可這一刻，他才發現，原來冥冥中一切都有意義，所有無趣、無聊的事只是讓整個世界都在這一瞬為他璀璨綻放。

他仰頭看著漫天繽紛的煙火，笑著說：「我有一個大伯、兩個叔叔、一個姑姑，還有兩個姨媽，一個舅舅，他們都在我家過年，妳說能不熱鬧嗎？妳等一下。」他把手機調成相機模式，對著天空快速拍了幾張照片，可惜顏曉晨的手機沒辦法接收圖片，否則，她就能和他分享這一刻，絢爛的天空就是他此際的心情。不過，以後給她看也是一樣的。

沈侯拍完照後問：「他們在放煙火，很好看。妳家放煙火了嗎？」

顏曉晨看向窗外，城市的燈火璀璨、霓虹閃爍，但沒有人放煙火。她含含糊糊地說：「沒有留意。」迅速轉移了話題，「你看春節晚會了嗎？」

「沒怎麼看，就路過客廳時掃了幾眼，妳看了？」

「嗯。」

沈侯笑，「好看嗎？」

「挺好看的。」

「也就妳會覺得好看，晚上吃什麼？」

❀　❀　❀

兩人絮絮叨叨說著無聊的話，偏偏他們自己覺得每句話都很有意思，感覺上才說了一會兒，實際已經過了二十多分鐘。沈侯的弟弟妹妹們一聲聲喊著「猴哥」，催他掛電話，顏曉晨忍著笑說：「時間太晚了，你去陪家人吧，我掛了。」沈侯還想應付完家人，過一會兒再打過來，顏曉晨看了一眼坐在沙發上看電視的程致遠，覺得不方便在別人家講電話，藉口要睡覺，才阻止了沈侯。

顏曉晨含著笑走出餐廳，心情好得根本藏不住。程致遠轉過頭，笑瞅了她一眼，什麼都沒說。

顏曉晨說：「你要想說什麼就說吧。」

程致遠沒客氣，「這可是妳說的，那個十二點電話是打給沈侯的吧？」

「是的。」

程致遠點點頭，笑得意味深長。顏曉晨知道他在想什麼，可此時此刻，她突然不想再對自己強調那個給她許多快樂的男生是她的「前男友」了。

Chapter 5

希望

人生活在希望之中，舊的希望實現了，
或者泯滅了，新的希望的烈焰又隨之燃燒起來。
如果一個人只管活一天算一天，什麼希望也沒有，
他的生命實際上也就停止了。

——莫泊桑[17]

清晨，程致遠準備了一桌豐盛的西式早餐，兩人吃完早餐，休息半個小時就出發了。

大年初一，完全沒有交通堵塞，一路暢行，十一點多，已經快到兩人家鄉所在的城市。顏曉晨的家不在市裡，在下面的一個縣城。雖然有衛星導航，李司機還是有點暈頭轉向，顏曉晨只知道如何坐公車，並不知道開車的路，程致遠卻一清二楚，指點著哪裡轉彎，哪裡上橋。

等車進入縣城，程致遠說：「下面的路我就不知道了，不過現在妳應該認得路了吧？」

「認識。」小縣城騎著自行車一個多小時就能全逛完，顏曉晨知道每條街道。她讓李司機把車開到一個丁字路口，對程致遠說：「裡面不方便倒車，就在這裡停車吧！剩下的路我自己走進去就可以了。」

17居伊·德·莫泊桑（Henri René Albert Guy de Maupassant, 1850-189）：十九世紀法國自然主義作家，著有近三百篇短篇小說及六部長篇小說，因代表作《羊脂球》被譽為「短篇小說之王」。

這邊的房子明顯很老舊，的確不方便進出車，程致遠也未多說，下了車，看李司機取出行李，交給顏曉晨。

不管是程致遠的車，還是程致遠的人，都和這條街道格格不入，十分引人注意，顏曉晨注意到路口已經有人在探頭觀望，她有些緊張。

程致遠也留意到了，朝顏曉晨揮揮手，上了車，「我走了，電話聯繫。」

「謝謝！」顏曉晨目送他的車走了，才拖著行李向家裡走去。

雖然這邊住的人家都不富裕，可院門上嶄新的「福」字，滿地的紅色鞭炮紙屑，還有堆在牆角的啤酒瓶、飲料瓶，在髒亂中，也透著一種市井平民的喜慶。

顏曉晨走到家門前，大門上光禿禿的，和其他人家形成鮮明的對比。她打開門，首先嗅到的就是煙味和一種說不清楚的霉味。她擱好行李，去樓上看了一眼，媽媽在屋裡睡覺，應該是打了通宵麻將，仍在補眠。

顏曉晨輕輕關好門，躡手躡腳地走下樓。她換了件舊衣服，開始打掃，忙了兩個多小時，屋子裡的那股霉味總算淡了一點。

她拿上錢，去路口的小商店買東西。小商店是一樓門面、二樓住人，做小本生意，只要主人沒有全家出門，一年三百六十五天都開門。

顏曉晨買了兩斤雞蛋，一箱泡麵，店主和顏曉晨家也算是鄰居，知道她家的情形，問顏曉晨要不要小青菜和韭菜，他家自己種的，顏曉晨各買了兩斤。

拎著東西回到家，媽媽已經起床了，正在刷牙洗臉。

顏曉晨說：「媽，我買了點菜，晚上妳在家吃飯嗎？」

顏媽媽呸一聲吐出漱口水，淡淡說：「不吃。」

顏曉晨早已習慣，默默地轉身進了廚房，給自己做晚飯。

顏媽媽梳妝打扮完，拿起包準備出門，又想起什麼，回頭問：「有錢嗎？別告訴我，妳回家沒帶錢！」

顏曉晨拿出早準備好的五百塊，遞給媽媽，忍不住說：「妳打麻將歸打麻將，但別老是打通宵，對身體不好。」

顏媽媽一聲不吭地接過錢，塞進包裡，哼著歌出了門。

顏曉晨做了個韭菜雞蛋，煮了碗泡麵，一個人吃了。

收好碗筷，洗完澡，她捧著杯熱水，坐在沙發上看電視。為了省電，客廳的燈瓦數很低，即使開著燈，也有些暗影沉沉；沙發年頭久了，媽媽又很少收拾，一直有股霉味縈繞在顏曉晨鼻端；南方的冬天本就又潮又冷，這個屋子常年不見陽光，更是陰冷刺骨，即使穿著羽絨外套都不覺得暖和。想起昨天晚上，她和程致遠兩人坐在溫暖明亮的屋子裡，邊吃飯邊聊天看電視，覺得好不真實，可她也不知道，到底哪一幕才是在做夢。

待杯子裡的熱水變冷，她關了電視，回到自己的房間。

打開床頭的檯燈，躺在被窩裡看書，消磨晚上的時間不算太艱難，只是被子太久沒有曬過了，很潮，蓋在身上也感覺不到暖和，顏曉晨不得不蜷成一團。

手機響了，顏曉晨看是沈侯的電話，十分驚喜，可緊接著卻有點茫然，甚至不知道自己該不該接這個電話。遲疑一瞬，還是接了電話。

「顏曉晨，吃過晚飯了嗎？」沈侯的聲音就如盛夏的風，熱烈飛揚，連隔著手機，都還是讓顏曉晨心裡一暖。

「吃過了，你呢？」

「正在吃，妳猜猜我們在吃什麼？」

「猜不到，是魚嗎？」

沈侯眉飛色舞地說：「是烤魚！我們弄了兩個炭爐，在院子裡燒烤，配上十五年的花雕酒，滋味真是相當不錯……」從電話裡，能聽到嘻嘻哈哈的笑聲，還有鋼琴聲、歌聲，「我表妹在開演唱會，逼著我們當觀眾，還把堂弟拉去伴奏，謝天謝地，我的小提琴拉得像鋸木頭……」

顏曉晨閉上眼睛，隨著他的話語，彷彿置身在一個院子中，燈火閃爍，俏麗的女孩彈著鋼琴唱歌，爐火熊熊，有人忙著燒烤，有人拿著酒在乾杯。雖然是一模一樣的冬天，可那個世界明亮溫暖，沒有揮之不去的霉味。

「顏曉晨，妳在聽我說話嗎？」

「在聽。」

「妳怎麼一直不說話？」

「我在聽你說話。」

沈侯笑，「狡辯！我命令妳說話！」

「Yes, Sir! 你想聽我說什麼？」

「妳怎麼過年的？都做了什麼？」

「家庭大掃除，去商店購物，做飯，吃飯，你打電話之前，我正在看書。」

「看書？」

「嗯。」

「看什麼書？」

「《Fractals and Scaling In Finance》，一本講財務金融的原文書。」

沈侯誇張地倒吸了一口冷氣，「顏曉晨同學，妳要不要這麼誇張啊？」

電話那頭傳來叫喚「猴哥」的聲音，顏曉晨笑著說：「你還想繼續聽我說話嗎？我有很多關於金融分析的心得體會可以談。」

「妳自己留著吧，我還是去吃烤羊肉串了。」

「再見！」

「喂，等一下，問妳個問題……妳想不想吃我烤的肉串？」

「想！」

「在看書和我的烤肉之間，妳選哪個？」

「你的烤肉！」

沈侯滿意了，「我掛了，再見！」

「再見！」

顏曉晨放下手機，看著枕旁的原文書，禁不住笑起來，她只是無事可做，用它來消磨時間，和美味的烤肉相比，它當然一文不值，沈侯卻以為她是學習狂，自降身價去做比較。

顏曉晨繼續看書，也許因為這本書已經和沈侯的烤肉有了關係，讀起來似乎美味許多。

第二日，顏曉晨起床後，媽媽才回來，喝了碗她熬的粥、吃了個蛋，就上床去補覺了。

顏曉晨看天氣很好，把被子、褥子拿出來拍打一遍後，拿到太陽下曝曬，又把所有床單、被罩都洗乾淨，晾好。

忙完一切，已經十一點多了，她準備隨便做點飯吃，剛把米飯煮上，聽到手機在響，是沈侯打來的。

「喂？」

沈侯問：「吃中飯了？」

「還沒有。」

「有沒有興趣和我一起吃？」

顏曉晨張口結舌，呆呆站了一瞬，衝到門口，拉開大門往外看，沒看見沈侯，「你什麼意思？」因為過度的緊張，她的聲音都變了。

沈侯問：「妳這到底是驚大於喜，還是喜大於驚？」

顏曉晨老實地說：「不知道，就覺得心咚咚直跳。」她走出院門再四處張望了一下，確定沈侯的確不在附近，「我現在就在家門口，沒看到你，你是在逗我玩嗎？」

「嗯，我的確在嚇妳，我不在妳家附近。」

顏曉晨的心放下了，沈侯哈哈大笑，「好可惜！真想看到妳衝出屋子，突然看到我的表情。」

顏曉晨看了眼狹窄髒亂的巷子，一邊朝著自己殘舊的家走去，一邊自嘲地說：「你以為是浪漫愛情電影，說不定是驚悚電影。」

沈侯笑著說，「我本來的計畫是想學電影劇情那樣，突然出現在妳家外面，給妳個驚喜，但技術操作時碰到了困難。」

「什麼意思？」

「我按照妳大一時學校註冊的家庭地址找過來的，可找不到妳家，妳是搬家了嗎？」

顏曉晨的心又提了起來，結結巴巴地說：「什麼？你說……你來、你來……」

沈侯非常溫柔地說：「顏曉晨，我雖然不在妳的門外，但我現在和妳在同一個城市。」

顏曉晨拿著手機，站在破舊的院子裡，看向遙遠的天際，突然之間一切都變了，像是跌入一個不真實的夢境裡——天空蔚藍如洗，江南的冬日陽光寧靜溫暖，映照著斑駁的院牆，長長的竹竿，上面曬著床單、被罩，正隨著微風在輕輕飄動，四周浮動著洗衣粉的淡淡清香，一切都變得異常美好、溫馨。

顏曉晨聽見自己猶如做夢一般，輕聲問：「你怎麼過來的？」

「我和堂弟一塊兒開車過來的，又不算遠，大清早出發，十一點多就到了。妳家地址在哪裡？我過來找妳。」

「我這邊的路不好走，我平時都坐公車，也不會指路，你在哪裡？我來找你！」顏曉晨說著話，就向外衝，又想起什麼，趕忙跑回屋，照了下鏡子，因為要做家務，她特意穿了件舊衣服，戴著兩個袖套，頭髮也是隨便挽了起來。

沈侯說：「我看看……我剛經過公立醫院，哦，那邊有一家麥當勞。」

「我知道在什麼地方了，你在麥當勞附近等我一下，我大概要半個小時才能到。」

「沒關係，妳慢慢來。我們在附近繞一下。」

顏曉晨掛了電話，立即換衣服、梳頭。出門時，看到沈侯送給她的帽子、圍巾，想到沈侯春節期間特意開車來看她，她似乎不該空著手去見他，可是，倉促下能送他什麼呢？

＊　＊　＊

從縣城到市內的車都是整點發，一個小時一班，顏曉晨等不及，決定坐計程車。半個小時後，她趕到市內。在麥當勞附近下了車，正準備打電話給沈侯，沈侯從路邊的一輛白色轎車上跳下來，大聲叫：「顏曉晨！」

顏曉晨朝他走過去，也不知道為什麼，明明早知道他在這裡等著，可這一刻，依舊臉發燙，心跳加速，她胡思亂想著，既然已經沒有了驚，那麼就是喜了吧？

車裡的男生搖下車窗，一邊目光灼灼地打量顏曉晨，一邊笑著說：「嗨！我叫沈林，雙木林，猴哥的堂弟，不過我們是同年，他沒比我大多少。」

顏曉晨本就心慌，此時更加窘迫，臉一下全紅了，卻不自知，還故作鎮靜地說：「你好，我是沈侯的同學，叫顏曉晨。」

沈林第一次看到這麼從容大方的臉紅，暗讚一聲「演技派」啊，衝沈侯擠眉弄眼。沈侯自己常常逗顏曉晨，卻看不得別人逗，揮手趕沈林走，「你自己找地方去轉轉。」

沈林一邊抱怨，一邊發動了車子，「真是飛鳥盡，良弓藏！唉！」

沈侯沒好氣地拍拍車窗，「趕緊滾！」

沈林對顏曉晨笑著揮揮手，離開了。

沈侯對顏曉晨說：「我們去麥當勞裡坐坐。」

顏曉晨沒有反對，兩人走進麥當勞，到二樓找了個角落裡的位置坐下。顏曉晨說：「這頓中飯我請吧，你想吃什麼？」

沈侯打開背包，像變魔術一般，拿出三個保溫便當盒，一一打開，有烤羊肉串、烤雞翅、烤蘑菇。他嘗了一口，不太滿意地說：「味道比剛烤好時差了很多，不過總比麥當勞好吃。」

顏曉晨想起了他昨晚的話，輕聲問：「你烤的？」

沈侯得意地點點頭，邀功地說：「早上六點起床烤的，妳可要多吃點。」

顏曉晨默默看了沈侯一瞬，拿起雞翅開始啃，也不知道是因為沈侯的手藝非同一般，還是因為這是他特意為她烤的，顏曉晨只覺這是她這輩子吃過最好吃的烤雞翅。

沈侯問：「我還帶了花雕酒，妳能喝酒嗎？」

「能喝一點，我們這裡家家戶戶都會釀米酒，逢年過節大人不怎麼管，都會讓我們喝一點。」

「我們也一樣！我爺爺奶奶現在還堅持自己釀的米酒比十五年的茅臺還好喝。」沈侯拿出兩個青花瓷的小酒杯，斟了兩杯酒，「嘗嘗！」

顏曉晨端起酒杯，抿了一口，讚道：「配著燒烤吃，倒是別有風味。」

沈侯笑起來，和顏曉晨碰了下杯子，仰頭就要喝，顏曉晨忙拽住他的手，問：「你待會兒回家不用開車嗎？」

「我拉了沈林出來就是為了能陪妳一起喝酒啊！」他一口將杯子裡的酒飲盡，「我去買兩杯飲料，省得人家說我們白占座位。」

不一會兒，他端著兩杯飲料回來，看顏曉晨吃得很香，不禁笑容更深了，「好吃嗎？」

「好吃。」

「我的烤肉比那什麼書好多了吧？」

他還惦記著呢！顏曉晨笑著說：「一個天上，一個地下，連可比性都沒有！」

沈侯拿起一串羊肉串，笑咪咪地說：「不錯，不錯，妳還沒到無可救藥的地步！」

沈侯帶的烤肉不少，可顏曉晨今天超水準發揮，飯量是平時的兩倍。沈侯才吃到半飽，就只剩下最後一隻雞翅了。

沈侯看顏曉晨意猶未盡的樣子，把最後一隻雞翅讓給了她，「妳好能吃，我都沒吃飽。」

顏曉晨一邊毫不客氣地把雞翅拿了過去，一邊抱歉地說：「你去買個漢堡吃吧。」

沈侯嫌棄地說：「不要，雖然沒吃飽，但也沒餓到能忍受麥當勞的漢堡。」

顏曉晨看著雞翅，猶豫著要不要給沈侯。沈侯忍不住笑著拍了一下她的頭，「妳吃吧！」

等顏曉晨吃完，兩人把垃圾扔掉，又去洗手間洗手，才慢慢喝著飲料，說話聊天。

其實也沒什麼特別的事要說，但看著對方，漫無邊際地瞎扯，就覺得很滿足。

沈侯拿出手機，給顏曉晨看照片，「這些都是除夕夜妳打電話給我時，我拍下來的。」沈侯指著照片上的煙火，「我當時正好在陽臺上，煙火就好像在我身邊和頭頂綻放，可惜手機拍的照片不清楚，當時，真的很好看！」

「原來當時你讓我等一下，就是在拍照。」顏曉晨一張張照片看過去，心中洋溢著感動。那一刻，沈侯是想和她分享美麗的吧！

煙火的照片看完了，緊接著是一張沈侯家人的照片，顏曉晨沒敢細看，把手機還給沈侯。

沈侯卻沒在意，指著照片對顏曉晨說：「這是我爸，這是我媽，這是我姑姑……」竟然翻著照片把家裡人都給顏曉晨介紹了一遍。

還真是個大家庭，難怪那麼熱鬧。顏曉晨問：「你為什麼取單名『侯』？這個字有特別含意嗎？」

「我爸爸姓沈，媽媽姓侯，兩個姓合在一起就叫沈侯了。」

顏曉晨問：「你堂弟沈林不會是因為媽媽姓林吧？」

沈侯伸出大拇指，表示她完全猜對了。

顏曉晨笑著搖頭，「你們家的人也真夠懶的！」

沈侯笑著說：「主要是因為我大伯就這麼給堂姐起名字的，用了我大嬸的姓做名，叫沈周，我媽很喜歡，依樣畫了葫蘆，叔叔嬸嬸他們就也都這麼起名。」

「如果生了兩個孩子怎麼辦？你家沒人有兩個小孩嗎？」

「有啊！沈林就還有個妹妹。」

「那叫什麼？」

「沈愛林。」

顏曉晨撲哧一聲笑了出來，她算是澈底明白了，沈家的女人都很有話語權。

沈侯問：「妳的名字有什麼特別意義嗎？」

「你猜！」

「不會是那種很沒創意的吧？妳出生在清晨？」

「答對了！本來是打算叫顏晨，可報戶口時，辦事的阿姨說兩個字的名字太多，要我爸媽想個三個字的名字。我剛出生時，很瘦小，小名叫小小，大小的小，爸爸說那就叫小晨，媽媽說叫曉晨，所以就叫了曉晨。」

「小小？」沈侯嘀咕，「這小名很可愛。」

顏曉晨有些恍惚，沒有說話。

「對了，有個東西給妳，待會兒走時別忘了。」沈侯從背包裡掏出一個紙盒，放在顏曉晨面前。

顏曉晨打開，發現是一個褐色的格紋錢包，肯定是沈侯發現她沒有錢包，卡和錢總是塞在口袋裡。快要工作了，她的確需要一個像樣的錢包，「謝謝。」

顏曉晨從包裡拿出一個彩紙包著的東西遞給沈侯。

「給我的新年禮物？」沈侯笑嘻嘻地接過。

彩紙是舊的，軟塌塌的，還有些潮，裡面包著一個木雕的孫悟空，看著也不像新的，而且雕工很粗糙，擺在地攤上，他絕對不會買。沈侯哭笑不得，「妳從哪裡買這東西的？」

顏曉晨凝視著木雕，微笑著說：「我自己雕的。」

沈侯的表情立即變了，「妳自己雕的？」雖然雕工很粗糙，可要雕出一隻孫悟空，絕不容易。

「我爸爸是個木匠，沒讀過多少書，但他很心靈手巧。小時候，我們家很窮，買不起玩具，我的很多玩具都是爸爸做的。當時，我和爸爸一起雕了一整套《西遊記》裡的人物，大大小小有十幾個，不過我沒好好珍惜，都丟光了，現在只剩下一個孫悟空。」

這是顏曉晨第一次在他面前談論家裡的事，沈侯心裡湧動著很奇怪的感覺，說不清是憐惜還是開心，他寬慰顏曉晨，「大家小時候都這樣，總是丟三落四的，等寒假有空時，妳可以和妳爸再雕幾個。」

顏曉晨輕聲說：「我爸爸已經死了。」

沈侯愣住了，手足無措地看著顏曉晨，想說什麼卻又不知道能說什麼。顏曉晨衝他笑了笑，表示自己沒事。

沈侯拿著木雕孫悟空，有點難以相信地問：「妳真的要把它送給我？」

顏曉晨點點頭，笑咪咪地說：「沒時間專門去買禮物給你，就用它充數了，猴哥！」

一件東西的好與壞，全在於看待這個東西的人賦予它什麼意義，沈侯摩挲著手裡的木雕孫悟空，只覺拿著的是件稀世珍寶，他對顏曉晨說：「這是今年我收到最好的禮物，我一定會好好收著，謝謝。」

顏曉晨看出他是真喜歡，心裡也透出歡喜來。

兩人唧唧噥噥，又消磨了一個小時，沈林打電話過來，提醒沈侯該出發了。顏曉晨怕天黑後開車不安全，也催促著說：「你趕緊回去吧！」

沈侯和顏曉晨走出麥當勞，沈侯說：「我們送妳回去。」

「不用，我自己坐公車回去，很方便的。」

沈侯依依不捨地問：「妳什麼時候回學校？」

「再在家裡住一週。」

「那很快了……我們學校見！」

「嗯，好！」

沈侯上了車，沈林朝顏曉晨笑揮揮手，開著車走了。

顏曉晨朝著公車站走去，一路上都咧著嘴在笑。

她一邊等公車，一邊給沈侯發簡訊，「今天很開心，謝謝你來看我！」

沈侯接到簡訊，也咧著嘴笑，回覆：「我也很開心，謝謝妳的寶貴禮物！」

＊　＊　＊

顏曉晨回到家裡，媽媽正在換衣服，準備出門去打麻將。母女倆雖然同住在一個屋簷下，可一個活在白天，一個活在黑夜，幾乎沒有機會說話。

顏曉晨把床單被褥收起來，抱回臥室。視線掃過屋子，覺得有點不對，她記得很清楚，她今天早上剛收拾過屋子，每樣東西都放得很整齊，現在卻有點凌亂了。

她把被褥放到床上，納悶地看了一圈屋子，突然意識到什麼，趕緊打開衣櫃，拿出那本《Fractals and Scaling In Finance》翻了幾下，一個信封露出。她打開信封，裡面空空的，她藏在裡面的一千塊錢全不見了。

這屋裡只有另一個人能進她的屋子，顏曉晨不願相信是媽媽偷了她的錢，可事實就擺在眼前。顏曉晨衝到樓下，看到媽媽正拉開院門，向外走。

「媽媽！」顏曉晨大叫，媽媽卻恍若沒有聽聞。

顏曉晨幾步趕上前，拖住了媽媽，盡力克制著怒氣，平靜地問：「妳是不是偷了我的錢？」

沒想到媽媽像個炸藥，狠狠甩開了顏曉晨的手，用長長的指甲戳著她的臉，暴跳如雷地吼著罵：「妳個神經病、討債鬼！那是老娘的家，老娘在自己家裡拿錢，算偷嗎？妳有膽子再說一遍！看老娘今天不打死妳！」

顏曉晨一邊躲避媽媽的指頭，一邊說：「好，算我說錯了！妳只是拿了衣櫃裡的錢。我昨天剛給了妳五百，現在可以再給妳五百，把剩下的錢還我，我回學校坐車、吃飯都要用錢！」

媽媽嗤笑，「我已經全部用來還賭債了，妳想要，就去找那些人要吧！看看他們是認識妳個死丫頭，還是認識人民幣！」

「妳白天還沒出過門，錢一定還在身上！媽媽，求求妳，把錢還給我一點，要不然我回學校沒有辦法生活！」

媽媽譏嘲地說：「沒有辦法活？那就別上學了！去髮廊做洗頭妹，一個月能掙兩、三千呢！」

顏曉晨苦苦哀求，「媽媽，求求妳，我真的只剩下這些錢了！」

媽媽冷漠地哼了一聲，轉身就想走。

顏曉晨忙拉住她，「我只要五百，要不三百？妳還我三百就行！」

媽媽推了她幾下，都沒有推開，突然火冒三丈，甩著手裡的包，劈頭蓋臉地抽向顏曉晨，「妳個討債鬼！老娘打個麻將都不得安生！妳怎麼不死在外面，不要再回來了？打死妳個討債鬼，打死妳個討債鬼……」

媽媽的手提包雖然是低廉的人造皮革，可抽打在身上，疼痛絲毫不比牛皮的皮帶少。顏曉晨鬆開了手，雙手護著頭，瑟縮在牆角。

媽媽喘著粗氣，又抽了她幾下才悻悻地收手，惡狠狠地說：「趕緊滾回上海，省得老娘看到妳心煩！」說完，背好包，揚長而去。

聽到母女倆的爭吵聲，鄰居都在探頭探腦地張望，這會兒看顏媽媽走了，有個鄰居走了過來，關心地問顏曉晨：「妳沒事吧，受傷了嗎？」

顏曉晨竟然擠了個笑出來，搖搖頭。

回到自己的房間，確定沒人能看見，顏曉晨終於無法再控制，身子簌簌直顫，五臟六腑裡好似有一團火焰在燃燒，讓她覺得自己馬上就要被炙烤死，卻又不能真正解脫地死掉，只是停在那個瀕死前最痛苦的時刻。

顏曉晨強逼著自己鎮定，撿起地上的書和信封，放回衣櫃裡，但無論她如何克制，身子依然在抖。也許號啕大哭地發洩出來能好一點，可她的淚腺似乎已經枯竭，一點都哭不出來。

顏曉晨抖著手關上衣櫃。老式的大衣櫃，兩扇櫃門上鑲著鏡子，清晰地映照出顏曉晨現在的樣子，馬尾半散，頭髮蓬亂，臉上和衣服上都蹭了不少黑色的牆灰，脖子上大概被包抽到了，紅腫一塊。

顏曉晨盯著鏡中的自己，厭惡地想，也許她真的應該像媽媽咒罵的一樣死了！她忍不住一拳砸向鏡中的自己，早已陳舊脆弱的鏡子立即碎裂開，顏曉晨的手也見了血，她卻毫無所覺，又是一拳砸上去，玻璃刺破她的手，十指連心，尖銳的疼痛從手指傳遞到心臟，肉體的痛苦緩解了心靈的痛苦，她的身體終於不再顫抖。

顏曉晨凝視著碎裂鏡子裡的自己，血從鏡子上流過，就好像血從「臉上」緩緩流過，她也不知道自己在想什麼，竟然用流血的手，給鏡子裡的「眼睛」下畫了兩行眼淚。

蒼白的臉、血紅的淚，她對鏡中的自己疲憊地笑了笑，額頭貼在鏡子上，閉上了眼睛。

等心情完全平復後，顏曉晨開始收拾殘局。

用半瓶已經過期的酒精清洗傷口，再灑上雲南白藥，等血止住後，用紗布纏好。

用沒受傷的一隻手把屋子打掃了，顏曉晨坐在床邊開始清算剩下的財產。

幸虧今天出門去見沈侯時，特意多帶了點錢，可為了趕時間，坐計程車就花了八十，回來時坐公車倒是只花了五塊錢；這兩天採購食物和雜物花了兩百多，程致遠借給她的兩千塊竟然只剩下一百多塊，連回上海的車票錢都不夠。不是沒有親戚，可是這些年，因為媽媽搓麻將賭博的嗜好，所有親戚都和她們斷絕了關係，連春節都不再走動。

顏曉晨正絞盡腦汁地思索該怎麼辦，究竟能找誰借到錢，砰砰的拍門聲響起，鄰居高聲喊：「顏曉晨，妳家有客人，快點下來，快點！」

顏曉晨納悶地跑下樓，拉開院門，門外只有隔壁的鄰居。鄰居指著門口放的一包東西說：「我出來丟垃圾，看到一個人站在妳家門口，卻一直不叫門，我就好奇地問了一句，沒想到他放下東西就走了。」

顏曉晨似乎想到了什麼，立即問：「那人長什麼樣？男的，女的？」

「男的，四、五十歲的樣子，有點胖，挺高的，穿著……」

顏曉晨的表情一下子變得很猙獰，提起東西就衝出去。鄰居被嚇住了，呆看著顏曉晨的背影，喃喃說：「妳還沒鎖門。」

顏曉晨疾風一般跑出巷子，看到一輛銀灰色的轎車，車裡的男人一邊開著免持電話，一邊啟動了車子，想要開入車道。顏曉晨瘋了一樣衝到車前，男人急急煞住了車，顏曉晨拍著駕駛座的車窗，大聲叫：「出來！」

男子都沒有來得及掛電話，急急忙忙地推開車門，下了車。

顏曉晨厲聲問：「我難道沒有告訴過你，我們永不想再見到你嗎？」

男子低聲下氣地說：「過年了，送點吃的過來，一點點心意，妳們不想要，送人也行。」

顏曉晨把那包禮物直接砸到他腳下，「我告訴過你，不要再送東西來！你撞死的人是我爸爸，你的錢不能彌補你的過錯！我不會給你任何機會，讓你贖罪，換取良心的安寧，我就是要你愧疚不安！愧疚一輩子！愧疚到死！」

禮物袋裂開，食物散了一地，藏在食物裡的一疊一百塊錢也掉了出來，風一吹，呼啦啦飄起，有的落在車上，有的落在顏曉晨腳下。

幾個正在路邊玩的小孩看到，大叫著「撿錢了」，衝過來搶錢。

男子卻依舊賠著小心，好聲好氣地說：「我知道我犯的錯不可彌補，妳們恨我，都是應該的，但請妳們不要再折磨自己。」

「滾！」顏曉晨一腳踢開落在她鞋上的錢，轉身就走，一口氣跑回家，鎖住了院門。

上樓時，她突然失去了力氣，腳下一軟，差點滾下樓梯，幸好抓住欄杆，只是跌了一跤。她覺得累得再走不動，連站起來的力氣都沒有，順勢坐在水泥臺階上。

她呆呆地坐著，腦內一片空白。

天色漸漸暗沉，沒有開燈，屋裡一片漆黑，陰冷刺骨，水泥地更是如冰塊一般，顏曉晨卻沒有任何感覺，反倒覺得她可以永遠坐在這裡，把生命就停止在這一瞬。

手機突然響了，尖銳的鈴聲從臥室傳過來。顏曉晨像是沒聽到一樣，毫無反應，手機鈴聲卻不肯停歇，響個不停，像是另一個世界的呼喚。

顏曉晨終於被手機鈴聲驚醒，覺得膝蓋凍得發疼，想著她可沒錢生病！拽著欄杆，強撐著站起來，摸著黑，蹣跚地下了樓，打開燈，給自己倒一杯熱水，慢慢地喝完，冰冷僵硬的身子才又活了過來。

顏曉晨看手上的紗布透出暗紅，應該是傷口裂了，又有血滲出來。她解開紗布，看血早已凝固，也不用再處理了，拿了塊新紗布把手裹好就可以了。

顏曉晨端著熱水杯，上了樓，看到床上攤著的零錢，才想起之前在做什麼，她還得想辦法借到錢，才能回學校繼續念書。

她嘆了口氣，順手拿起手機，看到有三個未接來電，都是程致遠的。顏曉晨苦笑起來，她知道眼前唯一能走的路是什麼了。可是，難道只因為人家幫了她一次，她就次次都會想到人家嗎？但眼下，她是真的沒有辦法了，只能厚顏無恥地再一次向程致遠求助。

顏曉晨按了下撥打電話的按鍵。電話響了幾聲後，程致遠的聲音傳來，「喂？」

「你好，我是顏曉晨。」

程致遠問：「妳每次都要這麼嚴肅嗎？」

顏曉晨說：「不好意思，剛才在樓下，錯過了你的電話，你找我什麼事？」

「沒事就不能打電話給妳？」

「當然不是了。」

「習慣了每天工作，過年放假有些無聊，就隨便打個電話跟妳問候一下。」

「我……你還在老家嗎？」

程致遠早就聽出她的語氣不對，卻表現得輕鬆隨意，「在！怎麼了？難道妳想要來給我拜年嗎？」

「我……我想再向你借點錢。」顏曉晨努力克制，想盡量表現得平靜自然，但是聲音依舊洩露了她內心的窘迫難受。

程致遠像是什麼都沒聽出來，溫和地說：「沒問題！什麼時候給妳？明天早上可以嗎？」

「不用那麼趕，下午也可以，不用你送了，你告訴我地址，我去找你。」
「我明天正好要去市裡買點東西，讓司機去妳那邊很方便。」
「那我們在市裡見吧，你們不用特意到縣城來。」
程致遠沒再客氣，乾脆地說：「可以！」

第二天早上，顏曉晨坐公車趕進市裡，到了約定的地點，看見了那輛熟悉的賓士車。
顏曉晨上車後，程致遠把一個信封遞給她，「不知道妳需要多少，先準備兩千塊，如果不夠……」
「不用那麼多！一千就足夠了。」顏曉晨數了一千塊，把剩下的還給程致遠。
程致遠瞅了她的右手一眼，不動聲色地把錢收起來。冬天戴手套很正常，可數錢時只摘下左手的手套，寧可費勁地用左手，卻始終不摘下右手的手套就有點奇怪了。
顏曉晨說：「等回到上海，我先還你兩千，剩下的一千，要晚一個月還。」
程致遠拿著手機，一邊低頭發訊息，一邊說：「沒問題！妳應該明白，我不缺這錢用，只要妳如數奉還，我並不在乎晚一、兩個月，別給自己太大壓力。」
顏曉晨喃喃說：「我知道，謝謝！」
程致遠的手微微頓了一瞬，說：「不用謝！」
顏曉晨想離開，可拿了錢就走似乎很不近人情，但留下又不知道能說什麼，正躊躇，程致遠發完了訊息，抬起頭微笑著問：「這兩天過得如何？」
「還不錯！」顏曉晨回答完，覺得乾巴巴的，想再說點什麼，但她的生活實在沒什麼值得述說的，除了一件事——

「沈侯來看我了，他沒有事先給我電話，想給我一個驚喜，可是沒找到我家，到後來還是我坐車去找他……」顏曉晨絕不是個有傾訴欲的人，即使她絞盡腦汁、想努力營造一種輕鬆快樂的氣氛，回報程致遠的幫助，也幾句話就把沈侯來看她的事說完了。幸虧她懂得依樣畫葫蘆，講完後，學著程致遠問：「你這兩天過得如何？」

「我就是四處走親戚，挺無聊的……」程致遠的電話突然響了，他做了個抱歉的手勢，接了電話，

「Hello……」他用英文說著話，應該是生意上的事，不少金融專有名詞。

他一邊講電話，一邊從身側的包裡拿出一個記事本，遞給顏曉晨，壓著聲音快速地說：「幫我記一下。」他指指記事本的側面，上面就插著一支筆。

顏曉晨傻了，這種小忙完全不應該拒絕，但是她的手現在連提點菜、掃個地的粗活還勉強能做，可寫字、數錢這些精細事務卻沒辦法幹。

程致遠已經開始一字字重複對方的話：「122 Westwood Street, Apartment 503……」

顏曉晨拿起筆，強忍著疼痛去寫，三個阿拉伯數字都寫得歪歪扭扭，她還想堅持，程致遠從她手裡抽過筆，迅速地在本子上把地址寫完，對電話那頭說：「OK, byebye！」

他掛了電話，盯著顏曉晨，沒有絲毫笑容，像個檢察官，嚴肅地問：「妳的手受傷了？」

如此明顯的事實，顏曉晨只能承認，「不小心割傷了。」

「傷得嚴重嗎？讓我看一下！」程致遠眼神銳利，口氣帶著不容置疑的威嚴，讓顏曉晨一時間竟然找不到話拒絕。

她慢慢脫下了手套，小聲地說：「不算嚴重。」

四個指頭都纏著紗布，可真是特別的割傷！程致遠問：「傷口處理過了嗎？」

「處理過了，沒有發炎，就是不小心被碎玻璃劃傷了，很快就能好！」

程致遠打量著她，顏曉晨下意識地拉了拉高領毛衣的領子，縮了下脖子，程致遠立即問：「妳脖子上還有傷？」

顏曉晨按著毛衣領子，確定他什麼都看不到，急忙否認，「沒有！只是有點癢！」

程致遠沉默地看著她，顏曉晨緊張得直咬嘴唇。一瞬後，程致遠移開目光，看了下錶，說：「妳回去的公車快來了，好好養傷，等回上海我們再聚。」

顏曉晨如釋重負，「好的，再見！」她用左手推開車門，下了車。

「等一下！」程致遠說。

顏曉晨忙回頭，程致遠問：「我打算初九回上海，妳什麼時候回上海？」

「我也打算初九回去。」其實，顏曉晨現在就想回上海，但宿舍要關到初八，她最早只能初九回去。

「很巧！那我們一起走吧！」

「啊？」顏曉晨傻了。

程致遠微笑著說：「我說，我們正好同一天回去，可以一起走。」

顏曉晨覺得怪怪的，但是程致遠先說回去時間的，而她後說，只怕落在李司機耳朵裡，肯定認為她是故意的。

顏曉晨還在猶豫不決，程致遠卻像法官結案陳詞一樣，肯定有力地說：「就這麼定了，初九早上十點我在妳上次下車的路口等妳。」他說完，笑著揮揮手，關上了車門。

顏曉晨對著漸漸遠去的車尾，低聲說：「好吧！」

Chapter 6

無悔的青春

我絕不承認兩顆真心的結合會有任何障礙。
愛是亙古長明的塔燈，它定睛望著風暴卻兀不為動；
愛又是指引迷舟的一顆恆星，你可量它多高，它所值卻無窮。
——威廉．莎士比亞[18]

正月初九，顏曉晨搭程致遠的順風車，回到了上海。

李司機已經駕輕就熟，不用顏曉晨吩咐，就把車停在距顏曉晨宿舍最近的校門。他解開安全帶，想下車幫顏曉晨拿行李，程致遠說：「老李，你在車裡等，我送顏曉晨進去。」

顏曉晨忙說：「不用、不用！我的手已經好得差不多了，行李也不重。」

程致遠推開門，下了車，一邊從後車廂取行李，一邊笑著說：「Young lady, it's the least a gentleman can do for you !」

「Thank you!」顏曉晨只能像一位淑女一般，站在一旁，接受一位紳士的善意幫助。

18威廉．莎士比亞（William Shakespeare, 1564-1616）：英國文藝復興時期的詩人及劇作家，著名作品有《李爾王》、《哈姆雷特》、《奧賽羅》、《羅密歐與茱麗葉》、《威尼斯商人》等，是世界上最偉大的戲劇天才之一。

程致遠拖著拉桿行李箱，一邊走向宿舍，一邊問：「妳的打工計畫是什麼？」

「酒吧那邊這一、兩天應該就會恢復營業，除了酒吧的工作，我想再找一份白天的工作。」

「我可以給妳一個建議嗎？」

「當然可以。」

程致遠指指自己的頭，「用妳的腦子賺錢，不要用體力賺錢。一個人想成功，首先要學會的是努力發揮所長，盡量迴避所短。妳覺得一個人最寶貴的是什麼？」

顏曉晨想了想，說：「生命！」

「對，生命，也就是時間！相信我，在妳這個年齡，錢不重要！重要的是如何使用妳的時間，妳在大學學了四年如何經營資產、管理財富，實際上，人生最大的資產和財富是自己的時間，如果妳經營管理好了這個資產，別說牛奶麵包會有，就是鑽石ＢＭＷ也會有！」

顏曉晨忍不住撲哧一聲笑了起來。程致遠瞅了她一眼，顏曉晨忙說：「你說得很有道理。」

兩人已經走到宿舍，顏曉晨說：「在三樓。」

上了樓，顏曉晨用鑰匙打開門：「到了，行李放在桌子旁邊就可以了。」

門窗長時間沒有開，宿舍裡有一股奇怪的味道，顏曉晨趕忙去把陽臺門和窗戶打開。

程致遠放下行李，說：「酒吧的工作暫時可以繼續，但不要再做那些對未來職業發展沒有絲毫幫助的事。利用開學前的時間好好準備，努力去找一份大公司的實習工作，這樣的工作才既能讓妳發揮所長，又能幫到妳的現在和未來。」

顏曉晨站在窗戶旁，蹙眉沉默著。

程致遠以為她不認可他的提議，自嘲地笑笑，一邊向外走，一邊說：「我太囉唆了，也許說的完全不對，畢竟每個人的境況不同，妳挑有用的聽吧！我先走了，電話聯繫。」

顏曉晨忙追了上去，叫：「程致遠！」

程致遠回過身，微笑地看著顏曉晨。顏曉晨想表達心裡的感激，可又實在不善於用話語直白地表達，只能說：「謝謝，真的很謝謝！其實，我本來的計畫就是春節過完，一邊繼續努力找工作，一邊努力找找實習機會。可是經濟方面突然出了點問題，讓我想改變計畫，不過，我現在決定還是按原計畫做。借你的錢我可以分期付款嗎？」

程致遠唇邊的笑意驟然加深，連聲音都透出歡愉，「可以！我還會收利息，妳分幾次還我，就要請我吃幾次飯。」

顏曉晨用力點了下頭，「好！」

程致遠做了個打電話的手勢，「我走了，有事給我電話。」他笑著轉身，腳步迅疾地下了樓。

顏曉晨看著他的背影，在心裡又默默說了一遍「謝謝」。

❋　❋　❋

打掃宿舍時，顏曉晨發現她並不是唯一回來的人，隔壁宿舍也有個女孩回來了。

沒多久，同學們陸陸續續都回了學校，尤其是那些還沒找到工作的同學，都選擇了提前回校。其實，春節假期剛結束，各大公司的部門負責人也才度假回來，這段時間既沒有徵才活動，也沒有面試，但在巨大的就業壓力面前，大家寧可待在學校，也不願面對父母。

沈侯本來也打算提前回校，甚至計畫了和顏曉晨同一天回來，卻因為父母不得不改變計畫。初五那天，爸媽和他很鄭重地討論他的未來，在出國的事上，他和媽媽發生了分歧和爭執，媽媽想讓他出國深造，他卻覺得那是浪費時間，母子倆誰都無法說服誰，最後爸爸出面，讓沈侯陪媽媽去一趟美國，到幾所大學走走，母子倆都再認真考慮一下自己的決定。

直到開學前一天，沈侯才回到學校。

他把行李放好後，就打電話給顏曉晨。顏曉晨驚喜地問：「你回來了？」當時沈侯走得很匆忙，只給她發了簡訊，說要陪媽媽出國旅遊，她也沒好意思多問，不知道他什麼時候回來。

沈侯聽到她的聲音，忍不住笑起來，「我回學校了，妳在哪裡？」

「資訊教室。」

「幹什麼呢？」

「在填實習工作的申請表。」

「晚上要打工嗎？有時間的話一起吃飯？」

顏曉晨立即說：「不用打工，有時間。」

「我來資訊教室接妳。」

顏曉晨匆匆把電腦上的檔案存好，收拾了背包，跑下樓。

教學大樓外熙來攘往，人流穿梭不息，可顏曉晨一眼就看見了沈侯。雖然已是初春，天氣卻未真正回暖，很多人還套著羽絨外套和大衣，沈侯卻因為身體好，向來不怕冷，穿得總是比別人少。已經西斜的陽光，穿過樹梢，灑滿林蔭大道，他上身套了一件米白色的針織毛衣，下身穿著一條藍色牛仔褲，踩著自行車呼嘯而來，陽光在他周身閃爍，整個人清爽乾淨得猶如雨後初霽的青青松柏，再加上這個年紀的少年所特有的朝氣，讓顏曉晨這個不是外貌協會的女人都禁不住目眩神迷。

沈侯在眾人的注目中飛掠到顏曉晨面前。他一隻腳斜撐著地，另一隻腳仍踩在踏板上，身子微微傾向顏曉晨，笑看著她。其實，兩人僅僅兩個多星期沒見，可不知道為什麼，都覺得好像很久沒有見面了，心中滿是久別重逢的喜悅，都近乎貪婪地打量著對方。

顏曉晨的臉漸漸紅了，低垂眼眸，掩飾地問：「去哪個餐廳吃飯？」

沈侯笑著揚揚頭，說：「上車！」

顏曉晨坐到車後座上，沈侯用腳一蹬地，踩著自行車離開了。

他沒有去餐廳，而是兜了個圈子，找了條人少的路慢悠悠地騎著。顏曉晨也不在乎是否去吃飯，緊張甜蜜地坐在車後座上。

沈侯問：「妳這段時間過得怎麼樣？」

「挺好的，你呢？國外好玩嗎？」

沈侯想起媽媽的固執就心煩，不願多提，隨口說：「就那樣！」

顏曉晨感覺到他情緒不算好，卻不清楚哪裡出了問題，只能沉默著。

沈侯問：「怎麼不說話？想什麼呢？」

顏曉晨輕聲說：「在想你。你心情不好嗎？」

顏曉晨的話像盛夏的一杯冷飲，讓沈侯燥熱的心一下舒坦，他突然覺得媽媽的固執其實也不算什麼，頂多就是多花點時間說服她，反正他是她唯一的兒子，她最後總得順著他。沈侯拖長了聲音，笑著說：「在——想——我？有多想？」

顏曉晨捶了下沈侯的背，「你明知道我不是那個意思。」

沈侯一聲招呼沒打，猛地停住車，顏曉晨身子不穩，往前倒，嚇得驚叫，下意識地想用手抓住什麼，恰好沈侯怕她跌下車，伸手來護她，被她牢牢地抓了個正著。

沈侯穩穩地扶住她，故意盯著她緊緊抓著他手的手，笑得很欠揍，「妳這麼主動，讓我很難不想歪啊！」

「我是怕摔跤，不小心……」顏曉晨跳下車，要鬆手，沈侯卻緊緊地反握住她的手，一言不發，笑咪咪地看著她，看得顏曉晨臉紅心跳，低下了頭，再說不出話。

沈侯湊近了點，輕聲問：「我真的想歪了嗎？妳沒有『謙謙君子，淑女好逑』地想過我嗎？」

沈侯興致勃勃地等著看顏曉晨的反應，卻沒料到顏曉晨的性子像彈簧，遇事第一步總會先退讓，退讓不過時，卻會狠狠反彈。顏曉晨紅著臉抬起了頭，笑著說：「是有『淑女好逑』，但求的可不是『謙謙君子』，而是一個沒羞沒臊的無賴！」趁著沈侯愣神間，顏曉晨用力拽出手，迅速走開幾步，裝模作樣、若無其事地看起周圍的風景。

沈侯也是臉皮真厚，把自行車停好，竟然走到顏曉晨身邊，繼續沒羞沒臊地虛心求問：「我是那個沒羞沒臊的無賴嗎？」

顏曉晨再繃不住，哭笑不得地說：「和你比不要臉，我是比不過！沈大爺，你饒了我吧！」

沈侯半真半假地說：「承認肖想覬覦過我，我就饒了妳！」

「好好好！我肖想覬覦過你！」

「有多想？」

「猴哥，像妖精想吃唐僧肉那麼想，滿意了？」

沈侯忍俊不禁，敲了顏曉晨的腦門一下，「小財迷，今天晚上罰妳請我吃小炒。」

顏曉晨為了擺脫這個話題，毫不猶豫地答應了，「好！你想吃什麼？」

兩人正商量著晚上吃什麼，顏曉晨的手機響了。

顏曉晨拿出手機，來電顯示是劉欣暉，她有點納悶地接了電話，「喂？」

劉欣暉興高采烈地說：「妳還沒去餐廳吧？」

「還沒去，妳是要我買飯嗎？」

「不是，快點回來，今天晚上魏彤請咱們出去吃。」

顏曉晨愣了一愣，反應過來，驚喜地問：「魏彤考上研究所了？」

魏彤在電話那頭嚷嚷：「只是筆試過了，還有面試呢！」

劉欣暉不客氣地叫：「好了，好了，魏彤！別虛偽地謙虛了！妳考的是本院研究生，教授都認識，怎麼可能面試不過？曉晨，快點啊！就等妳了！」

顏曉晨捂著電話，抱歉地看著沈侯，小小聲地說：「我們宿舍要聚餐，為魏彤慶祝。」

沈侯睨著她，好笑地說：「我有那麼小氣嗎？就要畢業了，同學聚會，聚一次少一次，我們倆吃飯的時間卻還多的是！走，我送妳回去。」

顏曉晨放心了，笑著對劉欣暉說：「我馬上回來。」

她掛了電話，跳上自行車，才突然發現沈侯說的那句話很有語病。魏彤、劉欣暉她們是同學，沈侯也是同學，為什麼她和魏彤她們就聚一次少一次，和他卻還機會多的是？

顏曉晨很想問沈侯是什麼意思，可沈侯一邊把自行車踩得飛快，一邊還了無心事地哼唱著歌，顯然已經完全忘了剛才說的話，顏曉晨糾結來糾結去，糾結到宿舍樓下都沒有糾結出結果。

沈侯笑著揮揮手，瀟灑地離去了。

顏曉晨只能告訴自己，他肯定什麼意思都沒有，只是一句客氣話！

❋ ❋ ❋

顏曉晨推開宿舍門時，魏彤她們正興奮地說著話，看到她，立即問：「吃火鍋，反對嗎？」

顏曉晨擱下包包，舉起雙手說：「雙手贊成！」

劉欣暉說：「ＯＫ，全票通過，去吃火鍋。」

四人來到學校附近的一家火鍋店，要了一個鴛鴦鍋，在魏彤的強烈要求下，一人還要了一瓶冰啤酒。倒滿酒，四個人乾杯，顏曉晨三人齊聲對魏彤說：「恭喜！」

魏彤喜孜孜地說：「同喜！」

四人邊吃邊聊，顏曉晨才知道班裡其他三個考本院研究生的同學都沒考上，難怪人際關係很好的魏彤只在宿舍內部慶祝。

一年的辛勞終於有了個好結果，魏彤喜不自勝，拿起酒瓶要和顏曉晨乾，「曉晨，我這次能考上，第一要謝謝我自己，第二就是謝謝妳。」

顏曉晨爽快地舉起酒杯，咕咚咕咚一口氣喝完。

劉欣暉沒聽明白，咋咋呼呼地追問：「為什麼要謝謝曉晨？」

吳倩倩卻好像知道什麼，默不作聲地微笑。

魏彤說：「事情已經過去，就不瞞妳們了，不過妳們要保密。」

劉欣暉馬上說：「我誰都不說！」

「我考的是本院研究生，很多出題老師是教過我們的教授。從大一到現在，曉晨從沒落下一節課，妳們該知道曉晨的筆記有多全，我大三有考研究所的想法時，就跟曉晨要她的筆記，當時，我還多了個心眼，讓曉晨答應我，不管誰來跟她借筆記，都不借，就說全扔了。為這事，曉晨得罪了好幾個同學。」

劉欣暉吃驚地看著魏彤，愣愣地說：「真沒想到老大也會不正當競爭。」

魏彤有點尷尬，不好意思地乾笑，「沒辦法，人都會有私心的嘛！」

吳倩倩微笑著說：「能資源壟斷，做不正當競爭，也是實力的一種體現。」

劉欣暉立即反應過來，忙笑著說：「對！乾杯！」

四人一直吃到九點多，餐館要打烊時，才結帳回學校。

路上行人已經不多，四個人挽著彼此的胳膊，一字並排走著。先是魏彤小聲哼哼，漸漸地，四個人一起唱起了《隱形的翅膀》，青春少女的歌聲清脆悅耳，飄蕩在初春的黑夜中，連料峭寒風都為她們讓了路。

每一次

都在徘徊孤單中堅強

每一次

就算很受傷也不閃淚光
我知道
我一直有雙隱形的翅膀
帶我飛
飛過絕望
不去想他們擁有美麗的太陽
我看見每天的夕陽也會有變化
我知道
我一直有雙隱形的翅膀
帶我飛
給我希望
我終於看到所有夢想都開花
追逐的年輕歌聲多嘹亮
我終於翱翔
用心凝望不害怕
哪裡會有風就飛多遠吧
……

大四最後一個學期，沒有必修課，只有一篇畢業論文，不需要上課，只要找一個論文指導老師，學期結束前交一篇論文。而且，歷年來沒有人不過，不管你寫得多爛，只要你寫了，老師都會看在你要畢業的分上給及格分數。相當於，這個學期沒有課，對所有畢業生而言，唯一的任務就是找工作。

如果上個學期已經敲定了工作，又沒興趣去實習的，找好論文指導老師，就可以拿著行李撤退了。院裡還真有同學這麼做，在學校待了一週多，找好指導老師就走了，打算走遍祖國山川，享受最後的自由。

劉欣暉也走了，不過她不是去享受自由，而是回家了，她爸媽給她安排了實習單位，讓她盡早學習著融入社會。

魏彤要讀研究所，畢業論文就不能敷衍了事，她決定一邊好好準備論文，一邊找份實習工作，畢竟錢還是很重要的。

顏曉晨和吳倩倩依舊在為一份夢想的工作拚搏，一次又一次筆試，一輪又一輪面試。到這個階段，每個人在經歷過一遍遍的折磨羞辱後，面試技巧都練得爐火純青，心情卻一直走在鋼絲上，前面是希望，腳下是絕望，眼睛能看到希望，可總覺得一個閃念就會跌進絕望。

週末，顏曉晨去找程致遠練習英語時，流露了緊張。

程致遠問：「下週的面試很重要？」

「夢寐以求的公司，最後一輪面試。」

「哪家投資銀行？」之前顏曉晨和程致遠交流時，曾說過最想進入投行。

「MG。」

程致遠讚許地說：「不錯的公司，我大學剛畢業時，曾在紐約總部工作過兩年。」

顏曉晨立即雙眼放光，崇拜地看著程致遠，「有什麼心得可以傳授給我？」

程致遠搖搖頭，「沒有！每個面試官的背景和經歷不一樣，偏好也不會一樣。」

顏曉晨失望地嘆了口氣。

程致遠笑著說：「我不知道別人會如何選擇，但如果我是面試官，我會要妳，妳勤奮、聰慧、渴望成功，做事不拘泥卻有底線，是可造之才。」

顏曉晨聽得有點不好意思，自嘲地說：「謝謝你這麼善於發掘我的亮點，如果你是我的面試官就好了。」

程致遠鼓勵她，「妳已經很好，只要真實地展現自己就好了。」

也許因為程致遠的幫助和鼓勵，面試那一日，顏曉晨覺得心態十分良好，面對決定著她命運的MG主管，她也像是和程致遠交流一樣，平靜真誠地回答每一個問題。

面試結束後，回到宿舍，魏彤問她：「感覺怎麼樣？」

顏曉晨說：「我已經盡了全力，自我感覺表現得還不錯，如果失敗，只能接受。」

魏彤說：「倩倩比妳早回來，我也問她了，她說反正命運決定在別人手裡，多想無益，不如不去想。」

顏曉晨和吳倩倩都進入了MG的最後一輪面試，但兩人從不交流這件事，即使去同一家公司面試，也是各走各的。

顏曉晨笑著說：「她說得很對。」

魏彤撇撇嘴，嘲諷道：「對什麼對啊？她是不願說真話，才用這些心靈雞湯來敷衍我。從頭到尾，妳從沒打聽過她如何準備面試，她卻拐著彎問我好幾次妳每個週末去了哪裡，還說妳每次回來都會仔細修改履歷，簡直像是請了高手來專門指導妳找工作。」

同住一個宿舍，沒什麼隱私，吳倩倩又心細，留意到她每個週末去見程致遠也不奇怪，顏曉晨笑著說：「倩倩很厲害。我週末是去見一個老鄉，他人非常好，也做金融，看我整天為找工作發愁，的確指導了我如何做履歷和面試。」

魏彤也不得不承認吳倩倩的心細聰明，卻總覺得心太細、想太多不見得是好事，她說：「妳下次扔作廢的求職信和履歷時要注意銷毀。」

顏曉晨不解地看著魏彤，「我都撕了才扔的啊！」

魏彤欲言又止，猶豫了一瞬，終是站在顏曉晨這邊，「妳下次扔重要的文件，撕碎一點，也別扔宿舍的垃圾桶。前幾天，我無意中撞見倩倩在拼湊碎紙，她看到我很緊張，立即用書蓋上了，我也不好意思走近細看，也許我多想了，我覺得她是在看妳的履歷。」

顏曉晨滿面驚訝，不太敢相信。

魏彤嘆了口氣，「大家一個宿舍的，妳就當我多想了吧！」

顏曉晨點點頭，「我明白了，謝謝妳。」

＊　＊　＊

三月底時，顏曉晨和吳倩倩同時拿到了ＭＧ的錄取通知書，同時，公司發函表示歡迎畢業生提前進入公司實習，每月薪資扣稅後不少於五千。

公司給她們三週的考慮時間，顏曉晨和吳倩倩毫不猶豫地第一時間就同意了。
做完體檢，去公司簽合約的那一日，吳倩倩主動提出兩人一起走，顏曉晨答應了。
兩人按照規定一步步走流程，等簽署完所有文件，從MG辦公大樓出來時，顏曉晨有一種不太真實的興奮感，吳倩倩也有相同的感覺，笑著對顏曉晨說：「終於把賣身契簽了，實習前，我們找個時間請魏彤好好吃一頓吧！」
顏曉晨也正有此意，立即答應了，「好！」

兩人回到宿舍，吳倩倩放好合約，打了個電話，換好衣服，又立即出去了。
顏曉晨坐在書桌前，思考她的這件人生大事需要告訴誰。
她剛拿到錄取通知書時，沈侯就知道了這事，除他之外，她再沒有告訴任何人，直到今天簽完合約，才覺得一切真正確定，是時候通知親朋好友了。
顏曉晨想打電話給程致遠，又怕他正在忙，考慮了一下，選擇發簡訊，「我週一收到MG的錄取通知，今天剛簽完合約，下週一開始實習，等我拿到第一筆實習薪資，請你吃飯。這段時間，謝謝你！」
很快，程致遠的簡訊就到了，「恭喜，很為妳高興。客氣的話就別說了，等著吃大餐。」
顏曉晨笑著回覆：「好！」
顏曉晨又給媽媽發了則簡訊：「我已經找到工作，一切安好。」
雖然知道媽媽不會回覆，可她依舊拿著手機，趴在桌子上靜靜地等著。手機鈴聲突然響起，她滿心驚喜，卻看到來電顯示上是「沈侯」。倒也不能說失望，畢竟接到沈侯的電話，她也很開心，但兩種開心是不一樣的。

顏曉晨按了通話鍵，「喂？」

「是我！剛在校門口碰到吳倩倩，妳已經回來了？一切順利嗎？」

「挺順利的。」

「恭喜，恭喜！妳在哪裡？」

「宿舍。」

「這可是妳人生的第一份賣身契，價格也還算公道，要不要晚上好好慶祝一下？」

顏曉晨鬱悶地說：「我很想，但要去酒吧打工。」

「妳是不是明後天也要到酒吧打工？不能請假嗎？」

「下個週一就要開始實習了，我想站好最後一班崗，也算感謝老闆給了我這份工作。」

「妳要開始實習的話，應該把酒吧的工作辭了吧？」

「我打算今天晚上就和老闆說。」

沈侯也沒再多廢話，乾脆俐落地說：「不錯！那就這樣，我先掛了。」

「好吧！」顏曉晨有點不捨地掛了電話。

❀ ❀ ❀

晚上，顏曉晨去酒吧上班，看到Apple和Yoyo在興奮地忙碌，不大的雜物房裡堆滿了鮮花和氣球，幾乎沒有立足之地。

顏曉晨一邊躲在儲物櫃後換衣服，一邊問：「有客人過生日？要幫忙嗎？」

Apple和Yoyo都沒理會顏曉晨。Mary說：「嘯鷹給Yoyo打了個電話，希望她幫忙準備一些鮮花和氣球，他和朋友晚上要來喝酒。」

Apple怕顏曉晨不知道嘯鷹是誰，炫耀地說：「Yoyo的客人嘯鷹一九九二可是藍月酒吧排行榜上的第一，妳的那位客人海德希克一九〇七只能排名第二。」

顏曉晨說：「一直聽妳們提起嘯鷹，但一直沒機會見到真人，只知道他是Yoyo的常客，和Yoyo關係很好。」

Apple興奮地說：「嘯鷹又帥又風趣，絕對比不解風情的海德希克好！恐怕Yoyo今天光一個晚上的小費加上抽成就相當於我們一個月的薪資了。」

顏曉晨笑著拍了一記馬屁，「Yoyo長得比明星都好看，賺得比我們多很正常。」

Apple沒想到顏曉晨沒有一點嫉妒眼紅，不知道該如何接話。Yoyo臉色柔和了幾分，對顏曉晨矜持地說：「待會兒如果嘯鷹帶來的朋友多，我忙不過來的話，妳也幫一下忙，不會虧待妳的。」

「好。」顏曉晨換好工作服，出了雜物間。

平時老闆很少在，都是徐姐管事，顏曉晨把想辭職的事告訴了徐姐。

徐姐知道顏曉晨今年畢業，早做好了心理準備，關心地詢問新工作是哪家公司。顏曉晨覺得沒什麼可隱瞞的，告訴徐姐是去投行。徐姐真心實意地恭喜顏曉晨，對她說：「正好這幾天有人來找工作，酒吧不缺人手，妳明天下午來一趟，把薪資結算就行了。」

顏曉晨沒想到這麼順利，謝了徐姐後，繼續工作。

徐姐暗暗觀察顏曉晨，看她依舊如往日一般，話不多，卻很勤勞，絲毫沒有因為即將離開就偷奸耍滑，心中暗讚一聲。

徐姐把顏曉晨要走的事告訴William，讓他打電話通知新人明天晚上來上班，William是個大嘴巴，不一會兒，顏曉晨找到一份高薪工作，即將離開藍月酒吧的消息就傳遍了整個酒吧。年齡較大的Mary和April見多身邊人的來來往往、起起伏伏，都心態平和，笑著來恭賀道喜，要顏曉晨請客吃飯。年齡相近的Apple和Yoyo心裡很不舒服，明明沒覺得顏曉晨比她們強，卻只能眼看著顏曉晨鯉魚躍了龍門，就好像顏曉晨搶了她們出人頭地的機會。

對這種女孩子間的攀比嫉妒心理，顏曉晨不贊同，卻能理解，全當不知，該幹什麼就幹什麼。Yoyo和Apple越發覺得顏曉晨是一朝得勢、輕狂傲慢，心裡很不痛快，只能把希望放在嘯鷹身上，希望他的到來幫她們扳回一局。

今天不是週末，酒吧的客人不多，Yoyo和Apple一閒下來，就頻頻朝窗外張望，可嘯鷹遲遲沒有來，九點多時，程致遠反而來了。

Yoyo臉色不悅，William卻很興奮，嘀咕著「今宵難忘，雙美爭輝」。

顏曉晨端了酒去送給程致遠，程致遠把一個禮物袋遞給她：「恭喜！」

顏曉晨愣了一下，說：「你的恭喜我全部接受，但禮物就不必了，只是找到工作而已。」

程致遠笑著說：「妳打開看一下，再決定要不要。」

顏曉晨打開禮物袋，竟然是一袋五顏六色的水果糖，色彩繽紛如霓虹，煞是好看。雖然如今物價飛漲，可這一袋國產水果糖絕對不會超過三十塊。

程致遠說：「找到稱心如意的工作是好事，讓朋友都跟妳一起甜一甜吧！」他拿起一顆水果糖，撕開塑膠紙，丟進嘴裡，一邊的腮幫子微微鼓起，笑咪咪地看著顏曉晨，剎那間好似年輕了十歲一般。

顏曉晨被他的輕鬆活潑感染，也挑了一顆糖塞進嘴裡，「謝謝了。」

她拿著糖果袋，去給William他們分糖吃，一會兒後，除了Yoyo和Apple，人人嘴裡都含著一顆糖。也許因為童年時代，每個人最初、最直接的甜蜜記憶就是糖果，當熟悉的糖果味道在口腔裡瀰漫開時，總是讓人會禁不住嘴角含笑。

顏曉晨有些恍惚，她不記得有多久沒吃過糖果了，從小到大，她一直是極喜歡糖果的人，會為了一塊巧克力，廝磨爸爸很久，但自從爸爸離開後，她就再也沒有吃過糖果，準確地說她壓根忘記世界上還有糖果這種東西。

顏曉晨要了杯加冰的琴酒，拿給程致遠。

程致遠說：「我不記得我點了這個酒。」

顏曉晨說：「我請你喝的。」

程致遠揚眉一笑，端起酒杯，「謝謝！」

突然，Apple激動地叫：「Yoyo，他來了！嘯鷹來了！」

幽靜的酒吧裡，客人很少，只有舒緩的音樂聲在流淌，Apple的興奮叫聲不僅讓Yoyo立即抬頭看向門口，也讓所有客人都抬頭張望。Apple不好意思地朝徐姐笑，徐姐看沒有客人責怪一個年輕女孩的魯莽衝動，她也沒責怪，只是警告地盯了她一眼，揮揮手，讓她趕緊幹活。

酒吧的門推開了，一群年輕人像潮水一般一下子湧進來，讓整個酒吧瞬間變得沸騰擁擠。

魏彤、吳倩倩……一個個都是熟悉的身影，而最讓顏曉晨吃驚的是那個最引人注目的身影——沈侯。顏曉晨不自禁地站直身子，定定地看著他，眼睛中滿是疑問：你怎麼在這裡？

沈侯對她的震驚很滿意，得意地朝她笑笑，就像無事人一樣和Yoyo說著話，Yoyo興奮地又笑又說，領著他們一群人走到她預先準備好的位置上，桌上擺滿了鮮花，椅子旁繫了氣球，看上去十分喜慶熱鬧。

Apple端著酒從顏曉晨身旁經過，用手肘碰了她一下，「是不是比妳的海德希克更好？」

顏曉晨傻傻地看著Apple，沈侯就是她們一直唸叨的嘯鷹一九九二？

Apple第一次看到顏曉晨這樣的表情，正想再譏諷她幾句，卻看到沈侯向她們大步走過來，Apple立即笑看著沈侯，迎了過去。可沈侯壓根兒沒注意到她，直接從她身旁走過，走到顏曉晨面前，抓起顏曉晨的手，把她拖到一群人的正中間。

Mary的香檳酒恰好打開了，「砰」一聲，一群年輕人高舉著酒杯歡呼起來，「恭喜顏曉晨、吳倩倩把自己高價賣掉！」

顏曉晨還是暈暈乎乎，機器人一般有樣學樣，隨著大家舉起酒杯喝酒，跟著吳倩倩一起不停地說：「謝謝，謝謝！」

別人都沒看出她的異樣，沈侯倒是發現了，笑著把她的酒拿走，「這酒精度數不低，妳別喝醉了。」他遞給她一杯雪碧，壓著聲音問：「妳這次是驚還是喜呢？」

顏曉晨看到Yoyo和Apple神情詭異、難以置信地瞪著她，她也覺得有點怪異，對沈侯說：「我還在上班，你們玩吧，我走了。」

沈侯拉住她，「已經下班了。知道妳這人死板，我抓準時間來的。」

顏曉晨看向牆上的掛鐘，剛剛過了十點半，還真是已經下班了。

沈侯把顏曉晨按著坐下，指指顏曉晨的杯子，笑著對Yoyo和Apple說，「麻煩再加點雪碧。」

Yoyo和Apple的目光像是要把她凌遲，沈侯這傢伙絕對是故意的！顏曉晨簡直想拿個袋子把他裝起來，省得他四處惹是生非。

沈侯走到樂隊旁，和樂隊成員勾肩搭背地聊了幾句。April拿起麥克風，笑對全場說：「今天晚上我朋友要求我唱幾首快歌，希望大家忍受一下，當然，實在忍受不了時，也可以轟我下臺！」

沒有人捨得拒絕美女的低姿態，大家用熱烈的掌聲表達了同意。

Once up on a time
A few mistakes ago
I was in your sights
You got meal one
You found me you found me You found me
I guess you didn't care
And I guess I liked that
And when I fell hard
You took a step back
Without me, without me, without me
And he's long gone when he's next to me
And I realize the blame is on me

'Cause I knew you were trouble when you walked in

……

顏曉晨的日常生活就是唸書和打工，沒什麼時間去關注外國的流行歌曲，可這首《I knew you were trouble》曾被劉欣暉在宿舍裡循環播放，她還記得劉欣暉說：「只要妳死心塌地地愛上了一個人，他就會是妳的麻煩，換咱們中國話說，他就是妳的劫！」

顏曉晨不知道沈侯是想表達什麼，還是只是巧合，一邊聽歌，一邊胡思亂想著。

歌聲中，Yoyo走過來，對顏曉晨說：「海德希克要走了，妳如果不打算去收他的酒，我就去收了。」程致遠買的是瓶酒，每次喝不完，顏曉晨都會幫他收好、存起來。

沈侯顯然對海德希克這個名字很敏感，本來正在和同學說話，立即就看向顏曉晨。顏曉晨站了起來，「我去吧！」

沈侯長腿一伸，擋住了她的路，「喂，妳已經下班了。」

顏曉晨抱歉地說：「他不僅僅是客人，我馬上就回來。」說完，跨過他的腿，離開了。

程致遠看顏曉晨疾步趕過來，笑道：「妳玩妳的就好了，別的侍者會招呼我，難道妳以後不來上班，我就不來喝酒了嗎？」

顏曉晨一邊收酒封瓶，一邊說：「以後是以後的事，反正我今天還在，服務你就是我的事。」

「那就謝謝了。」程致遠穿好外套，正要走，嗖一聲，一包東西砸了過來。程致遠下意識地用手擋，東西落在桌子上，劈哩啪啦散開，滾了一地，竟是程致遠送顏曉晨的那包水果糖。

顏曉晨明明記得她把沒吃完的糖果放到雜物間，打算下班後帶回宿舍，怎麼會跑到沈侯手裡？看到Yoyo和Apple幸災樂禍地笑，她立即明白了，是她們在搗鬼。沈侯雖然行事有點霸道，卻絕不是胡來的人，也不知道Yoyo和Apple跟他胡說些什麼，才把沈侯激怒了。

沈侯陰沉著臉，走到顏曉晨身邊，對程致遠說：「原來你就是那位很『照顧』曉晨的熟客，看來今晚我要好好『照顧』一下你了！」

他隨手從顏曉晨手裡奪過酒瓶，就想去砸程致遠，顏曉晨急忙死死地抓住他的胳膊，可她一個女人怎麼抓得住身高力強的沈侯？沈侯甩開她的手，揚起酒瓶朝程致遠砸過去，程致遠急忙閃躲，堪堪避開了沈侯的攻擊，顏曉晨不禁尖聲叫起來，「沈侯！住手！」

幸好這個時候，William和樂隊的鼓手已經趕到，他們很有經驗地把沈侯攔住，沈侯不肯甘休，William柔聲柔氣地勸著：「你是不怕惹事，但要是驚動了員警，對Olivia的影響可不好！Olivia剛找到一個大公司的好工作吧？」

沈侯終於平靜下來，不再動手，卻依舊氣鼓鼓地怒瞪著程致遠：「老色狼！我警告你，別以為有幾個臭錢就可以胡來！你要是再敢打顏曉晨的主意，看我不廢了你！」

程致遠壓根兒不理會沈侯，表情十分平靜。他風度翩翩，很有禮貌地對William他們點點頭，表示感謝，又對顏曉晨說：「我先走了。」

顏曉晨十分抱歉，「對不起，不好意思。」

「沒事。」程致遠從桌子上撿起兩顆掉落的糖果，從顏曉晨身邊走過時，一枚自己拿著，一枚遞給了顏曉晨，「回頭給我電話，我們找個好餐廳吃飯。」

顏曉晨下意識地接過糖果，答應道：「好。」

沈侯又被激怒了，大聲說：「顏曉晨，以後不許妳和他來往！」

顏曉晨無奈地看著沈侯，解釋說：「你誤會了，我們是老鄉，只是普通的好朋友。」

沈侯霸道地說：「我才不管他是什麼，反正不許妳再和他來往！聽到沒有？」

顏曉晨心裡不同意沈侯的話，卻不想當眾反駁他，只能不吭聲。

程致遠姿態閒適地站在顏曉晨身旁，含著笑，不緊不慢地對沈侯來了句，「我沒記錯的話，你只是顏曉晨的同學吧！有什麼資格干涉她交友？」

沈侯被程致遠一激再激，怒到極點，反倒平靜下來了。他一言不發，直接衝了過來，顏曉晨以為他又要動手，趕忙張開雙臂，擋在程致遠身前，沒想到沈侯卻是抓住了她，把她猛地往懷裡一拉，緊緊摟住了她。

顏曉晨不知所措地看著沈侯，不明白他想幹什麼。

下一瞬，不等她反應，沈侯突然低下頭，狠狠地吻住了她。顏曉晨覺得疼，掙扎著要推開他，可沈侯的眼睛緊緊地盯著她，看似平靜卻藏著不確定，他摟著她的手也在微微顫抖，似乎害怕著她的拒絕，這個強取豪奪的吻，並不像他表現給別人看的那麼平靜自信。

顏曉晨放棄了掙扎，柔順地靠在沈侯臂彎間，閉上眼睛，雖然這個吻來的時間不對，場合更不對，但重要的不是時間場合，而是誰在吻她。

兩個人的身體緊貼在一起，顏曉晨的細微變化，沈侯立即感覺到了。

年輕衝動的心，飛揚到能擁抱整個世界，但在面對愛情時，卻時而自信過度，時而嚴重缺乏自信。他在那一瞬，衝動地選擇了最直接的方式去證明，真等做了，卻又害怕著她會嫌棄厭惡他。此刻，他的心終於安穩，動作也漸漸變得溫柔，充滿愛憐，在唇舌的糾纏間，她的柔軟、她的甜蜜像海洋一般浸沒了他，讓他忘了置身何地，整個世界只剩下懷中的她。

不知過了多久，沈侯才微微喘著氣放開顏曉晨。顏曉晨也不知是羞澀，還是難堪，把臉埋在沈侯的肩膀上，像一隻鴕鳥般把自己藏了起來，假裝別人都看不到她。

沈侯衝過來強吻顏曉晨時，恨不得全世界都來觀看，昭示他的所有權，可這一刻，他又恨不得所有人都消失，他女人的羞態只能他看。他張開手掌，護在顏曉晨的頭側，把她僅剩的一點側臉也遮了個嚴嚴實實。

酒吧裡的人沉默地看著他們，雖然有人是津津有味，有人是吃驚不屑，但顯然所有人都覺得是看了一場好戲，William還擠眉弄眼地衝沈侯豎大拇指，表示幹得好！

沈侯看向程致遠，只見他神色平靜，審視般打量著沈侯。沈侯揚了揚眉，無聲地問：我有資格嗎？程致遠淡淡一笑，慢條斯理地剝開水果糖的包裝紙，把糖果丟進嘴裡，含著糖果，笑吟吟地看著沈侯，絲毫沒把沈侯的示威當回事。

沈侯這次倒沒發怒，只是不屑地笑笑，一手攬著顏曉晨的腰，一手護著她，想要離開，走了幾步，大概覺得這樣走太彆扭，他竟然直接橫抱起了她。在顏曉晨「啊」的一聲中，他大步流星地離開酒吧。

❊　❊　❊

沈侯抱著顏曉晨一直走到巷子口，都沒有放下她的意思，顏曉晨卻實在害怕待會兒到了大路上再被人圍觀，掙扎著要下來。

沈侯把她放下，笑咪咪地看著她。顏曉晨避開他的目光，晃著雙手往學校走，顧左右而言他，「宿舍大門肯定鎖了，待會兒回去又要被阿姨罵了。」

「法不責眾，魏彤、吳倩倩她們陪妳一起。」沈侯想拉顏曉晨的手。

顏曉晨靈活地躲開，踩著人行道上的方格子跳了幾下，背著雙手，裝作若無其事地問：「嘿！嘯鷹一九九二先生，你有什麼想解釋的嗎？」

沈侯大笑，「妳想要聽什麼解釋？」

「你告訴我什麼，我就聽什麼。」

沈侯問：「妳什麼時候去藍月酒吧打工的？」

「大二下學期，之前在另一家酒吧工作過半年，那家酒吧雖然賺得更多，但有點亂，我就換到了藍月酒吧。」

「我是大三上學期開始去藍月酒吧，原因嘛……剛開始是因為我聽說了一些妳的閒話，想去看看妳究竟在什麼地方工作，後來卻是擔心妳，時不時到藍月酒吧晃一圈，打聽一下妳是不是一切都好，但不想讓妳知道，所以一直特意避開妳工作的時間。」

顏曉晨心裡已經有隱隱的猜測，但一直不敢放縱自己朝這個方向想，現在聽到沈侯親口證實了她的猜測，仍舊不敢相信，「你為什麼要這麼做？」

沈侯沒好氣地說：「妳說為什麼？難道我的中文表達那麼難以聽懂嗎？」

「我、我的確沒有聽懂！你為什麼想要知道我的事？」

沈侯氣得翻白眼，但對顏曉晨一點辦法都沒有，壓著火，耐心地解釋，「喜歡上一個人，自然會想多瞭解她一些、擔憂她一些，尤其那個人還是個悶葫蘆，什麼都藏在心裡。」
顏曉晨呆滯地看著沈侯，像是看見了外星人。
沈侯幾乎掩面嘆氣，「妳這表情太打擊我了！」
「你是說我？」
沈侯咬牙切齒地說：「顏曉晨，我是在說妳！我在表白哎！妳就不能給點正常的反應，讓氣氛浪漫一點嗎？」
「我、我……可是……我跟你表白……你說要分手……」
沈侯忍不住敲了顏曉晨的腦門一下，連罵帶訓地說：「白癡！妳以為我沈侯第一次收到女孩子的表白啊？告訴妳，從小到大，我收到的表白可多了！就妳那幾句乾巴巴、沒有絲毫文采的表白能讓我來找妳做女朋友？」沈侯提到此事就火冒三丈，「妳說說妳！表白也不肯好好表白，我收到妳的表白簡訊時，正在和死黨們打牌，剛像中了五百萬，樂得上躥下跳，為了回覆簡訊，被他們敲詐，把贏的錢全還給他們。結果沒高興半個小時，妳就又發簡訊來說，打擾我了，請我完全忽視之前的簡訊。我覺得妳是在玩我，連死黨們也一致認定，妳肯定是和朋友打賭輸了，玩什麼表白遊戲，讓我千萬別當真，如果回覆肯定被笑死！我只能忍著，忍得我內傷吐血，妳都再沒有一點動靜。好不容易熬到開學，我天天找機會在妳面前假裝路過，一會兒向妳旁邊的同學借書，一會兒找妳同宿舍的女生借作業，結果妳對我完全無視，我氣得忍無可忍，只能衝到妳面前說『做我女朋友』，本來想著妳如果敢不答應，假裝壓根兒沒有表白簡訊那件事，我非要好好和妳理論一番！結果妳只是平靜地說了聲『好』，憋得我一肚子的話只能全爛死在肚子裡！」
顏曉晨小小聲地為自己辯護：「你當時臉色很不好看，我……不敢多問。」

「我被妳一則簡訊弄得坐臥不安了一個多月，臉色能好看嗎？」

「可我同意了啊！」

「得了吧！妳那個同意面無表情，比不同意還讓人憋屈！妳如果說個不同意，至少還能讓我把肚子裡的火全發出來！」

「你後來……和我分手了！」

沈侯嗤笑，「哼！我和妳分手了？說喜歡我的人是妳，一直冷冷清清、不痛不癢的人也是妳，同學問我們的關係，妳居然回答『普通同學』！妳把我當什麼？我提出分手，是想著妳但凡對我有點感情也該挽回一下，可妳呢？妳做了什麼？說啊，妳做了什麼？」

顏曉晨蚊子般訥訥地說：「我……同意了。」

「妳不是同意了，妳是乾脆俐落、毫不留戀地同意了！妳讓我怎麼辦？難道哭喊著抱妳大腿求妳不要離開我？」

顏曉晨總覺得談話好詭異，明明是沈侯提出分手，怎麼現在感覺是她始亂終棄呢？看沈侯依舊一副怒氣沖沖、想要討伐她的樣子，她忍不住為自己辯白，「我是因為喜歡你，不想讓你覺得煩，才凡事都按你的意思辦，你沒主動告訴別人我們的關係，我自然也不能說；你不約我，我也不敢老出現在你面前；你說分手，我不想說不同意，讓你為難。」

一句「我喜歡你」讓沈侯的憤懣不滿一下子煙消雲散，本來想敲打顏曉晨的拳頭變成手掌，揉了揉她的頭髮，「妳可真是不讓人省心！」

他的手順著頭髮落下時，自然而然地去握顏曉晨的手。這一次，顏曉晨沒有躲避，任由他抓住。他們並不是第一次牽手，可這是第一次兩人清楚對方心意後的牽手，沒有緊張、猜忌和試探，只有坦誠和接納，以致顏曉晨頭一次發現沈侯的手掌原來是這麼大而溫暖，完全包住了她的手，她輕輕地將手指從他的指縫間穿過，兩人十指交錯，以最親密的姿勢握在一起。

沈侯感覺到她的小動作，也體會到她的心意，歡喜溢滿心間，幾乎要鼓漲出來，他忍不住彎身湊過去，在顏曉晨的額頭飛快地親了一下。

顏曉晨輕輕碰了下額頭，低頭笑著，只覺幸福得如同長了翅膀，馬上就要飛起來。她牽著沈侯的手，輕聲問：「你什麼時候對我有好感的？」

「大二吧！其實大一妳幫我做作業時，我就有點留意妳，後來留意多了，大概就喜歡上了，不過也沒多想，只是上課時很喜歡坐在後面看妳，有一段時間，妳簡直是我上課的唯一動力。大二上學期考完期中考，和幾個哥兒們出去玩，他們都帶了女朋友，就我一個孤家寡人，有女孩子嚷嚷著要給我介紹女朋友，哥兒們讓她別瞎操心，嘲笑我上輩子是和尚，沒有凡心，根本不懂男歡女愛。

我突然就想到了妳，那一想就再控制不住，總是忍不住找機會和妳偶遇，可也奇怪，那時我在三餐廳吃飯，妳就在五餐廳吃飯，我去了五餐廳想和妳偶遇，妳又跑去三餐廳吃飯，等我追回三餐廳，妳又去了五餐廳，反正總是碰不到！

有天晚上做夢，夢見我在一個火車站找妳，人頭攢動，和餐廳一模一樣，我明明看到妳了，可總是追不上，最後眼睜睜地看著妳上了一輛火車，消失不見。我嚇得一身冷汗，從夢中驚醒，坐在床上抽了一支煙後，算是徹底想明白，我這和尚動了凡心！」

顏曉晨很清楚地記得，大二時，沈侯常常坐最後一排，知道他喜歡坐角落的位置，她也總占角落的位置，隔著三四排的距離坐他前面，每次回頭，裝作不經意地視線掃過後面時，總能看見他，偶爾視線撞個正著，他總是懶洋洋地一笑，她也微微一笑。常常上一早上的課，只有那麼一瞬間的視線交流，但就那麼一瞬間的甜蜜，已經讓所有的等待都變得值得。她平時都去五餐廳吃飯，聽說沈侯喜歡去三餐廳吃飯，就改去三餐廳，可從來都沒遇見他，反而老聽劉欣暉說在五餐廳碰見沈侯，她又改回五餐廳，沒想到沈侯又開始在三餐廳吃飯，兩人還是碰不到，她那時還感慨，老天這是在告訴她「你們無緣」。後來大概因為她成績好，又有過提供周到服務的良好記錄，沈侯常常來找她借作業、借筆記，有時下課後，一起聊完，就一起去餐廳吃個飯，漸漸地兩人都習慣了在距離學院最近的二餐廳吃飯。

沈侯問：「妳是什麼時候對我有好感的？」

顏曉晨笑咪咪地說：「比你早。」

沈侯不太相信，「逗我玩吧，我可完全沒看出來。」

顏曉晨說：「真的！要不然怎麼能你去了五餐廳找我，我卻去了三餐廳找你，等你去了三餐廳找我，我又去了五餐廳找你？」

沈侯想了一想這個繞口令，又高興又懊惱地嚷起來，「竟然是這樣！」

顏曉晨感慨地說：「是啊，沒想到竟然是這樣。」

沈侯問：「那妳是大二剛開學就發現自己對我有好感？」

顏曉晨搖搖頭，沈侯說：「大一下學期？」

顏曉晨仍然搖搖頭，沈侯驚異地說：「大一上學期？」

顏曉晨依舊搖搖頭，沈侯不滿地說：「妳總不能大二上學期期中考後還自稱比我早吧？」

顏曉晨笑咪咪地說：「還沒正式開學，新生報到時。」

沈侯徹底傻了，看著顏曉晨，求證地問：「真的？」

顏曉晨用力點點頭，「真的！」

沈侯一下子樂瘋了，「哈哈，原來妳對我是一見鍾情！」沈侯樂顛顛地問：「我是怎麼讓妳一見鍾情的？總不會是我的姿色吧？我可沒看出來妳好色。」

顏曉晨眼中閃過黯然，微笑著不說話，沈侯笑著撓撓顏曉晨，「說說唄！」

「不說！」顏曉晨笑著跑起來。

沈侯去追她，「不說我可不客氣了！」

「不說就不說！」

兩人笑笑鬧鬧，本就不算長的路越發顯得短了，感覺很快就到了宿舍樓下。魏彤、吳倩倩，還有院裡的其他兩個女生很夠意思，仍在樓下等著，看到沈侯和顏曉晨手牽著手出現，都笑嘻嘻地看著他們。

吳倩倩開玩笑地說：「沈侯，你可要請客，好好答謝我們。」

沈侯笑說：「沒問題，但能不能麻煩妳們稍微迴避一下？」

幾個女生「嘩」一聲怪叫，卻邊嘲笑，邊轉過了身子，站在一起竊竊私語。

沈侯從外套口袋裡拿出一個小禮物遞給顏曉晨，「這是恭喜妳成功賣掉自己的賀禮。」一個三星手機，黑色的包裝盒上還用紅色絲帶打了個蝴蝶結。

顏曉晨猶豫著沒接，嘀咕：「這麼貴的禮物？」

沈侯塞到她手裡，「我對妳那款破手機已經忍無可忍了，想給妳發個照片、語音訊息都不行。妳如今好歹也算高薪人士了，改善一下妳男朋友的福利吧！要是覺得貴了，以後給我多買點好東西就行了。」

顏曉晨沒再拒絕，收下手機，笑吟吟地問：「我的男朋友是誰？」

沈侯一想，對啊，今天晚上親也親了，表白也表白了，但一直沒有明確身分呢！他睨著顏曉晨，「妳說呢？」

「我不知道。」

沈侯恨得牙癢癢，掐了顏曉晨的臉頰一下，作勢往前俯，「要不然再吻一次？也許妳就知道答案了。」

顏曉晨嚇得忙往後跳了一大步，回頭看魏彤她們仍背朝他們站著，放下心來。沈侯不依不撓，把她往懷裡拽，顏曉晨忙求饒，「知道了，我知道了！」

沈侯攬著她的腰問：「誰是妳的男朋友？」

「你！」

沈侯滿意了，還想懲罰一下顏曉晨，幾個「非禮勿視，卻豎耳偷聽」的女生憋不住笑了出來，嘴快的王清妍仗著男朋友和沈侯關係好，打趣說：「放心吧！今天晚上那麼火辣的一幕大家都看見了，顏曉晨不承認也得承認。」

顏曉晨一下子臉燒得通紅，輕輕推了沈侯一下，小聲說：「太晚了，我回去了。」

沈侯很是捨不得，想再親親顏曉晨，但旁邊有四個觀眾，也不好意思太過分，只能用力摟了顏曉晨一下，放開了她，「要我幫妳們去叫阿姨嗎？」

魏彤忙說：「千萬不要，阿姨看見男生才會發火，我們自己去叫門，你趕緊回去吧。」

吳倩倩去敲門，阿姨披著外套走出來，一邊拿鑰匙開門，一邊訓斥：「別仗著妳們要畢業了就胡來……」

四個女生一字排開，裝出小白兔的樣子，乖乖聽訓。阿姨訓了幾句，看她們態度良好，又畢竟是畢業生，懶得再廢話，放了她們進去。

顏曉晨進門時回頭張望，看到沈侯依舊站在自行車棚下，她不禁笑著朝他揮了下手，示意他也趕緊回去休息。

回到宿舍，三個人打開了各自的手電筒，照得宿舍很明亮。

吳倩倩提著熱水瓶、拿著臉盆，先進廁所去洗漱了。魏彤把一個雙肩包遞給顏曉晨，顏曉晨這才想起，她當時跟著沈侯匆匆走了，都忘記自己的衣服和包了。

「謝謝！」

「別謝我，謝那個人吧！」

「嗯？哪個人？」

「就那個惹得沈侯衝冠一怒的男人啊！你們鬧完事一走了之，沈侯的朋友幫忙結了賬，賠了錢後，我們也打算走，那個男人悄悄叫住我，把妳的東西拿給我，讓我幫妳帶回來。妳說，他怎麼看出來我和妳關係好的？」

「他就是我週末去見的那個老鄉，有時我也會跟他講一些宿舍的事，他大概猜出妳是魏彤了吧！」

魏彤看廁所的門緊關著，勾著顏曉晨的脖子，小聲說：「說老實話，我倒是更喜歡那個男人，年紀是大了一點，可大有大的好處啊，經濟穩定、行事穩重，更知道心疼人。」

顏曉晨瞪了魏彤一眼，「別胡說八道！我和他是要好的普通朋友，不過，他人的確超級好，又沒有女朋友，妳要動心了，我介紹你們認識。」

魏彤笑嘻嘻地說：「他好是好，不過我有自知之明，高攀不起！等妳進了投行，記得幫姐多多留意，找個潛力股給姐就行。以後組織家庭，他負責賺錢，我負責穩定後方，絕佳搭配。」

「沒問題！」顏曉晨把包包放好，拿出舊手機，琢磨著要不要打個電話給程致遠，親口跟他道個歉，說聲謝謝，可看了一下時間已經十二點多。想了想，還是先算了，明天再說。

正要放下手機，聽到叮叮的簡訊提示音，是沈侯的簡訊，提醒她趕緊把卡換到新手機上，盡快安裝微信。

顏曉晨坐在桌前，給手機換卡。

魏彤湊過來看，「沈侯送的新手機？」

「嗯。」

「哎，到這個分兒上，我也說不出什麼逆耳忠言了，只能祝福妳，Good luck, Lady!」

顏曉晨一邊仔細地安裝手機卡，一邊輕聲說：「很多時候，世間的緣分聚散根本不由我們掌控，我喜歡沈侯，他也喜歡我，已經是最幸運的事。將來結果如何、他能喜歡我多久，都強求不了，我唯一能做的就是在還擁有時盡全力珍惜。」

燈下，顏曉晨神情專注，臉上有一層瑩瑩的白光，今晚的她應該是無限喜悅興奮的，但不知為何，說著自己幸運的她，眉梢眼角卻帶著憂傷，讓人覺得她似乎獨自一人站在黑暗的懸崖邊。

魏彤忍不住伸手搭在她的肩膀上，拉近了自己和她的距離，刻意笑得很誇張，「我突然有點明白為什麼沈侯要點唱《I knew you were trouble》了。在所有人眼中，他是妳的trouble，可也許妳才是他的trouble！」

❋　❋　❋

第二天，顏曉晨去藍月酒吧結算薪資。

沈侯想陪她一起去，被拒絕了，昨天晚上已經夠丟人了，她可不想今天兩人又大搖大擺地出現。沈侯有點不滿，顏曉晨安撫他說：「我只是不想你陪我進酒吧，你陪我一起去，到時在酒吧外面等我。」

沈侯這才滿意，可中午吃飯時，他接了個電話，一個高中同學來上海找工作，一群關係好的高中同學想一起聚聚，沈侯不可能拒絕。這次，輪到沈侯抱歉地看著顏曉晨了。

顏曉晨笑著說：「你去吧！」

下午五點，顏曉晨提著兩袋水果走進藍月酒吧。這個時間的酒吧沒什麼人，就兩桌客人，一桌還是老闆和徐姐。樂隊沒有來，除了調酒師William，只有一位服務生，酒吧顯得非常安靜。

William看到顏曉晨，立即擠眉弄眼地笑起來。顏曉晨很是不好意思，把兩袋水果放在吧檯上，「買了點水果，麻煩你拿給大家吃。」

William看除了平常的葡萄、香蕉外，還有櫻桃、藍莓等幾種進口水果，這兩袋水果絕不便宜。他心裡暗讚一聲，Olivia平時花錢很摳門，但真花錢時，卻一點不吝嗇，是個做事的人。他高興地把水果收起來，「謝謝了，晚上我們一起吃。」

老闆和徐姐走過來，徐姐笑著說：「幹麼這麼客氣？」

顏曉晨說：「一點小心意，謝謝大家這兩年來的照顧。」

老闆把一個信封遞給顏曉晨，「謝謝妳這兩年的幫忙。」

顏曉晨雙手接過，「酒吧有沒有我這個服務生沒什麼影響，可我如果沒有酒吧的這份工作，根本不可能完成學業。」

老闆微微愣了一下，笑著說：「一切都熬過去了，以後會越來越好。」

顏曉晨笑了笑，「謝謝，我走了。」

徐姐把顏曉晨送到門口，真誠地說：「以後有時間的話，回來玩，不管是帶朋友來照顧我們生意，還是來找我們聊天喝酒，都可以。」

顏曉晨也認真地答應了，「好。」

回到學校，吃完晚飯，顏曉晨又去了一趟超市，買了點程致遠愛吃的水果。她記得除夕夜在他家暫住時，看冰箱裡放著櫻桃和美國臍橙[19]，想來是他平時喜歡吃的水果。

顏曉晨拎著水果，坐公車到程致遠家，才發現這種高級住宅區可不像她縣城的家，隨時可以串門子拜訪朋友，門禁森嚴，警衛壓根兒不讓她進去，需要先打電話確認她是屋主允許的訪客。

警衛打電話到程致遠家，沒有人接，便說：「屋主不在家，妳沒提前約時間嗎？」

顏曉晨說：「我現在打電話給他。」

電話響了幾聲後，程致遠接了電話，「喂？」

「是我。」

程致遠含著笑說：「我知道是妳，怎麼了？」

「你在家嗎？」

「還在公司，怎麼了？」

19臍橙：品種眾多，最早出現在巴西，因甜橙產生芽變，果實頂端處生長了圓錐狀副果，像肚臍而得名。於日治時期引進臺灣，果實比柳丁大約兩倍且無籽，皮厚容易剝、果肉多汁，適合直接食用。

顏曉晨看了眼警衛室的掛鐘，已經快八點，程致遠的工作也一點不輕鬆！她說：「我現在在你家的社區外面。」
程致遠以為有什麼事，忙說：「我立即趕回來，妳稍等一下。」
「不用，不用！我就是來送點水果給你，順便碰一下運氣看你在不在家，你不在也沒關係，我把水果放在警衛室，你下班回家後順手拿上去就行。」
程致遠放鬆下來，開玩笑地說：「請我吃水果？提前說明，這可不能算在利息裡，我要吃豪華大餐。」
因為程致遠的態度，也不知道從什麼時候起，每次提到欠錢的事，沒有尷尬，反倒有幾分喜感。顏曉晨笑說：「我知道，絕不會企圖賴帳。對了……昨天晚上的事，很抱歉。」
「沒事，妳和沈侯復合了？」
顏曉晨不好意思地說：「嗯。」
程致遠沉默一瞬，說：「恭喜！不過，他好像很不喜歡我，我們是不是以後需要保持距離？」
顏曉晨立即說：「不用！不用！沈侯只是還不瞭解你，對你有一點誤會，等他瞭解了，肯定也會把你當朋友的，沈侯是個對朋友很好的人。」
「好吧，期待那天盡快到來。」
顏曉晨說：「我下午去藍月酒吧結算薪資，以後不用再去打工了，下週一開始實習。」
「好的，我知道了。妳發薪水後，記得打電話給我，我可一直在翹首期盼。」
顏曉晨笑著說：「好的，一定記得通知債主，讓債主上門討債。」
程致遠說：「好好工作，有事打電話給我，不要和我客氣。」

「Yes, Sir!」

顏曉晨笑著掛了電話，把水果交給警衛，拜託他們轉交給程致遠。

Chapter 7

美麗的夢

趁天空還明媚蔚藍，趁花朵還鮮豔芬芳，
趁黑夜還未降臨，眼前的一切正美好，
趁現在時光還平靜，做你的夢吧。
且憩息，等醒來再哭泣。

——雪萊20

星期一清晨，剛六點半，顏曉晨和吳倩倩就起床了。兩人洗漱完，隨便喝了杯牛奶，吃了點麵包當早餐，換上昨天晚上就準備好的套裝，一起出門去坐公車，準備去上班。

學校距離公司有點遠，兩人怕遲到，特意提早出門，本以為自己是早的，可上公車時看到擠得密密麻麻的人，她們才明白這個城市有多少她們這樣的人。

顏曉晨和吳倩倩隨著擁擠的人潮擠上車，吳倩倩小聲說：「以後得租個離公司近點的房子。」

顏曉晨說：「公司附近的房子應該很貴吧？」公司的大樓在金融園區，周邊寸土寸金。

吳倩倩不以為然地說：「咱們的薪資會更高。」

雖然她們聲音壓得很低，可公車裡人擠人，幾乎身體貼著身體，旁邊的人將她們的話聽了個一清二楚，一個大嬸用上海話對身邊的朋友說：「小娘伐曉得天高地厚，挪自嘎當李嘎誠，手伸冊來才是鈔票。」翻譯成普通話就是：黃毛丫頭不知天高地厚，當自己是李嘉誠，一伸手都是錢。

顏曉晨的家鄉話和上海話相近，完全聽懂了，吳倩倩是半猜半聽，也明白了。

另一個大嬸附和著說：「小地方格寧，麼見過大排場，慢交就曉得，上海額一套房子，就好逼勒伊拉來此地塊混伐下起。」普通話就是：小地方的人，沒見過大世面，很快就會知道上海的一間房子就能逼得她們在上海混不下去。

吳倩倩雖然只聽了半懂，但「小地方人，沒見過大世面，混不下去」的意思是完全領會了，她向來好強，心裡又的確藏著點小地方人的自卑，立即被激怒了，張嘴就頂回去，「妳們壓根不知道我一個月賺多少就說這種話，才是不知道天高地厚，沒見過世面！」

大嬸嗤笑，尖酸地說：「吾則曉得，真格有鈔票寧，伐會來戈公共汽企粗！」

另一個大嬸似乎怕吳倩倩聽不懂，特意重複一遍，「我們只知道真有錢的人不會來擠公車！」

吳倩倩氣得柳眉倒豎，顏曉晨用力抓住她的手，搖搖頭，示意她別說了。吳倩倩也覺得自己和兩個蠅營狗苟的大嬸爭論自己能賺多少錢很無聊，她咬著牙、沉著臉，看向窗外。可兩位大嬸依舊陰陽怪氣地嘲諷著，一個說朋友的兒子嫌棄父母買的ＢＭＷ，一個說表妹的女兒剛十八歲，家裡就買了一棟房子給她當嫁妝……

車一到站，顏曉晨拽著吳倩倩擠下車，吳倩倩氣得說：「我們幹麼要下來？我倒是要聽聽她們還能怎麼吹！吹來吹去，永遠都是某個朋友、某個親戚，反正永不會是自己！」

顏曉晨柔聲細語地說：「時間還早，我們坐下一班車就行了，上班第一天，沒必要帶著一肚子不痛快進公司。」

---

20 珀西．比希．雪萊（Percy Bysshe Shelley, 1792-1822）：知名的英國浪漫主義詩人，被認為是歷史上最出色的英語詩人之一。

吳倩倩立即警醒了，今天最重要的事是什麼。她看看擠在公車站前等車的人群，厭煩地皺皺眉頭，揚手招了一輛計程車。顏曉晨驚訝地看著她，「搭車很貴哎！」

吳倩倩一拍車門，豪爽地說：「上車，我請客！」

顏曉晨抿嘴笑起來，「好啊！」鑽進了車裡。

吳倩倩坐在車裡，看著車窗外的車流，旁邊就是一輛公車，一車的人猶如沙丁魚罐頭般被壓在一起，因為擁擠，每個人臉上都沒有笑容，神情是灰撲撲的麻木。吳倩倩想著自己剛才就是其中的一員，而短短一刻後，她就用錢脫離了那個環境，不必再聞著各種人的體臭和口臭味。吳倩倩輕聲說：「錢的確不是萬能的，可不得不承認，沒有錢是萬萬不能的。」

顏曉晨沒有回應，吳倩倩回頭，看見顏曉晨拿著她的新三星手機，正在發微信。吳倩倩猜到她是發給沈侯，嘲笑，「真是一日不見如隔三秋。」

顏曉晨沒有說話，笑著做了個鬼臉，依舊專心發微信。

＊＊＊

到公司時，比規定的時間早了半個小時，但公司裡已經有不少人在忙碌，顏曉晨和吳倩倩立即明白，投行的高薪非同一般，需要付出的努力也非同一般。

櫃檯領著她們到會議室坐下，她們並不是最早到的實習生，會議室裡已經坐了五、六個人。顏曉晨和吳倩倩都覺得滾滾壓力撲面而來，沒有再交談聊天，各自端坐著等候。

到了上班時間，二十多個實習生已全部到齊。大家又等了十來分鐘，人力資源部經理走進會議室，自我介紹完後，代表公司講了幾句歡迎的話，然後要求大家做一下自我介紹，方便所有人盡快熟悉。

每個人的自我介紹都不同，活潑外向的人會把平時的興趣愛好都說出來，主動邀請大家下班後找他玩，沉穩謹慎的人話少一點，顏曉晨算是說得最少的，只微笑著說了中文名字，以及公司內部通用的英文名字，顏曉晨懶得多想，依舊沿用了在藍月酒吧的英文名字Olivia。

等所有人自我介紹完，大家彼此有了一定瞭解後，另一個人力資源部的員工把製作好的臨時員工證發給他們，帶著他們參觀公司，講了一些注意事項。中午時，人力資源部邀請了幾個部門的負責人，和實習生一起聚餐。下午又開了一個會，發了一些資料，才把實習生分散開，讓他們到各自要去的部門。顏曉晨和吳倩倩學校相同、專業相同，兩人找工作時申請的方向也相同，所以和另外四個男生一起去了企業融資部。

接待他們的是副部長之一，二十七、八歲的男人，姓陳，叫Jason，北京人，很風趣健談。Jason和他們聊了一會兒，把他們介紹給部門裡的同事後，差不多就到下班時間了。Jason告訴他們可以下班了，幾個實習生看部門裡好像沒有人走，都有點遲疑，Jason笑著說：「以後加班肯定是家常便飯，但現在你們還不是正式員工，的確沒有那麼多事要你們做，都回去吧！」

實習生們這才拿起各自的東西，離開了公司。

＊ ＊ ＊

公車到站後，顏曉晨一下車就看到了沈侯，她又驚又喜地說：「你怎麼來了？」

「我來接妳啊！」沈侯把她的包包拿去，關切地問：「累嗎？」

顏曉晨笑搖搖頭，「公司不會讓實習生真正做什麼事，何況今天是第一天，只是一些介紹。」

吳倩倩嗤笑，「沈侯，我們是去上班，不是去做苦工！」

沈侯坦然自若地接受了嘲笑，「我就是心疼我的女朋友，妳有意見嗎？」

吳倩倩撇撇嘴，「沒意見！」

沈侯攬住顏曉晨的肩膀，「晚上去哪個餐廳吃飯？要不然去吃煲仔飯吧！」學校附近有一家餐廳，一份煲仔飯二十多塊，還送附湯和小菜，算是便宜又實惠。

「好啊！」顏曉晨問吳倩倩，「要一起吃晚飯嗎？」

吳倩倩對顏曉晨揮揮手，「我不做電燈泡了，拜拜。」

沈侯和顏曉晨吃完晚飯，散步回學校。

沿著林蔭路走到湖邊。人間四月有情天，春暖花開，一對對戀人或繞著湖邊漫步而行，或坐在湖邊的石頭上竊竊私語。

恰巧林木間的一張長椅空著，被鬱鬱蔥蔥的樹蔭擋住視線，不能看到湖景，卻很清淨。沈侯拉著顏曉晨坐到長椅上，拿出手機給顏曉晨看，手機桌面是顏曉晨的一張照片，她站在圖書館的書架間，正在翻看一本書，陽光從大玻璃窗的一角射入，照得她周身好似有一圈光暈。

顏曉晨自己都沒見過這張照片，也不知道沈侯是什麼時候偷偷拍的，她不好意思地問：「幹麼要用我的照片？」

沈侯把一張自己的照片發給顏曉晨，霸道地說：「妳難道不應該趕緊向我學習嗎？」

顏曉晨收到照片後，卻一時不知道怎樣操作，沈侯把手機拿過去，幾下就把自己的照片設定成了手機桌面。

看到手機上衝著她笑得連陽光都會失色的沈侯，顏曉晨突然發現，這種能時時刻刻看見沈侯的感覺十分美妙。沈侯看顏曉晨一直盯著他的照片看，笑嘻嘻地說：「喂！我就在妳身邊，妳看我就行了。」

顏曉晨不好意思，把手機收了起來。

沈侯問：「上班的感覺如何？」

「因為太陌生，有點不知道該做什麼的茫然，不過想到能賺錢了，很期待也很興奮。」

沈侯笑著說：「聽說你們這一行景氣好的時候，年薪七、八十萬沒問題，我到現在還沒找到工作，看樣子也找不到什麼大公司的好工作了，到時候妳不會嫌棄我吧？」

顏曉晨覺得沈侯的這句話別有含意，猜不透沈侯究竟想表達什麼，坦然誠實地說：「我永不可能嫌棄你，我倒是很擔心你會嫌棄我。」

沈侯雙手枕在腦後，靠在長椅上，悠悠地說：「畢業季，分手季！我看幾個有女朋友的哥兒們都格外惆悵。找到工作的，鬱悶不能在同一個城市；沒找到工作的，不想著同舟共濟，卻天天吵架。一份工作已經攪散了好幾對！妳知不知道，這個時候妳和我在一起，讓很多同學跌破眼鏡，妳現在可是金光閃閃的一座金山，選擇我，是屈尊低就！」

顏曉晨雖然從不關心八卦消息，但或多或少也能感覺到一些微妙的改變，以前同學們總覺得她hold不住沈侯，如今只因為她找到了一份高薪工作，就再沒有人流露這種想法，吳倩倩甚至表現得沈侯對她好是理所當然。

顏曉晨問：「你自己怎麼想的？」

「我有點好奇，我到現在還沒有工作，妳卻從來不著急，妳是完全不在乎呢？還是壓根兒沒想過我們的未來？」

「都不是。」

沈侯揚揚眉，看著顏曉晨，表示願意洗耳恭聽。

顏曉晨說：「我只是相信你，也相信自己。」

也許這段時間看了太多的吵架分手，年輕的感情炙熱如火，卻也善變如火，沈侯又被同學有意無意地嘲笑他找了座金山。他相信自己，卻沒有足夠的自信面對顏曉晨，真應了那句話，愛上一個人，不自覺地就會覺得自己很低。沈侯尖銳地問：「如果我找不到工作，妳也相信？」

顏曉晨從容地說：「找不到就接著找，慢慢找總能找到，反正我能賺錢，餓不著咱們。」

「如果找到的工作不在同一個城市呢？」

「我可以申請公司內部調動，如果不行，我可以換工作，工作肯定會有，頂多錢賺得少一點，但再少，我們兩個人養活自己總沒問題吧？」

所有困擾別人的問題到了顏曉晨這裡，都變得壓根兒不算問題，看來她的確考慮過他們的未來，也做了充分的應對準備，沈侯失笑地搖搖頭，是他想多了。

顏曉晨拉住沈侯的手，「我相信你肯定考慮過自己的未來，已經有所打算。我相信自己的能力，不管你做任何決定，只要你願意和我在一起，我一定會陪在你身邊。不要說只是換個城市，就算你突然改變了主意，想出國，我也可以開始準備考托福，去國外找你。」

沈侯展手抱住顏曉晨，用力把她攬到懷裡，在她耳畔低聲說：「小小，我愛妳！」

顏曉晨身子一僵，喃喃問：「你叫我什麼？」

沈侯柔聲說：「妳不是說妳的小名叫『小小』嗎？以後我就叫妳『小小』。」

顏曉晨愣了一瞬後，緩緩閉上眼睛，用力抱住沈侯。原來，這個世界上還會有一個人用最溫柔寵溺的語氣叫她「小小」。

❋　❋　❋

投行是工作壓力很大的地方，可不管是上司還是同事都對實習生的要求放低了很多，而且大部分工作屬於商業機密，還不適合交給實習生去做，所以和同事們相比，顏曉晨的實習工作不算很累，可也每天從早忙到晚。每週還有兩次培訓，會指定回家作業，雖然不會有人給他們打分，但是完成得好的人會被點名表揚，還會被主管們要求做陳述，無形中又變成了一種競爭，畢竟沒有人不想給未來的上司留下好印象。

顏曉晨本來就專業知識十分扎實，人又聰慧努力，不管是交給她的工作還是指定的作業，她都完成得很好。而且她身後還有個師父程致遠。有些作業，顏曉晨實在沒有頭緒時，就會給程致遠打個電話，尋求一點幫助，程致遠指點個方向，或者推薦參考書，顏曉晨就立即明白該如何做。

被點名表揚幾次後，顏曉晨就成了實習生中的名人，連幾個部門的主管也都記住了她。有一次，一群實習生培訓完後，一起去搭電梯，正好幾個部門的主管開完會出來，他們經過時，居然跟顏曉晨打了個招呼。只是一個很普通的同事間問好，可已經讓一群年輕人無比羨慕嫉妒。

不管是善意的羨慕，還是略帶惡意的嫉妒，顏曉晨全部當作不知道，她盡全力做好自己的事，別人怎麼想，她管不著。

四月底時，人力資源部的經理宣布了一個好消息，會從所有實習生中挑選幾個表現優異的人派送到美國總部工作兩年。

等六月拿到學位證書畢業後，他們一旦正式入職，起薪就會不低於三十萬人民幣，在國內已經算是很高的薪酬，可美國總部的起薪不低於十萬美金。除了金錢上的直接利益外，能在世界金融中心紐約工作，對他們的職業生涯更是有不可估量的好處。

實習生聽到這個消息，都沸騰了，個個恨不得頭懸梁錐刺骨，使出全部的力氣去爭取成為那個幸運兒。顏曉晨對這件事卻是完全不感興趣，沈侯如果想出國，早出國了，既然他現階段的人生規畫完全不考慮出國，那麼她也絕不會考慮。她依舊如往常一樣，認真對待每一件事，不會刻意搶著去表現自己，但輪到她表現時，她也不會故意謙讓。反正，想被選上不容易，可如果真被選上了，她想要放棄，卻很容易。

因為已經決定了要放棄，顏曉晨也就沒有告訴沈侯這件事。

❋ ❋ ❋

五月初，顏曉晨拿到了第一筆薪資，扣稅後有五千多，對她而言，真是一筆鉅款。

她給媽媽轉了一千五，打算再還給程致遠一千，還剩下兩千多。她查了下程致遠家附近的西餐廳的價格，發現如果想請程致遠吃大餐，至少要做五百塊的預算。這麼一算，最多也就剩一千多，看上去不少，可上班不同於唸書，開銷多了很多，一千多維持一個月其實剛好夠，但顏曉晨已經非常滿意。她訂好餐廳後，興高采烈地打電話給程致遠，程致遠很高興地答應了。

一切都敲定了，顏曉晨卻不知道該如何告訴沈侯。沈侯是個交友廣闊的人，各種活動很多，他的很多活動她沒興趣參加，沈侯也不會帶她去。如果顏曉晨不告訴他，找個藉口去和程致遠吃飯，他肯定不會知道，但她不想欺騙他。

可是，沈侯對程致遠成見很深，顏曉晨已經嘗試了很多次，想化解他對程致遠的誤會，都不成功。每次她向沈侯述說程致遠是個多麼好的人，沈侯總是陰陽怪氣地說：「他對妳有企圖，當然對妳好了！他不對妳好，怎麼實現自己的企圖？」反正沈侯堅決不相信程致遠只把顏曉晨當普通朋友，搞得顏曉晨越說程致遠的好，就像是越證明程致遠別有用心。

有時顏曉晨說得太多，沈侯還會吃醋，酸溜溜地說：「他那麼好，妳不如找他做男朋友。」

顏曉晨捨不得沈侯生氣，只能閉嘴不提程致遠，當然，她也堅決不肯答應沈侯，和程致遠絕交。沈侯知道她仍舊和程致遠有聯繫，因為顏曉晨打電話請教工作上的事時，從不瞞著沈侯，有時還會把手機拿給沈侯看，她和程致遠的簡訊內容乾淨得像商業教科書，沈侯沒辦法生氣，可他就是不認可程致遠。

慢慢地，兩個倔強的人意識到，他們都認為自己很有理由，誰都不會讓步，可又都捨不得吵架，只能各退一步，沈侯不過問顏曉晨和程致遠的事，顏曉晨也不主動去見程致遠。

因為不知道怎麼跟沈侯說，顏曉晨一直拖到了最後一刻。

顏曉晨去沈侯的宿舍找他時，沈侯正在購物網站亂逛，這不奇怪，奇怪的是他瀏覽的網頁都是童裝和女裝，她好奇地看了兩眼，「你要給誰買衣服？」

「不買，就隨便看看，看看大家最喜歡買的都是什麼樣的衣服。」沈侯把筆電合攏，「晚上去哪裡吃飯？」

「晚上你自己吃吧，我約了個朋友……」顏曉晨期期艾艾地把請程致遠吃飯的事告訴沈侯。

沈侯果然生氣了，嚷嚷：「妳拿了薪水，只請我吃了一份煲仔飯，竟然要請程致遠吃西餐！難道他比我還重要？」

顏曉晨一直沒有告訴沈侯她兩次向程致遠借錢的事，只能說：「我在找工作時，他幫了我很多，當初我就答應了要好好謝他，沒請你吃大餐，是因為錢不夠了，只能先委屈一下自己人。」

沈侯對前一句話不以為然，他對顏曉晨充滿信心，覺得程致遠不過是錦上添花，沒有他，顏曉晨也肯定能得到投行的工作，對後一句話卻十分受用，他火氣淡了一點，嘟囔：「那自己人要求妳買個貴重的禮物送過去，不要去和程致遠吃飯了，妳會答應嗎？」

顏曉晨抱歉地看著沈侯，突然靈機一動，「你要是不放心，要不一起去？」正好趁這個機會讓沈侯瞭解一下程致遠，畢竟很多誤會都是源於不瞭解。

沈侯做了個極度嫌棄的表情，對顏曉晨很嚴肅地說：「小小，我不是不放心，我對自己這點自信還有，也絕對相信妳！我只是真的不喜歡程致遠這個人，總覺得他有點怪異！」

顏曉晨賠著笑說：「你相信一次我對人的判斷好嗎？程致遠真的是個很好的朋友。」

沈侯知道拗不過顏曉晨，嘆了口氣，「妳去吧，不過，妳要補償我的精神損失。」

顏曉晨立即說：「好，你想要什麼補償？」

沈侯壞笑，點點顏曉晨的嘴唇，「我要這個。」

顏曉晨「唔」一聲輕哼，沈侯已經用唇封住了她的唇，長驅直入、狠狠肆虐了一番後，又去吻她的脖子。顏曉晨是典型的江南水鄉女子，皮膚白皙細膩，觸之如瓷，輕薄清冷，讓沈侯總是分外小心溫柔。可今晚，他想起宿舍哥兒們說的「種草莓」，惡作劇的念頭突起，用了點力，以唇囁著顏曉晨的脖頸。

顏曉晨覺得微微疼痛，但並不難受，她有點不安地去抓沈侯，沈侯安撫地撫著她的手。幾分鐘後，他抬起頭，看見顏曉晨鎖骨上方有一個緋紅的草莓在領口探頭探腦，便笑著對顏曉晨說：「去吃飯吧，我已經在妳身上印下專屬於我的印記，妳跑不掉的。」

顏曉晨並不知道她脖子上多了個東西，聽到沈侯放她走，開心地說：「我走了，晚上不用等我，我會發微信給你。」

沈侯不置可否地笑笑，「妳去吃妳的飯，我去吃我的飯，我不能干涉妳，妳也別管我。」

顏曉晨討好地親了沈侯的臉頰一下，離開了。

趕到西餐廳，程致遠已經到了，顏曉晨笑著走過去，「不好意思，來晚了。」

程致遠的目光在她脖頸上微微停留了一瞬，若無其事地移開目光，笑著說：「妳沒有遲到，是我早到了。」

侍者拿菜單來，顏曉晨雖然已經為這頓飯在網上惡補了一些西餐知識，可她對面坐著的卻是行家，她問：「我對西餐不瞭解，你有什麼推薦？」

「有什麼偏好和忌口嗎？」

「沒有忌口，什麼都愛吃。」

程致遠笑起來，點了兩份前菜，給自己點了一份雞排做主菜，給顏曉晨點的是魚，侍者詢問：「需要甜品嗎？」

程致遠問顏曉晨：「怕胖嗎？」

顏曉晨搖頭，「我們家基因好，怎麼吃都不胖。」

程致遠為顏曉晨點了一份最平常，也最流行的檸檬起士蛋糕。

等侍者收走菜單，顏曉晨悄悄對程致遠說：「我總覺得服務生看我的目光有點怪怪的，他們是不是看出來我是第一次到這麼好的餐廳吃飯？」

程致遠的視線從她脖子上一掠而過，笑說：「也許是覺得今晚的妳很美麗。」

顏曉晨做了個鬼臉，「謝謝你虛偽卻善良的謊言。」

程致遠笑看著顏曉晨，「妳最近的狀態很好，有點像是這個年齡的女孩了，要繼續保持。」

顏曉晨愣了一愣，端起杯子喝了口檸檬冰水，「我以前的狀態是什麼樣？」

「好像被什麼事情壓著，負重前行的樣子，現在輕鬆了很多，這樣很好。」

顏曉晨沉默了一會兒，微笑著說：「我也覺得最近一切都太好，好得都不太真實。」

「一切都是真的。」

侍者端來前菜，禮貌地詢問該端給誰，程致遠說：「我們一起吧，不用講究外國人那套。」

侍者像擺放中餐一樣，把兩份前菜放在桌子中間。

顏曉晨等程致遠先吃了一口，才動叉子。

兩人一邊吃飯，一邊聊天，顏曉晨講著工作上的事，把公司會選人去紐約總部工作的消息告訴了程致遠，程致遠說：「從職涯發展來說，妳應該盡全力爭取這個機會。」

顏曉晨說：「我不去。」

程致遠了然地說：「因為愛情。」

「難道你不贊同？」

「只要妳的選擇能讓自己開心，我完全贊同。人們爭取好的職業是為了讓自己過得更開心，如果為了一份工作失去真正讓自己開心的東西，當然很不值得。」

現在的年輕人更容易傾向於「愛情不可靠，有了經濟基礎還怕沒有愛情嗎」，這也就是為什麼大多數人會為了一個更好的前途放棄愛情，顏曉晨笑咪咪地舉起杯子，「不愧是我的老鄉！」

兩人碰了下杯，以水當酒喝了一口。

吃完最後的甜品，已經八點多。顏曉晨把一個信封遞給程致遠，「下個月還最後一筆欠款。」之前，顏曉晨把掛失的晶片卡裡的錢取出來後，已還過一千，加上這次還款就是兩千，還剩最後一千沒還。程致遠把信封收起來。顏曉晨叫侍者來結帳，四百多。顏曉晨還擔心程致遠會和她搶著結帳，幸好她擔心的事沒有發生，程致遠只是微笑地看著。

結完賬，兩人走出餐廳，程致遠想說送顏曉晨回去，街道對面突然傳來一聲大叫，「小小！」隔著川流不息的街道望過去，閃爍的霓虹燈下，沈侯站在一家咖啡店的門口用力揮手。顯然，他一直在那邊的咖啡店等，看到顏曉晨和程致遠吃完飯，立即跑了出來。

「小小！」沈侯又大叫了一聲。

顏曉晨笑起來，舉起手也揮了揮，表示自己已經看到他。沈侯指指不遠處十字路口的紅綠燈，示意兩人在那邊的人行道會合，顏曉晨做了個ＯＫ的手勢，他向著那邊快步而去。

顏曉晨也忙和程致遠告別，「我走了，我們電話聯繫。」

程致遠說：「好。」

兩人先後轉身，朝不同的方向走著。顏曉晨跑了幾步，突然想起什麼，回身叫：「程致遠！」

程致遠回身，靜靜看著顏曉晨。

顏曉晨笑了笑，發自肺腑地說：「謝謝你！」

城市的迷離燈火下，熙來攘往，車馬喧譁，程致遠眉梢眼角帶著幾分滄桑，站在熱鬧的人群中，卻有一種離群索居的蒼涼感。他淡淡一笑，鄭重地說：「曉晨，請不要再對我說謝謝了。」

「雖然說好是朋友，可是……不過，好吧，我盡量！」顏曉晨笑著揮揮手，轉身向十字路口跑去，看到那個溫暖的身影就在不遠處等著她，她的笑容忍不住越來越燦爛，腳步越來越快。

程致遠一直站在她的身後，目送著她奔向她的幸福。

❀ ❀ ❀

沈侯和顏曉晨濃情蜜意夠了，抓準鎖大門的時間點，送顏曉晨回去。

週末宿舍不熄燈，宿舍裡燈火通明，顏曉晨走在走廊裡，迎面而過的同學都曖昧地朝她笑，顏曉晨被笑得毛骨悚然。

回到宿舍，吳倩倩和魏彤也是一模一樣的曖昧表情，吳倩倩還只是含蓄地看著，魏彤卻直接衝過來，一邊上下鑒賞著顏曉晨，一邊念念有辭，「嘖嘖！妳和沈侯做了？我們是不是要喝點酒慶祝一下？」

顏曉晨莫名其妙，「做什麼？」

「妳說妳和沈侯能做什麼？」

顏曉晨還是沒反應過來，困惑地看著魏彤。

魏彤大大咧咧地說：「當然是做愛了！喝酒慶祝一下吧，顏曉晨的處女生涯終於結束了！」魏彤說著，竟然真的去她的書櫃裡拿酒。

顏曉晨目瞪口呆了一瞬，結結巴巴地說：「我、我們……還沒準備好，等真做了再慶祝。啊，不對……」她簡直想咬掉自己的舌頭，「就算做了，也不告訴妳。」

魏彤狐疑，「真沒做？那妳脖子上是什麼？」

顏曉晨衝到鏡子前看了一下脖子，無力地掩住臉，幾乎要淚奔著咆哮：沈侯，你是個混蛋！程致遠，你也是個混蛋！

＊＊＊

週末，沈侯請顏曉晨去吃西餐，地點是上週末顏曉晨請程致遠吃飯的那家餐廳。

顏曉晨坐在她和程致遠坐過的餐桌前，哭笑不得地看著沈侯，這傢伙表現得很大方，實際上真是一個小氣得不能再小氣的小氣鬼。

沈侯看她的表情就知道她在腹誹他，他一本正經地說：「妳別以為我是故意的，我是真的有事要慶祝。」

顏曉晨撐著下巴看他，一副等著看你如何編的樣子。

沈侯清了清嗓子，說：「我找到工作了。」

「啊？」顏曉晨再裝不了矜持，一下喜笑顏開，立即端起果汁和沈侯碰杯，「太好了！」

沈侯故作委屈地問：「現在還覺得我是故意的嗎？」

顏曉晨歪著頭想了想，說：「現在更覺得你就是故意的！你要用和你在一起的記憶掩蓋住和程致遠有關的記憶，以後我就算想起這家餐廳，也只會記住今晚。」

沈侯嬉皮笑臉地問：「那妳是喜歡，還是討厭？」

顏曉晨故作嚴肅地說：「你要是臉皮再這麼厚下去，就算是喜歡也會變得討厭。」

沈侯掐了顏曉晨的臉頰一下，「口是心非！」

顏曉晨不好意思地打開他的手，「說說你的工作，哪家公司？做什麼的？」

沈侯說：「英國的一家運動品牌，比Nike、Adidas這些牌子差一些，但也算運動產品裡的名牌，我應徵的是業務，薪資很低，底薪只有四千多，如果做得好，有銷售抽成。」

顏曉晨十分納悶，「你怎麼會選擇做業務？而且是一家賣衣服鞋子的公司？」他們的專業應該是朝著銀行、證券公司這一類的金融機構去找工作，同學們也都是這麼做的，畢竟主修領域對得上，而且金融行業的薪資相較其他行業要高不少。

沈侯神祕地說：「我的個人興趣，就是薪資低一點，都不好意思告訴同學。」

顏曉晨笑著說：「你自己喜歡最重要，錢嘛，來日方長，何必急於一時？」

沈侯握了握顏曉晨的手，「謝謝支持。」

因為沈侯的「喜訊」，兩人的這頓飯吃得格外開心。

吃完飯，兩個人手牽手散步回學校。顏曉晨看著街上來來往往的行人，不禁遙想她和沈侯的未來——就像這大街上的人一樣，每天上班下班。如果下班早、有時間，她就自己做飯，如果沒有時間，他們就去餐館吃，吃完飯，手拉著手散步。

顏曉晨偷偷看沈侯，忍不住一直傻笑，突然想起梁靜茹的一首歌，忍不住小聲哼著：「……這世上你最好看，眼神最讓我心安，只有你跟我有關，其他的我都不管。全世界你最溫暖，肩膀最讓我心安，沒有你我怎麼辦？答應我別再分散，這樣戀著多喜歡……」[21]

沈侯聽顏曉晨斷斷續續地哼著歌，卻一直聽不清楚她究竟在唱什麼，笑問：「妳在唱什麼？」

「梁靜茹的一首老歌，叫……」話已經到了嘴邊，顏曉晨卻緊緊地閉上嘴巴，紅著臉搖搖頭，不肯再說。她剛發現，這首歌的名字直白貼切得可怕，《戀著多喜歡》，簡直完全說出了她的心意，她實在不好意思說出口。

沈侯本來只是隨口一問，看顏曉晨不說，他真的好奇了，可不管他怎麼追問，顏曉晨都只是抿著嘴笑，就是不肯告訴他歌名，也不肯告訴他歌詞。問急了，她還會耍賴打岔，「哎呀，你的畢業論文寫得怎麼樣了？」

一直到他送她回宿舍，他也沒問出歌名來。

深夜，顏曉晨已經睡沉，突然聽到手機鈴聲響，幸好今天是週末，魏彤和吳倩倩都有活動，宿舍裡只有她在。

顏曉晨摸出手機，看了眼來電顯示，是沈侯。她接了電話，帶著濃濃的鼻音問：「喂？你還沒睡啊，又在玩電腦？」

「是在用電腦，不過不是打電玩，我查到妳晚上唱什麼歌了。」沈侯的聲音還帶著那一刻聽清楚歌

21《戀著多喜歡》收錄於神鵰俠侶電視原聲帶，二〇〇六年滾石唱片發行。

詞後的感動和喜悅，溫柔到小心翼翼，似乎唯恐一個不小心，就呵護不到那來自心愛女孩的深沉喜歡。

「你說什麼？」顏曉晨的腦袋仍迷糊著，沒反應過來沈侯在說什麼，心卻已經感受到那聲音裡的甜蜜，嘴角不自禁地帶出笑意。

手機裡沉默一小會兒，傳來沈侯的歌聲：「星辰鬧成一串，月色笑成一彎，傻傻望了你一晚，怎麼看都不覺煩。愛自己不到一半，心都在你身上，只要能讓你快樂，我可以拿一切來換……」

顏曉晨澈底清醒了，她閉目躺在床上，緊緊地拿著手機貼在耳邊，全部身心都沉浸在歌聲中，「……這世上你最好看，眼神最讓我心安，只有你跟我有關，其他的我都不管。全世界你最溫暖，肩膀最讓我心安，沒有你我怎麼辦？答應我別再分散！這樣戀著多喜歡，沒有你我不太習慣！這樣戀著多喜歡，沒有你我多麼孤單！沒有你我怎麼辦？答應我別再分散，答應我別再分散……」

大概因為宿舍裡還有同學，沈侯是躲在陽臺上打電話，他的聲音壓得很低，又是剛學的歌，有點走音，可在這個漆黑的深夜，卻有一種異樣的力量，讓顏曉晨覺得每個字都滾燙，像烙鐵一樣，直接烙印在她的心上。

生命中會有無數個夜晚，但她知道，今夜從無數個夜晚中變成了唯一，她永遠不會忘記今夜。因為有一個深愛她的少年熬夜不睡，守在電腦前聽遍梁靜茹的歌，只為找到那一首她唱過的歌；因為他為了她，躲在漆黑的陽臺上，用走調的歌聲，為她唱了一首全世界只有她聽到的歌。

明明宿舍裡沒有一個人，顏曉晨卻好像害怕被人偷去他們的幸福祕密，耳語般低聲祈求：「沈侯，我們永遠在一起，永遠都不要分開，好不好？」

「好！我們永遠在一起！永遠都不分開！」沈侯給出的不僅僅是一句許諾，還是一個少年最真摯的心意。

年輕的他們並不是不知道人生有多麼百折千迴、世事有多麼無常難測，但年輕的心，更相信自己的勇氣和力量，敢於期冀永遠，也敢於許出一生的諾言。

Chapter 8

錯誤

今天還微笑的花朵，明天就會枯萎；我們願留貯的一切，誘一誘人就飛。
什麼是這世上的歡樂？它是嘲笑黑夜的閃電，雖明亮，卻短暫。

——雪萊

五月中旬，交上畢業論文，所有學分算是全部修完，大家開始準備畢業。不管是去外地實習，還是去旅遊的同學都返回了學校，遞交畢業資料、準備拍攝畢業照……住著畢業生的樓層裡瀰漫著一種懶洋洋、無所事事又焦躁不安的畢業氣氛。很多宿舍常常一起看韓劇看到兩、三點；女生宿舍外，唱情歌、喊話表白的場景隔三岔五就上演；時不時就會有聚餐，經常能聽到女生酒醉後的哭聲。

劉欣暉也回來了，她的髮型變了，燙了波浪長捲髮，化著精緻的淡妝，一下子就從鄰家小妹變成一個女人，可一開口，大家就知道她還是那個心直口快的小姑娘，在父母的呵護下，帶著點天真任性，安逸地生活著。

五月底，MG宣布了各個部門能外派到紐約總部工作的名額，顏曉晨實習的部門只有一個。雖然最後的名單要六月底才會宣布，可各種小道消息滿天飛，不少人都說顏曉晨已經被確定。

在眾人羨慕的眼光中，顏曉晨依然故我。根據她的瞭解，在名單正式公布前，公司都會約談候選者，詢問他們的意向，那個時候說清楚她不願去紐約工作就可以了。

六月初，顏曉晨發了薪資後，像上個月一樣給媽媽匯一千五，給程致遠還了最後一筆一千塊。外債全清，顏曉晨心情大好，請程致遠去吃泰國菜。當然，在請程致遠吃飯前，她先主動請沈侯在同一個餐廳吃了一頓飯。沈侯已經默認了「顏曉晨有一個他討厭的朋友」這個事實，沒有像上次一樣反對她和程致遠出去，只是嘀嘀咕咕地唸叨，希望程致遠吃壞肚子，惹得顏曉晨暗笑。

週四時，班長通知大家下個週二拍攝畢業照，攝影師時間有限，務必要提前租好學士服，千萬不要遲到。

顏曉晨和吳倩倩都提前請了假，週二那天，先是全院畢業生大合照。等全院照完，就是各個班級的畢業合照。

在每個班級合照的間隙，同學們各自拿著相機，你找我照，我找你照，單人照、師生照、情人照、室友照、好友照……反正就是不停地換人，不停地擺姿勢。

顏曉晨被沈侯拉去合影，同學們起鬨，「要吻照！要吻照！」魏彤和劉欣暉也跟著大聲嚷，「沈侯，要吻照！」

顏曉晨假裝沒聽見，只是把頭微微靠在沈侯肩上，沈侯卻真的響應了群眾的呼聲，湊過去親顏曉晨。顏曉晨一邊羞澀地躲，一邊甜蜜地笑，一手扶著搖搖欲墜的學士帽，一手下意識地去擋沈侯，沈侯卻鐵了心要親到，拉著顏曉晨不許她逃。同學們又是鼓掌喝采，又是嗷嗷地尖叫起鬨……

藍天下、綠草地上，一張又一張洋溢著青春歡樂的照片被搶拍了下來。

✿ ✿ ✿

因為拍攝畢業照，顏曉晨和吳倩倩請了一整天假。雖然公司對畢業生的這種合理請假理由完全支持，但她們自己卻有點不安，週三去上班時都更加努力。

十點左右時，顏曉晨正在和同事說一件事，放在桌上的手機突然響了。雖然她已經調成靜音模式，可手機震動時發出的嗡嗡聲還是挺引人注意，同事笑著說：「沒事，妳先接電話，我們過會兒再說。」

顏曉晨看來電顯示是陌生號碼，有點不快地接了電話，「喂？」

電話那頭是個年輕陌生的男生聲音，「妳好，請問是顏曉晨小姐嗎？」

「是我。」

「我是王教授的研究生，從妳同學那裡要到妳的電話號碼，王教授想見妳。」

顏曉晨忙問：「請問是哪個王教授？」

「教宏觀經濟學的王教授。」

宏觀經濟學的王教授？顏曉晨腦子裡反應了一瞬，一股冷氣驟然從腳底直沖腦門，全身不寒而慄，三伏盛夏，她卻剎那間一身冷汗。

對方看顏曉晨一直沉默，以為信號有問題，「喂？喂？顏曉晨，能聽見嗎？」

「我在。」顏曉晨的聲音緊繃，「什麼時候？」

男生和藹地說：「現在可以嗎？王教授正在辦公室等妳。」

顏曉晨說：「好，我在校外，立即趕回去。」

「好的，等會兒見。」

顏曉晨掛了電話，去和Jason請假，Jason聽說學校裡有事，立即准了假。

吳倩倩看她要走，關切地問：「什麼事？我也要回去嗎？」

顏曉晨勉強地笑笑，「不用，和妳沒有關係。」

顏曉晨拿起包，急匆匆地出了辦公室。

不是上下班的高峰期，沒有堵車，不到一個小時，顏曉晨就趕回了學校。

她打電話給剛才的男生，「你好，我是顏曉晨，已經在樓下了。」

「好的，妳上來吧，在五樓，我在電梯口等妳。」

顏曉晨走出電梯，看到一個戴著眼鏡的男生衝她笑，「顏曉晨？」

顏曉晨卻一點都笑不出來，只是緊張地看著他，帶著隱隱的希冀問：「教授找我什麼事？」也許完全不是她預料的那樣，也許有另外的原因。

「不知道。」男生以為她有見老師緊張症，和善地安慰她，「王教授雖然看起來古板嚴厲，但實際上對學生非常好。」

男生領著顏曉晨走到王教授辦公室前，門虛掩著，男生敲了敲門，「教授，顏曉晨來了。」

「進來！」

男生推開門，示意顏曉晨進去。顏曉晨的小腿肚不受控制地打戰，半晌都沒挪步。男生很是奇怪，忍不住輕輕推了顏曉晨一下，「教授讓妳進去。」

顏曉晨一步一挪地走進辦公室，男生看教授再沒有吩咐了，恭敬地說：「教授，我走了。」他輕輕地虛掩上門，離開了。

辦公桌前有一把椅子，可顏曉晨根本不敢坐，也壓根兒沒想到要坐，只是表情呆滯地站在辦公桌前，像一個等待著法官宣判死刑的囚徒。

王教授抬頭看著顏曉晨，嚴肅地問：「知道我找妳什麼事嗎？」

到這一刻，所有的僥倖希冀全部煙消雲散，顏曉晨蒼白著臉，一聲沒吭。

王教授說：「前幾天，我收到一封匿名的舉報電子郵件，說妳上學期幫一個叫沈侯的學生代考了宏觀經濟學。我調出沈侯的試卷，又調出妳上個學期的經濟法試卷，這裡還有一份沈侯的經濟法試卷。」

王教授拉開抽屜，取出三份試卷，一一放到顏曉晨面前，「我想，不需要筆跡鑒定專家，已經能說明一切。」

顏曉晨看著桌上的證據，面如死灰。她雖然聰敏好學、成績優異，可家庭條件決定了她沒有被督促著練過字，她的字工整有力，卻一看就知道是沒有正規筆法的。沈侯卻不一樣，從小被母親寄予了厚望，五歲就開始練字，啟蒙老師都是省書法協會的會員，雖然沈侯上初中後放棄了練字，但從小打下的根基已經融入骨血，他一手字寫得十分漂亮，一看就能知道是下過苦功的。

王教授嚴厲地說：「不管是做學問還是做人，最忌諱弄虛作假！學校對作弊一向嚴懲，一旦被發現，立即開除學籍。」

顏曉晨的身子晃了一下，她臉色煞白，緊緊地咬著唇，一隻手扶著桌子，好像這樣才能讓自己不摔倒。

雖然從字跡能看出考經濟法的沈侯和考宏觀經濟學的沈侯不是同一個人，但畢竟不能算是真憑實據，筆跡鑒定專家也只存在於電影劇情中，王教授壓根兒沒在現實生活中見過此類人，更不知道去哪裡找，如果顏曉晨死不承認，他還真要再想辦法，這會兒看她沒有厚著臉皮抵賴，王教授的臉色和緩了一點，「對這個叫沈侯的學生，我沒有任何印象，可對妳的名字我不陌生，在妳沒放棄研究所考試時，院裡以為妳肯定會接受保送，兩個教授都已經準備找妳談話，希望妳做他們的研究生，沒想到妳放棄了保送，好幾次吃飯時，我都聽到他們遺憾地提起妳。這次出了這樣的事，我特意查問了一下妳四年的表現，應該說，妳是讓所有老師都滿意的學生！我聽說妳家庭條件很困難，已經找到一份很好的工作，妳應該很清楚開除學籍意味著什麼。我可以告訴學校，是妳主動找我坦白認錯，替妳向學校求情。」

顏曉晨像即將溺斃的人抓到一塊浮木，立即說：「我願意！」

王教授指指她身旁的椅子，「妳先坐。」他把一疊信紙和一支筆推到她面前，「妳寫個認錯悔過書，承認妳是被沈侯威脅鼓動，一時糊塗犯下大錯。幾經反省，現在已經意識到自己的錯誤，主動找我坦白，承認了過錯。」

驚恐慌亂之下，顏曉晨的腦子有點不夠用，她拿起筆就開始交代犯錯過程，寫了一行字，突然反應過來——這份悔過書在把所有過錯推向沈侯。她停了筆，囁嚅著問：「教授，學校會怎麼處理沈侯？」

王教授是七〇年代末恢復高考後[22]的第三批大學生，當年為了讀大學，他付出了常人難以想像的堅持，吃過很多苦、受過很多罪，在他眼中，學習的機會很寶貴，他對現在身在福中卻不知福的年輕人非

22 一九七七年，中國恢復了因文化大革命而中斷十年的高考制度，但當年，幾乎所有的考生都沒有歷經中學階段的系統學習，更沒有補習班之類的機構來指導和幫助考生們複習，大部分是自學赴考。

常看不慣。王教授漠不關心地說：「按校規處理！我查過沈侯四年來的成績，也打聽了一下他平時的表現，既然他一點都不珍惜在大學唸書的機會，這個懲罰對他很合適！」

顏曉晨覺得自己的心猛地一窒，剛剛帶給她一線希望的浮木竟然變成了絕望的石頭，帶著她向水下沉去。顏曉晨哀求地問：「沈侯也可以主動坦白認錯，教授，您能不能幫他求求情？」

王教授暗中做調查時，已經知道顏曉晨在和沈侯談戀愛，但他對這種戀情很不認可。他痛心疾首地說：「妳一個勤奮刻苦、成績優異的學生被他害成這樣，還幫他說話？什麼叫愛情？真正的愛情是像居里夫人和居里先生、錢鐘書先生和楊絳先生那樣，愛上一個人，透過擁抱他，擁抱的是美好！妳這根本不叫愛情！叫年少無知、瞎胡鬧！」

一個瞬間，顏曉晨已經做了決定，她輕輕放下了筆，低著頭說：「謝謝教授想幫我，可如果減輕懲罰的方法是加重對沈侯的懲罰，我不能接受。」

王教授訓斥說：「就算妳不接受，學校一樣會按照校規，從重處理沈侯！不要做沒意義的事，趕緊寫悔過書！」

顏曉晨輕聲說：「真正的愛情不僅是透過他，擁抱世界的美好，也是榮辱與共、不離不棄，我看過楊絳先生的《我們仨》，十年浩劫時不管多艱難，楊絳先生始終沒有為了自保，和錢鐘書先生劃清界限。」

王教授勃然大怒，拍著桌子怒罵：「沈侯能和錢鐘書先生比嗎？冥頑不靈，是非不分！出去！出去！收拾好行李，準備捲鋪蓋回家吧！」

顏曉晨站起來，對王教授深深地鞠了一躬：「對不起！謝謝教授！」說完，她轉過身，搖搖晃晃地走出辦公室。

顏曉晨腦袋裡一片黑暗，行屍走肉般地下了樓，心中只有一件事情，她即將被學校開除學籍，失去一切。

她的大腦已經不能做任何思考，可習慣成自然，腿自然而然地就沿著林蔭道向宿舍走去。

今天是別的院系拍攝畢業照，到處都是穿著學士袍、三五成群的畢業生，時不時就有尖叫聲和歡呼聲。就在昨天，她還是他們中的一員，雖然有對校園和同學的依依惜別之情，可更多的是興奮和歡喜，憧憬著未來，渴望著一個嶄新生活的開始。

但現在，她的世界突然黑暗了，一切的憧憬都灰飛煙滅，整個世界都對她關上了門。

顏曉晨回到宿舍，宿舍裡沒有一個人。她緩緩地坐到椅子上，呆呆地看著自己的書桌。書架上擺著整整齊齊的書，都是顏曉晨認為有價值的教科書，沒有價值的已經被她低價轉讓給低年級的學弟妹們。

這些書見證了她大學四年的光陰，也許這個世界上只有它們知道她是多麼痛苦地堅持著。其實，對她來說，失去高薪的工作，失去即將擁有的絢爛生活並不是最殘酷的，讓她最絕望的是她即將失去這四年苦苦奮鬥的學位。

那並不僅僅是一個學位，還是她對父親的交代！雖然顏曉晨並不確定那個冰冷漆黑的死亡世界裡是否真有鬼魂，她的學位是否真能讓地下的父親寬慰幾分，可這是她必須完成的事情，是她大學四年痛苦堅持的目標。

但是，現在沒有了。

中午的午飯時間，魏彤和劉欣暉一塊兒回來了，看到顏曉晨竟然在宿舍，吃驚地問：「妳沒去上班嗎？」

顏曉晨勉強地笑了下說：「有點事就回來了。」

劉欣暉開心地說：「太好了，隔壁宿舍下午去唱歌，我們一起去吧！」

顏曉晨不想面對她們，敷衍地說：「我先去吃飯，下午還有事，妳們去玩吧！」她拿起包匆匆離開宿舍，可心裡就好像塞了塊石頭，壓得五臟六腑都墜得慌，根本沒有空間去盛放食物。

顏曉晨在校園裡漫無目的地走著，不知不覺到了湖邊，她坐在湖邊的長椅上，怔怔地看著湖。一會兒後，她拿出錢包，這個褐色棋盤格的錢包是沈侯送給她的新年禮物，有了它之後，她才拋棄了把錢和雜物放在各個口袋的習慣。

顏曉晨盯著錢包看了一會兒，打開錢包。錢包的夾層裡藏了兩張照片，一張是她十五歲那年考上市裡最好的高中，他們一家三口在高中校門外拍的照片，照片上，三個人都滿懷希望地開心笑著；還有一張照片是爸爸的黑白照，爸爸下葬時，用的就是這張照片。

顏曉晨看著照片，心裡的那塊巨石好像變成鋒利的電鑽，一下下狠狠地鑽著她，讓她整個身體都在劇疼。

手機突然響了幾聲，悅耳的聲音讓顏曉晨從夢中驚醒，立即把照片放回錢包，掏出手機。

手機螢幕上提示有來自猴子的微信消息，自從顏曉晨送了沈侯一隻木雕孫悟空做新年禮物，沈侯就不再抗拒猴哥的稱呼，主動把自己的微信暱稱改成猴子，顏曉晨的微信暱稱被他改成了小小。

「吃過飯了嗎？中午吃什麼？」

顏曉晨不知道該如何回覆沈侯。沈侯知道她工作忙，上班時間都不會發消息打擾她，但中午休息時分卻會發發微信，打個電話，就算只是描述一遍中午吃了什麼，兩人也會咕咕噥噥幾句。

顏曉晨知道這件事必須告訴沈侯。以王教授提起沈侯的語氣，肯定不會提前知會沈侯，只會把一切證據直接上交到院裡，任憑學校處理。雖然提早知道這事只是早痛苦，但總比到時候一個晴天霹靂的好。但是，她不知道該如何告訴他。

大概因為她反常地一直沒有回覆，沈侯直接打了電話過來，「小小，收到我的微信嗎？」

顏曉晨低聲說：「收到了。」

「妳在幹什麼？怎麼不回覆我？」

顏曉晨不吭聲，沈侯叫：「小小？小小！」

顏曉晨想說話，可嗓子乾澀，總是難以成言。沈侯的飛揚不羈立即收斂了，他的聲音變得平穩冷靜，「小小，是公司裡出了什麼事嗎？不管發生什麼，妳都可以告訴我。」

顏曉晨艱澀地說：「不是公司，是……學校。」

「怎麼了？」

顏曉晨低聲說：「王教授發現我幫你代考宏觀經濟學的事了。」

電話那頭的沈侯震驚地沉默了，顯然他也完全沒想到，馬上就要畢業，已經過去半年的事卻變成一個大地雷。半晌後，他才不解地低語，「院裡作弊代考的人這麼多，沒道理會發現啊！」

「有人發了匿名舉報的電子郵件。」

電話裡傳來一聲響動，應該是沈侯氣惱下砸了什麼，但他立即克制怒火，「現在不是追究這事的時候，得先想辦法，看能不能讓王教授從輕處置，我先掛電話了。」

「好。」

沈侯叫：「小小！」

「嗯？」

「這事是我害了妳，我會盡全力減少對妳的傷害。」

顏曉晨居然還能語氣柔和地寬慰沈侯，「別這麼想，反正不管結果是什麼，你都肯定會比我慘，只要你能扛住，我也能扛住。你別太著急，也千萬別把事情想得太絕望，天無絕人之路，就算被學校開除了，日子也照樣能過。」

沈侯的心就像是被一隻大手狠狠揪了一下，大學四年，他經常坐在教室的後面，看著顏曉晨的勤奮努力，她是全院唯一一個沒有曠過一次課的人，每一門課，她的筆記都可以做範本。在已經清楚地知道即將失去一切的情況下，她竟然對他沒有一絲遷怒怨懟，不要說飄忽善變的年輕戀人，就是結婚多年的老夫老妻能做到這一點都很難。一瞬間，沈侯生出一個念頭，他到底上輩子做了什麼好事，這輩子才修來一個顏曉晨？

沈侯心中激蕩著愧疚、感動，想對顏曉晨說點什麼，可「對不起」太輕，「別害怕」太沒用，他只能乾澀地說：「我掛電話了，等我消息。」

顏曉晨把手機塞回包裡，疲憊地閉上眼睛。

以沈侯的性格，這個時候他本應該衝到她身邊來陪她，可他沒有來，只能說明他有更迫切的事要做。這個節骨眼上，更迫切的事只能是想辦法把這件事大事化小、小事化無，考試作弊這種事，只要老師願意睜一隻眼閉一隻眼，稀裡糊塗過去的例子也很多。可沈侯只是一個學生，他哪裡能有社會關係和資源去擺平此事？他唯一能做的就是向家裡人求助。

雖然兩人已經是戀愛關係，但顏曉晨並不瞭解沈侯的家庭，沈侯給同學們的印象只是家裡有點小錢，他雖然花錢大手大腳，可現在都是獨生子女，花錢大方的人很多，沈侯並不突出。他在吃穿上從不講究，很少穿名牌，也從沒開過高級跑車招搖過市，可顏曉晨總覺得沈侯家不僅僅是有點小錢，他在很多方面的談吐見識都不是一般的小康之家能培養出來的。但王教授不是一般的老師，他古板、嚴厲，有自己的堅持，不見得吃中國人情關係這一套。

顏曉晨正在胡思亂想，手機又響了，她掏出手機查看，是個有點眼熟的陌生號碼。

「喂？」

「顏曉晨，妳好！我是王教授的研究生，早上咱們剛見過。」

顏曉晨說：「你好！」

「王教授讓我轉告妳，貧寒人家出一個大學生很不容易，再給妳一天時間，明天下班前，教授希望能在辦公室看到妳。」

顏曉晨沉默了一瞬，說：「我知道了，謝謝你。」不管王教授是惜才，還是同情她，但她不可能把過錯完全推到沈侯身上去拯救自己。雖然事情的確如王教授所說的一樣，不管她怎麼做，沈侯考試作弊的事實不可更改，按照校規肯定是嚴懲，但顏曉晨做不到，有些事情重要的不僅僅是結果，還有過程。

一整個下午都沒有沈侯的消息，顏曉晨反倒有點擔心他，但是不知道他在幹什麼，又不敢貿然聯繫。

晚上七點多時，沈侯打電話來了，「小小，妳還好嗎？」

顏曉晨說：「還好，你呢？」

「我也還好。」

顏曉晨試探地問：「你爸媽知道這事了嗎？他們有沒有責罵你？」

沈侯被匆匆趕到上海的爸爸狠狠搧了兩巴掌，這時半張臉腫著，卻盡量用輕鬆的口吻說：「都知道了，這個時候他們可顧不上收拾我，得先想辦法看看這事有沒有轉圜的餘地。放心吧，他們就我一個寶貝兒子，不管發生什麼都得幫我。」

顏曉晨說：「這事對父母的打擊肯定很大，不管他們罵你，還是打你，你都乖乖受著。」

沈侯坐在地上，揉著發青的膝蓋說：「知道！」他可不就是乖乖受著嗎？老爸打，他一聲沒吭地讓他打，老媽罰他跪，他也乖乖地跪，這會兒是趁著他們出門去見朋友了，才趕緊起來活動。

沈侯說：「我爸媽都在上海，這兩天我沒時間去看妳，有事打電話給我。」

「好的。你爸媽還不知道我吧？」

「還不知道。」沈侯怕顏曉晨誤會，急急地解釋：「我媽一直希望我能出國再讀個碩士，我卻不想繼續唸書了，她拗不過我，只能憋著一肚子氣由著我找工作，我怕我媽以為我是因為談戀愛談昏了頭，才拒絕出國，所以琢磨著晚一點，等一切都穩定了，再告訴他們我和妳的事，可沒想到，現在出了這事……」沈侯更不想讓爸媽知道他和顏曉晨的關係，所以連顏曉晨的名字都沒提，一直含含糊糊地說，他請了個同學代考，沒想到被教授發現他考試作弊，想開除他。他想得很明白，首犯是他，只要爸媽能護住他，顏曉晨自然也不會有事。

顏曉晨截斷了沈侯的話，「我明白，沒有關係的。」

沈侯依舊不安，「小小，等這事處理完，我一定會盡快告訴我爸媽。」

顏曉晨說：「我知道你是為我考慮，你想讓我給你爸媽一個最好的印象，再說了，我也沒告訴我媽我們的事。」

沈侯遲疑著問：「這次的事，妳告訴妳媽了嗎？」從小到大，他爸別說打他，連凶一點的呵斥都沒有，可這次竟被氣得一見他就動了手，他媽也是毫不心軟地讓他一跪幾個小時，沈侯還真怕顏曉晨的媽媽也動手。

「沒有。」

「那就先別說了。」沈侯沉默了一下，問：「妳明天還去上班嗎？」

「不知道。雖然公司那邊還不知道，可遲早會知道的，再去上班好像沒有什麼意義。」

「妳如常去上班，畢竟還沒走到最壞的一步。」

顏曉晨聽從了沈侯的建議，「好，能上一天是一天吧！」

沈侯怕爸媽回來，也不敢多聊，「我知道妳現在很難受，但千萬別和自己的身體過不去，記得吃飯，我明天再打電話給妳。」

「好的，再見！」顏曉晨猜到他那邊的情形，主動掛了電話。

＊　＊　＊

第二天清晨，顏曉晨如往常一樣，和吳倩倩一起坐公車去上班。

顏曉晨本來以為自己會心情忐忑、坐臥不安，可也許因為已經過了一天，她表現得遠比她自己以為的鎮定，一整天一直專心於工作，就好像那件事壓根兒沒有發生一樣。

快下班時，王教授的研究生打了電話過來，氣急敗壞地說：「顏曉晨，妳今天究竟過不過來？王教授下午可一直在辦公室等妳，馬上就要下班了！」

顏曉晨說：「我在外面，趕不回去了。謝謝你，也謝謝王教授。」

男生也許知道了些什麼，感慨地說：「希望十年之後，妳不會後悔今日的決定。」他長嘆了口氣，掛了電話。

顏曉晨默默發了一瞬呆，繼續埋頭工作。

這很有可能會是她最後一天工作，顏曉晨很是戀戀不捨，把手頭的事情全部做完後，又仔細地把辦公桌整理好，才拿起包包回學校。

九點多時，沈侯來了個電話，讓顏曉晨明天繼續去上班，兩人隨便聊了幾句，就掛了電話。

週五清晨，顏曉晨走進辦公室，繼續如常地工作，內心卻時不時計算著這件事的後續情況。如果王教授今天早上把這事報告給院裡，院裡肯定會找她談話，同時報告給學校。馬上就要放假，這又是嚴重違反校規的事，處理速度應該很快，也許明後天會有初步的結果。所以，公司這一、兩天就會知道消息。

可是，顏曉晨等了一天，院裡都沒有老師打電話給她。以王教授的性子，肯定不會是忘了上報學院，看來是沈侯爸媽那邊的「活動」有了效果。反正她幫不上忙，能做的只是等待。

又等了一個週末，學校仍然沒有任何動靜。

沈侯沒法來見她，只能每天悄悄給她打個電話。顏曉晨如常地生活，她以為自己一切正常，可連劉欣暉都察覺出了她的異樣，想來魏彤和吳倩倩都已經察覺，只是裝作沒有察覺而已。

劉欣暉拉著魏彤一起來問顏曉晨，「妳和沈侯是不是吵架了？」

顏曉晨微笑著說：「沒有。」

劉欣暉還想說什麼，魏彤示意她別多問了，顏曉晨的性子和劉欣暉不一樣，她不說就是表明不想說，她想說的時候自然會說。

週一，顏曉晨依舊鎮靜地上著班，沒有一個實習生留意到她其實坐在一個不定時炸彈上，反倒人人都羨慕著她。據說近期就會公布去美國的人員名單，大家都認定了顏曉晨肯定在那個名單上。

週二的早上，顏曉晨依舊像往日一樣勤奮工作。

人力資源部來叫Jason去開會，等Jason開完會回來，他走到顏曉晨的桌子旁，說：「到小會議室來一下。」他表面上一切如常，可看顏曉晨的眼神有了一點變化。

顏曉晨立即明白，公司知道了。她一直在等這一刻，倒沒有多意外，唯一讓她困惑的是為什麼這事會是公司先找她，難道不該是學校先找她嗎？

顏曉晨走進小會議室，Jason沉默了一下，才開口：「昨天晚上，MG上海區的負責人周晃先生、MG大中華區的總裁陸勵成先生同時收到了一封匿名電子郵件，電子郵件的內容妳應該清楚。因為這事引起陸先生的直接過問，公司的處理速度非常快，已經和王教授聯繫過，確認郵件的內容有可能屬實。公司決定在事情沒有查清楚前，妳就先不要來上班了。之前妳上班的薪資照常結算，公司會在薪資發放日，將所有薪資匯到妳的帳戶內，所以先不要將銀行帳戶註銷。」

顏曉晨站了起來，摘下臨時員工卡，放到桌子上，低聲說：「好的，我明白了。謝謝您！」

Jason嘆了口氣，真摯地說：「祝妳好運！」到這一步，他和顏曉晨都明白，顏曉晨絕不可能再有機會進MG工作，這個年輕人真的需要一點運氣才能熬過去。

顏曉晨默默回到自己的辦公桌，開始收拾東西，隔壁的實習生問：「妳又請假了？」

顏曉晨沒有吭聲，無形中算是默認了，也就沒有人再過問。

出門時，吳倩倩追了上來，關切地說：「妳怎麼又請假？再這麼搞下去，就算上司對妳有幾分好印象也要被妳用光了，有什麼事不能讓沈侯幫妳處理一下……」

顏曉晨打斷了吳倩倩的關心，「我不是請假，我是被公司開除了。」

吳倩倩瞪大眼睛，驚訝地盯著顏曉晨。

顏曉晨說：「我現在不想多說，反正過幾天妳就會知道原因。我走了。」

因為不是上班時間，公車上竟然有空位，顏曉晨找了個位置坐下，可她真渴望能天天擠著公車上下班。很多時候，很多事情都要在失去後，才發現那些微不足道的事是多麼幸福。

顏曉晨回到宿舍，樓層裡並不冷清，有人敞開了門在看韓劇；有人在收拾行李，畢業的手續都辦完了，性急的同學已經準備離校。

不過，顏曉晨的宿舍還是很安靜，劉欣暉和同學出去玩了，吳倩倩在上班，魏彤在圖書館用功，不到深夜，這個宿舍不會有人影。

顏曉晨關上門，默默坐了會兒，打電話給沈侯，「你現在方便說話嗎？」

沈侯很敏感，立即說：「方便，發生了什麼事？妳怎麼沒去上班？」

「公司知道了，讓我不用再去上班。」

沈侯一下子炸毛了，吼起來，「怎麼會？不可能！我爸媽說已經……」他立即意識到現在還說這個沒有任何意義，沉默了下來。一會兒後，沉重地說：「小小，對不起！」

顏曉晨說：「這句話應該我來說！寫匿名信的人是看學校一直沒有處理我，想到了事情有可能會被從輕處理，就又給公司發了信件，她是衝著我來的，對不起，我拖累了你。」事情到這一步，就算沈侯家有關係，學校也很難從輕處理，畢竟連外面的公司都知道了，學校再不嚴肅處理，很難對外交代。

「就算這個人是衝著妳來的，可如果不是我，妳根本攤不上這種事！」沈侯再控制不住自己的怒火，「X他媽！這個混帳！究竟有什麼深仇大恨需要斷人生路去報復？等我查出是誰，我不會放過他！妳有懷疑的對象嗎？」

顏曉晨眼前閃過一個人，卻覺得現在追究這事沒有意義，歸根結柢是他們先做錯了，「我想不出來，也不想去想。」

「小小……妳別害怕！」沈侯斷斷續續，艱澀地說：「就算……沒了學位，妳也是有真才實學的人，沒人會嫌棄有真才實學的人。我家在上海有公司，妳來我家公司工作，等工作幾年，有了工作業績後，誰會在乎妳有沒有大學的學位？比爾蓋茲、賈伯斯都沒有大學學位，不都混得挺好？」沈侯說著說著，思路漸漸清晰了，語氣也越來越堅定流暢。

顏曉晨打起精神，微笑著說：「好的，我會努力！」

沈侯很難受，但不管再多的對不起、再多的抱歉，都不能幫顏曉晨換回學位，他只能先盡力幫她找一份工作，「就這麼說定了，妳到我家的公司來工作，我安排好後，就回學校來找妳。」

顏曉晨掛了電話，拽出行李箱，開始收拾行李。不管沈侯的父母之前找了哪個學校高層去找王教授化解此事，現在已經東窗事發，找王教授的長官為了撇清，一定會以最快的速度處理此事。

果然，下午三點多時，魏彤氣喘吁吁地跑回宿舍，連包包都沒有拿，顯然是聽說了消息後，立即就趕回來。

她看到顏曉晨的行李箱，一屁股軟坐在椅子上，喃喃問：「是真的？妳幫沈侯考試作弊？」

顏曉晨沒有說話，算是默認了。

魏彤恨鐵不成鋼地說：「妳怎麼這麼糊塗啊？為什麼要幫沈侯考試作弊？」可仔細想一想，院裡的同學，不要說有戀愛關係的，就是普通要好的同學，考試時「互相幫助一下」也是經常有的，只不過大部分人都沒有被抓住而已。大家也不是不知道作弊被抓的嚴重後果，但事情沒輪到自己頭上時，總覺得不過是「幫一個小忙」而已，沒人會把這事當真，等真發生時，卻不管是痛哭還是後悔，都沒用了。

顏曉晨放好最後一件衣服，關上行李箱，「學校打算怎麼處理我們？」

「我的導師說，沈侯立即開除學籍，連結業證書都沒有，只能拿個肄業證書。鑒於妳認錯態度良好，有悔過之意，保留學籍，給予畢業證書，但不授予學士學位，聽說是因為王教授幫妳求了不少情。」

顏曉晨半張著嘴，滿面驚訝，「我認錯態度良好？」王教授本來對她還有幾分同情，卻早被她氣沒了，再加上沈侯家的暗中運作，以王教授古板耿直的性子，只會對她越發憎惡，否則也不會早上MG公司和他一聯繫，他立馬把事情說了個一清二楚，讓MG給她定了罪。可短短半天的時間，他竟然又回心轉意幫她求情，憑藉自己在學術界的清譽，讓學校給了她畢業證書。

魏彤一看顏曉晨的反應，就知道她壓根兒沒有「認錯態度良好」，便嘆著氣說：「王教授算是給妳留了一條生路，就算沒有學位證書，妳拿到畢業證書，成績單又全是A。過一兩年，等事情平息後，妳還能考個研究生，或者攢點錢，去國外讀個碩士學位。」話是這麼說，但這一兩年才是最難熬的，一個讀了四年大學卻沒有學位證書的人只能去找一些薪資最低的工作。

顏曉晨看魏彤十分難受，反過來安慰她，「我沒事的，大不了我就回酒吧去打工，養活自己還是沒問題。」

顏曉晨表現得十分平靜，魏彤卻很擔憂顏曉晨的精神狀況，她覺得自己也算是堅強的，但如果碰上這事，非崩潰不可。

顏曉晨把行李箱放好，微笑著說：「我出去一下。」

魏彤立即站起來說：「去哪裡？我陪妳。」

顏曉晨看著魏彤，「我不會自殺，只是想一個人走一走。」

魏彤訕訕地坐下，「那妳去吧！」

顏曉晨出了宿舍，慢慢地走著。

魏彤是因為自己的導師才會提前知道消息，同學們卻還不知道，依舊笑著跟顏曉晨打招呼，但明天應該就都知道了。

顏曉晨不急不忙地走著，把學校的每個角落都走了一遍，她知道學校的校園是很美的，但大學四年一直過得捉襟見肘，總覺得所有的美麗都和她無關，一直咬著牙用力往前衝，直到和沈侯談了戀愛，才有閒情逸致逛學校的各個角落，可又因為身邊有了一個吸引她全身心的人，她壓根兒沒留意景色。

命運總是很奇怪，在這個校園裡咬牙切齒地衝了四年，最後卻連學位都沒有拿到，失去學位之後，反倒想要好好看看自己的校園。

顏曉晨走了將近兩個小時，到後來，她都不知道自己到底在學校的哪裡，只知道，這個地方她好像曾經路過，卻又毫無印象。

竹林掩映中，有幾個石凳，她走了過去。

等坐下來，才覺得累，疲憊如海嘯一般，一波接一波地湧出來將她淹沒。顏曉晨彎下身子，用雙手捂住臉。這幾天雖然不允許給自己希望，可人都有僥倖心理，多多少少還是期冀著能拿到學位，能保住她剛剛才擁有的一切美好。但是，現在全部落空了！

顏曉晨從錢包裡拿出爸爸的照片，黑白照片上的爸爸含著笑，溫和地看著她。

顏曉晨不知道他能不能聽到，但是她必須告訴他，「爸爸，我做了一件錯事，拿不到學士學位了，對不起！」

爸爸依舊是溫和地看著她，就如以前她做錯了事情時一樣，他從不會責罵她，有時候她被媽媽打罵，爸爸還會悄悄塞給她一塊巧克力。

顏曉晨摩挲著照片，枯竭多年的淚腺竟然又有了眼淚，一顆又一顆淚珠順著臉頰滾落。

顏曉晨正看著爸爸的照片默默垂淚，手機突然響了。她趕忙擦去眼淚，把照片收好，拿出手機，來電顯示是「程致遠」。

顏曉晨的直覺告訴她，這絕不是一個尋常的問候電話，她遲疑了一下，接了電話，「喂？」

「有時間嗎？我晚上想和妳一起吃頓飯。」程致遠的聲音依舊如往常一樣溫文爾雅，沒有絲毫不同於往常的波瀾，但自從顏曉晨和沈侯關係明確後，他就從沒有主動邀請顏曉晨出去過。

顏曉晨想了想說：「好的，在哪裡？」

「妳沿著小路走出來，就能看到我。」

顏曉晨愣了一下，拿著手機站起來，沿著小路往前走。

小路的盡頭就是她起先拐進來的林蔭小道，程致遠正站在蔥蘢的林木下打電話。

他看到她，掛了電話，對她笑了笑。

顏曉晨問：「你怎麼在這裡？」

程致遠遲疑了一瞬說：「我去找妳，正好看到妳從宿舍裡出來，妳沒看到我，我不知道該不該打擾妳……就跟過來了。抱歉！」

顏曉晨想到她剛才躲在無人處，拿著爸爸的照片潸然落淚，有可能全落在他眼裡，惱怒地質問：「你看到了？」

程致遠沉默了一下，說：「我迴避了，在這裡等，看妳遲遲沒出來，有點擔心，才打電話給妳。」

天氣很熱，程致遠卻穿著淺藍色的長袖襯衫和筆挺的黑色西褲，一身商業談判桌上的正裝，顏曉晨就算是傻子，也明白他是急匆匆地離開公司。

她看著他襯衫上的汗漬，語氣緩和了，「你是不是知道了？」

程致遠也沒否認，淡淡說：「嗯，我在MG有兩、三個關係不錯的朋友，曾在他們面前提到過妳，他們知道妳是我的老鄉。中國人的古話，好事不出門，壞事傳千里。」

顏曉晨很羞愧，覺得自己的所作所為好像給他抹了黑。

兩人默默相對地站了一會兒，程致遠笑了笑，說：「走吧！李司機在校門口等。」

打開車門，程致遠先把扔在車後座的西裝外套和領帶放到前面的位置上，才上了車。

顏曉晨確定了之前的猜測，程致遠果然是從商業談判桌上跑了出來，僅剩的幾分惱怒也沒了，若不是真關心，犯不著如此。想到程致遠幫了她那麼多，她卻讓他在朋友面前丟面子，她都不知道該如何解釋。

程致遠看她仍然低著頭，一副等待挨罵的態度，嘆了口氣說：「別難受了，誰沒個年少輕狂、偶爾糊塗的時候？只不過妳運氣太差，被人抓住了而已！」似乎怕顏曉晨不相信，還特意補了句，「我也考試作弊過，但運氣好，從沒被抓住。」

顏曉晨還真不信沉穩的程致遠會像她和沈侯一樣，「你不用刻意貶低自己來安慰我。」

程致遠淡淡地說：「我還真沒貶低自己！我大學在國外讀的，沒父母管束，又仗著家裡有錢，做過的混蛋事多了。年少輕狂時幹幾件出格的糊塗事很正常，大部分人都不會出事，稀裡糊塗就過去了，但有些人卻會犯下難以彌補的錯。」

顏曉晨沉默了，她不知道這次的事算不算她年少輕狂犯的錯，也不知道這錯是否能在未來的人生路上彌補。

程致遠沒帶她去餐館吃飯，而是帶她去了自己家。

那個會做薺菜餛飩的阿姨在家，她客氣地和顏曉晨打了個招呼後，就開始上菜。等顏曉晨洗了手出來，阿姨已經走了，餐桌上放著三菜一湯，涼拌馬蘭頭、燒鱔魚、筍乾鹹肉，豆腐鯽魚湯，都是道地的家鄉口味。顏曉晨已經好幾天都沒有胃口吃飯，即使去學校餐廳，也是隨便撥兩筷就覺得飽了，今天中午沒吃飯，也一直沒覺得餓，可這會兒聞到熟悉親切的味道，突然就覺得好餓。

程致遠早上聽說消息後，就急匆匆趕去學校找王教授，壓根兒沒時間吃中飯，這會兒也是饑腸轆轆，對顏曉晨說：「吃吧！」說完，端起碗就埋頭大吃。

兩個人默默地吃完飯，看看彼此風捲殘雲的樣子，不禁相視著笑了起來。

程致遠給顏曉晨盛了一碗豆腐鯽魚湯，自己也端了一碗，一邊慢條斯理地喝湯，一邊問：「沒了學位證書，工作肯定會很難找，妳對未來有什麼打算？千萬別說去酒吧打工，那不叫打算，那叫走投無路下的無可奈何！」

顏曉晨和魏彤同宿舍四年了，也算關係不錯，魏彤雖然擔心她，卻不敢這麼直白地說話。程致遠和她相識不過一年，卻機緣巧合，讓兩人走得比同住四年的室友更親近。顏曉晨想了想，如實地回答：「沈侯想把我安排進他家的公司，如果公司能要我，我也願意去，畢竟我現在這種情形沒什麼選擇。」

程致遠沉默地喝了兩口湯，微笑著說：「這個安排挺好的。事情已經這樣，妳不必再鑽牛角尖，如果想要學位，工作兩、三年，攢點錢，可以去國外讀個碩士學位。」

顏曉晨喝著湯，沒有說話，就算能再讀個學位，可那個學位的意義和這個學位截然不同。人生中有的錯，不是想彌補就能彌補。

Chapter 9

成長

人生的長鏈，不論是金鑄的，還是鐵打的，
不論是荊棘編成的，還是花朵串起來的，
都是自己在特別的某一天動手去製作了第一環，
否則你也就根本不會過上這樣的一生。

——查爾斯·狄更斯

週三下午，學校公布對沈侯和顏曉晨考試作弊的處理，立即成了學校最轟動的話題，學校論壇的十大話題裡有六個都是討論他們的。

同學們議論得沸沸揚揚時，顏曉晨並不在學校，她跟著仲介四處看房子，一直到晚上八點多時才疲憊地回學校。

魏彤早已經叮囑過劉欣暉和吳倩倩，誰都不許多嘴詢問，大家也盡力裝得若無其事，但刻意之下，不是沒話找話說，就是不知道該說什麼的沉默，氣氛顯得很尷尬。顏曉晨洗漱完，立即上了床，把簾子拉好，隔絕出一個小小空間，讓自己和別人都鬆口氣。

沈侯打電話給她，「回到宿舍了嗎？」

「回了。」

「房子找得怎麼樣？」今天早上沈侯給顏曉晨發微信時，顏曉晨告訴他，打算去找房子，想盡快搬出學校。

「看了一天，還沒看到合適的。你那邊怎麼樣？」

「我爸命令我去自家公司上班，也是做銷售，但每月底薪只有一千八，我爸說切斷我的經濟供給，讓我掙多少花多少，自生自滅。」

顏曉晨安慰他說：「那就少花點吧！」出了這事，沈侯自己找的那份工作也丟了，雖然沈爸爸撂了一堆狠話，可還是給兒子安排一條出路。

沈侯的語氣倒是很輕快，「小瞧我！底薪一千八，還有銷售抽成，難道我還真只能拿個底薪？對了，我爸媽今天下午走了，我明天去學校找妳，妳別出去，在宿舍等我。」

「好的。」

兩人又聊了幾句，沈侯掛了電話，讓她早點休息。

顏曉晨躺在床上，正在閉目養神，聽到宿舍的門被推開了，兩個同院不同系的女生邊說邊笑地走了進來。

「顏曉晨還沒回來啊？她不會不好意思見同學，就這麼消失了吧？」

「沈侯和顏曉晨已經分手了吧？妳們是不是也發現了，沈侯這幾天壓根兒沒來找過顏曉晨？」

劉欣暉對她們比手勢，示意顏曉晨就在簾子後面，可她們說得興高采烈，壓根兒沒留意到。

「沒有學位，別說正規的大公司，就是好一點的私人企業都不會要顏曉晨，她這下可慘了！到時候混不下去，不知道會變成什麼樣。」

「可以在酒吧當坐檯小姐了，不是說她以前就是坐檯的嘛……」

兩人自說自話地笑了起來，魏彤聽得忍無可忍，正要發火，沒想到吳倩倩竟然先她一步。她在廁所刷牙，直接把滿是牙膏泡沫的牙刷扔向兩個女生，大喝：「滾出去！」

兩個女生下意識地一躲，牙刷沒砸到她們，卻被甩了一臉泡沫。

「我們在說顏曉晨，關妳什麼事？」兩個女生色厲內荏地嚷。

魏彤拉開門，做了個請出去的手勢，皮笑肉不笑地說：「就算妳們平時看不慣顏曉晨，也犯不著落井下石，三十年河西、三十年河東，風水輪流轉，沒有人能順一輩子，妳們也總有倒楣的時候，給自己留點後路，就算幸災樂禍，也藏在心裡吧！」

魏彤這話說得格外大聲，附近的同學都聽到了，沒有人吭聲。兩個女生低著頭，急急忙忙地逃出宿舍。

魏彤砰一聲關上門，把門反鎖了，對吳倩倩說：「看不出來，妳還有這麼熱血女王的一面。」

吳倩倩板著臉，撿起牙刷，一聲沒吭地回了廁所。

劉欣暉說：「曉晨，妳別難受，趙櫟喜歡沈侯，大二時還對沈侯表白過，被沈侯拒絕了，她就是來故意噁心妳的。」

顏曉晨拉開簾子，笑著說：「有妳們這麼幫著我，我怎麼會被她們噁心到？我沒事，倩倩，謝謝妳！」

吳倩倩面無表情，用力沖洗著牙刷，沒有說話。

劉欣暉說：「對啊，只要妳自己別當回事，其實什麼都和以前一樣。曉晨，加油！」她鼓著臉頰，用力握握拳頭。

顏曉晨笑笑，「我會的！」

再次拉上簾子，顏曉晨的笑容消失了。不可能再和以前一樣，至少，以後的同學會，同學們肯定不會主動邀請她和沈侯，她和沈侯只怕也不會參加。

＊＊＊

第二天下午一點多時，沈侯來接顏曉晨。

只是一週沒見，可這一週過得實在太跌宕起伏，沈侯覺得顏曉晨憔悴了，顏曉晨也覺得沈侯憔悴了，兩人都生出一種久別重逢的感覺，看著彼此，有一種一時不知道該說什麼的感覺。

兩人相對沉默地站了一會兒，沈侯才拉住顏曉晨的手，說：「走吧！」

兩人相攜著走出宿舍，也許因為昨天晚上鬧的那一齣，沒有一個同學多嘴詢問，但有時候眼光比語言更傷人，不管是憐憫同情，還是幸災樂禍，都時刻提醒著顏曉晨，從現在開始，她和他們已經不是一個世界的人。

顏曉晨微微低下了頭，迴避著所有人的目光，沈侯卻腰板挺得比平時更直，他面帶微笑，牽著顏曉晨的手，昂首闊步地從所有同學的目光中走過。沈侯知道自己這樣做沒有任何意義，但他忍不住想證明，一切都沒有變！

在校門口，沈侯招手攔了輛計程車。等兩人上了車，他對顏曉晨說：「妳工作的事情沒什麼問題，下個星期一就能去上班，薪資肯定沒有投行高，一個月三千八，做得好，以後會漲上去。」

顏曉晨說：「很好了。」

沈侯知道顏曉晨的「很好了」很真誠，但他自己總是沒法接受。畢竟顏曉晨之前的工作底薪就有三十多萬，年景好的時候，加上年終獎金，七、八十萬都沒有問題。但現在他只能做到這樣，薪資再高的工作，就算他幫顏曉晨安排了，顏曉晨也不會接受。

計程車停在一個社區前，顏曉晨下了車，一邊猜測著沈侯帶她來這裡的用意，一邊跟著沈侯進了大樓。

沈侯說：「宿舍晚上不但要鎖大門，還要斷電，大一正是我最喜歡玩遊戲的時候，為了方便玩遊戲和朋友聚會，就在這裡租了房子，租約一年一簽，還有八個月到期。」

沈侯領著顏曉晨到了他租的房子，是一間裝潢精緻的兩房一廳。房子不算大，但布局合理，採光很好，兩間臥室，一個是主臥，很寬敞，另一個臥室就小了很多，剛夠放下一張單人床，一張連著書架的小書桌和一個小衣櫃。應該是沈侯早上剛找人打掃過，房間裡一塵不染，有一股淡淡的消毒劑味道。

「妳要出去租房子，肯定也是租兩房，獨立套房的房租太貴了，兩房一廳可以和人合租，一人分擔一半房租能便宜很多。」沈侯有些扭捏，不敢直視顏曉晨，「我想著……反正妳要找房子和人合租，不如我們一塊兒合租好了。」

顏曉晨打量著小臥室，沒有立即回答，有點女性化的溫馨布置顯然表明了沈侯打算把這間臥室給她住。

沈侯說：「放心，沒妳的允許，我什麼都不會做，妳絕對安全！要不然妳的房間我幫你換個最好的鎖？」

顏曉晨噗哧一聲笑起來，嗔了他一眼，打趣地問：「難道你半夜會化身成狼人？」

沈侯鬆了口氣，也笑起來，兩人間瀰漫著的沉重氣氛終於消散幾分。他恢復了以前的風格，嬉皮笑臉卻很霸道地說：「小小，就這麼定了！我怕麻煩，房租都是半年一交，房子還有八個月到期，不管妳住不住，我都已經付了租金，妳就搬進來，住那間小臥室，一個月給我交一千塊錢，如果每天能給我做一頓飯，房租再給妳打折扣。」

顏曉晨更習慣他這種風格，在房間裡走了一圈，滿意地點點頭，笑嘻嘻地說：「好吧，就這麼定了。」

沈侯如釋重負，忍不住抱了一下顏曉晨。其實，之前他就想過，畢業後兩個人合租房子，那時覺得一切理所當然，到時提一句就行。但今天卻讓他難以啟齒，生怕曉晨會尋根問底地查問房租，生怕她覺得他在金錢上接濟她，可曉晨什麼都沒問，她把自己的驕傲放在第二位，體貼地給了他一個機會讓他彌補自己的錯，讓他不至於被愧疚折磨得夜夜難以入睡。

顏曉晨也輕輕抱了下沈侯，就想要放開，沈侯卻忍不住越來越用力，把她緊緊地箍在懷裡。他渴望著能用懷抱給她一方沒有風雨的天地，很多抱歉的話說不出口，說了也沒用；很多想許的承諾也說不出口，說了也顯得假。但每個自責難受得不能入睡的黑夜裡，他已經一遍遍對自己發過誓，他一定會照顧好她，為她遮風擋雨，給她幸福。

❀ ❀ ❀

兩人商量好了一起合租房子後，決定立即回宿舍去拿行李。

魏彤、吳倩倩、劉欣暉都不在，正好避免尷尬。雖然這不是顏曉晨預期中的告別方式，但依眼下的情形，這樣對大家都好。

等離開宿舍，顏曉晨才給她們發了微信，告訴她們，她已經在外面租好房子，搬出了宿舍。

沒一會兒，魏彤的微信就到了，「恭喜！等妳安定好，我來看妳，有事需要幫忙，一定別忘記找我。」

顏曉晨回覆完魏彤的微信，劉欣暉的微信也到了，幾張很可愛的動畫圖片後寫著：「過兩天，我也要離開了，回到我的故鄉，開始我沒有驚怕，也不會有驚喜的安穩人生。同宿舍四年，我一直很敬佩妳的勤奮努力，妳身上有著我沒有的堅韌和勇敢。妳像是迎接風雨的海燕，我卻是躲在父母庇護下的梁間燕。我們選擇了不同的人生路，再見面也不知道是什麼時候，但我會永遠記得，妳是我的同學、我的室友、我的朋友，幫不到妳什麼，只能給妳祝福，風雨過後，一定會有彩虹。」

顏曉晨沒想到劉欣暉會給她這麼長的回覆，很感動，也寫了一段很長的話回覆劉欣暉，祝她幸福快樂。

又過了一會兒，吳倩倩的簡訊才姍姍而來，十分簡短，「好的，一切順利。」

這則簡訊是終結語，沒有再回覆的必要，顯然吳倩倩也沒有期待她回覆。顏曉晨有一種感覺，宿舍四個人的關係大概就像這幾則簡訊——和魏彤相交在心，平時不見得有時間常常聚會，有什麼事卻可以不客氣地麻煩她；和劉欣暉遠隔天涯，只能逢年過節問候一聲，海內存知己了；而和吳倩倩雖然同在一個城市，也只會越來越陌生。

沈侯看她盯著手機發呆，問：「想什麼呢？」

「沒什麼。」顏曉晨把手機放了回去，也把所有的離愁別緒都藏了起來。

放下行李，沈侯看看時間，已經五點多，「去吃飯吧，附近有不少不錯的餐館。」

顏曉晨嫌貴，提議說：「不如就在家裡吃了？」

沈侯本來是怕她累，可一句「家裡吃」讓他心頭生出很多異樣的感覺。他笑看著顏曉晨，很溫柔地說：「就在家裡吃吧！需要什麼，妳告訴我，我去買，妳休息一會兒。」

顏曉晨心裡也泛出一些異樣的甜蜜，拉住沈侯的手，「我不累，你肯定從來不開伙做飯，廚房裡需要添置一點東西，說了你也不知道，一起去。」

兩人手牽手去逛社區的超市，炒鍋、鏟子、勺子……一件件買過去，顏曉晨每買一件東西，必定看清楚價格，比較著哪個便宜，促銷傳單更是一個不放過的細細看過，盤算著哪些可以趁著打折先買一些囤著。

沈侯推著購物車站在一旁，靜靜地看著她。曉晨所做的一切對他而言十分陌生，他也到超市採購過雜物，卻從來不看價格，在他的認知裡，超市的東西再貴能有多貴？但看到曉晨這麼做，也沒有一點違和，反而讓他生出一種柴米油鹽醬醋茶、居家過日子的感覺，心裡十分安寧。

顏曉晨挑好炒菜鍋，放進購物車，一抬頭看到沈侯專注的目光，不好意思地笑笑，「我買東西比較麻煩，你要不耐煩，去外面轉轉。」

沈侯拉住她的手說：「和妳在一起，不管做什麼都很有意思，不過，逛超市肯定不是最有意思的事。我爸媽的努力奮鬥養成了我買東西不看價格的毛病。老婆，我會努力奮鬥，爭取早日養成妳也買東西不看價格的毛病。省下來的時間，我們一起去找更有意思的事做！」

這還是沈侯第一次叫她老婆，顏曉晨靜靜站了一瞬，用力回握了握沈侯的手，笑著說：「一起努力！」

結完帳，兩人提著一堆東西回到屋子。

沈侯怕顏曉晨累，堅持不要顏曉晨做飯。顏曉晨下了兩包泡麵，煮了點青菜，打了個蛋，這一頓飯也算有葷有素。

吃完飯，沈侯洗碗，顏曉晨整理行李。

沈侯一邊洗碗，一邊時不時跑過去，悄悄看一眼顏曉晨，看她把衣服一件件放進衣櫥，書本一本本放到書架上，毛巾掛進廁所……她的東西一點點把房間充實，也一點點把他的心充實。

沈侯不知道顏曉晨是否明白，可他自己很清楚，超市裡的那句「老婆」不是隨便喊的。雖然男女朋友之間叫老公、老婆的很常見，但他一直覺得這兩個字不能亂喊，那不僅僅是一時的稱呼，還是一輩子的承諾。他今日叫曉晨「老婆」，並不是出於愧疚，而是這次的事讓他後知後覺地理解了顏曉晨曾對他說的那句話「只要你願意和我在一起，我一定會陪在你身邊」。他也想告訴曉晨，他想和她在一起，現在、未來，一輩子！

❀ ❀ ❀

星期一，沈侯帶著顏曉晨一起去公司上班。

沈侯租住的地方距離公司不算近，但交通還算方便，只需搭乘一趟公車，到站後，橫穿過馬路就是公司的大樓。

進電梯時，顏曉晨突然想到什麼，掙脫了沈侯的手，還移開一步。沈侯一愣，不解地看著曉晨，「小小？」

顏曉晨小聲問：「公司的人知道我和你的關係嗎？」

沈侯明白了顏曉晨的顧慮，不服氣地敲了顏曉晨的腦門一下，「遲早會知道！」卻也移開一小步，板著臉，一種「我倆沒特殊關係」的樣子，「這樣滿意了嗎？」

顏曉晨笑咪咪地看著沈侯，沈侯繃了一會兒沒繃住，也笑了。

兩個人就像普通朋友一樣，一前一後地走出電梯。

櫃臺的小姐應該以前見過沈侯，笑著打招呼：「找劉總？劉總在辦公室。」

劉總是一個四十多歲的男子，沈侯叫「劉叔叔」，國字臉，一臉忠厚相，看到顏曉晨有點吃驚，用家鄉話問沈侯，「怎麼是個小姑娘？你說是個關係很好的朋友，我以為是個小夥子！」

沈侯知道顏曉晨能聽懂他們的方言，用普通話說：「又不是幹粗活，男女有差別嗎？這是我朋友顏曉晨，她英文很好。」

劉總能被沈侯的父母外放，做「封疆大吏」，除了忠心，肯定也要有幾分眼色，立即換成普通話，笑呵呵地說：「英文好就好啊！小顏先去Judy的部門吧！」

顏曉晨以為公司裡都是「老楊」、「小王」一類的稱呼，沒想到還有個Judy，立即意識到劉總讓她去的部門應該不錯，忙恭敬地說：「謝謝劉總。」

劉總對她沒有打蛇隨棍上，跟著沈侯叫他劉叔叔很滿意，覺得這年輕人上道，和善地說：「走，我帶妳去見Judy。」

Judy的部門在樓上，趁著上樓，沈侯悄悄告訴顏曉晨，「Judy是我媽媽高薪請來的副總經理，會講流利的英文和西班牙語，出口外貿的業務都是她在抓，但也別小看劉叔叔，和政府部門打交道時，他一出馬立即管用。Judy剛來時，還有些不服，後來時間長了，知道蟹有蟹路、蝦有蝦路，兩個人算是彼此看不慣，但和平相處。」

Judy是一個四十多歲、戴著眼鏡的短髮女子，又瘦又高，顯得很精幹俐落，說話語速快、沒什麼笑容，聽到劉總介紹說：「這是小顏，顏曉晨，我一個朋友介紹來的，大學剛畢業，人很不錯，妳看讓她做什麼？」

Judy不高興地皺皺眉頭，指指外面大辦公室裡最角落的一張辦公桌，辦公桌上堆滿了衣服，旁邊的椅子上也掛著衣服，很凌亂的樣子，「坐那邊吧！衣服待會兒找人收走，三個月試用期，誰忙就去幫誰，等試用期結束了再安排具體工作。」

Judy說完就對顏曉晨沒什麼興趣了，反倒對劉總身後的沈侯饒感興趣，上下打量著他，對劉總說：「哪個部門的新人？他可以來做模特兒。」

顏曉晨這才發現Judy並不知道沈侯的身分，看來公司裡知道沈侯身分的只有劉總。劉總笑呵呵地說：「新來的業務，跑國內市場的，以後還要妳多多提攜。」

Judy無所謂地聳聳肩，表示話題結束。辦公桌上的電話響了，她對劉總說了聲「抱歉」，接了電話，用英語快速地說著業務上的事。

服。

劉總對沈侯說：「我們走吧！」

沈侯看顏曉晨，顏曉晨悄悄朝沈侯擺擺手，表示再見。沈侯笑了笑，跟著劉總離開了。

顏曉晨看辦公室裡的人各忙各的，壓根兒沒人搭理她，她就走到堆滿衣服的辦公桌前，開始整理衣服。

剛把所有衣服疊好，Judy走出來，叫人把衣服抱走。她指著窗戶上堆放的亂七八糟的手冊和書，說：「先把上面的東西看熟，劉總說妳英文不錯，但我們做成衣銷售，有很多專有名詞，背熟了才方便交流。」

顏曉晨隨手拿起一本手冊翻起來，是一本女裝手冊，她覺得有點眼熟，翻了幾頁才突然想起，這不就是她第一套套裝的牌子嗎？還是沈侯帶她去買的。

顏曉晨小聲問旁邊的一個同事，「咱們公司是做什麼的？」

同事的表情像是被天雷劈了一樣，鄙夷地看了顏曉晨一眼，不耐煩地說：「成衣銷售！」

顏曉晨指指手冊，「這是我們公司的服裝？」

「是！」同事小聲嘟囔：「什麼都不知道還來上班？」

顏曉晨捧著手冊，呆呆想了一會兒，終於明白當時那兩個櫃姐為什麼表情那麼奇怪了，原來不是她運氣好，恰好趕上促銷季，而是沈侯為她特意安排的。難以想像那麼飛揚不羈的沈侯也會小心翼翼地計畫安排，只是為了照顧她的自尊。

顏曉晨看著手冊上的衣服，忍不住微微地笑起來。王教授的研究生說「希望十年後妳不會後悔今日的決定」，不管將來發生什麼，她都可以肯定，她不會後悔！

晚上回到家，顏曉晨放下包，立即抱住沈侯，親了他一下。

沈侯覺得她有點反常，關心地問：「第一天上班的感覺如何？Judy有沒有為難妳？」

「沒有，Judy雖然嚴厲，但是個做事的人，怎麼會為難我個小蝦米？」顏曉晨一邊說話，一邊進了廚房。

沈侯做業務的，不用打卡上下班，第一天上班沒什麼事就早早回來了，菜已經洗好，米飯也做好了。顏曉晨洗了手，打開電鍋一看，發現水放多了，米飯做成稀飯。下午他給她發微信，問做米飯要放多少水時，她解釋了一堆，也不能肯定他是否明白，最後說「如果抓不准，寧可多放，不可少放」，沈侯果然聽話。

顏曉晨笑咪咪地說：「不錯啊，第一次煮米飯煮熟了，我們不用吃生飯了。」

沈侯臉皮也真厚，笑著說：「那當然，也不看我是誰？」

顏曉晨繫上圍裙，動作麻利地切了點雞肉，打算炒兩個菜，「待會兒油煙大，你去外面等吧，一會兒就好了。」

沈侯站在廚房門口，一副觀摩學習的樣子，「沒關係，我看看，說不定下次妳回家就直接能吃飯了。」

顏曉晨只覺窩心的暖，顧不上鍋裡燒著油，飛快地衝到廚房門口，踮起腳尖在沈侯唇上親了下，「不用你學，我會做給你吃！」把沈侯推出廚房，關上廚房門。

沈侯在廚房門口站了一會兒，摸著自己的嘴唇，笑著走開了。

等兩人吃完飯，收拾完碗筷，窩在沙發上休息時，顏曉晨說：「今天看了很多手冊，原來你爸媽是做成衣買賣的。」

沈侯笑嘻嘻地說：「公司現在的主要生意分為兩大塊，女裝和童裝，女裝妳已經穿過了，童裝覆蓋年齡階段從零到十六歲，準確地說是嬰兒裝、兒童裝、青少年裝。海外市場集中在澳洲、紐西蘭和歐洲的幾個小國家，我去的部門是童裝的國內銷售部。」

「難怪你去NE找了一份業務工作，你應該對你爸媽的生意挺有興趣吧？」

「是挺有興趣。」

沈侯看顏曉晨也很有興趣的樣子，開始興致勃勃地給顏曉晨講述他爸媽的故事。

沈媽媽家是道地的農民家庭，沈媽媽沒讀過大學，十七歲就進了當地的一家絲綢廠，二十歲時去廣東打工，算是中國最早的一批打工妹，因為腦子靈光、做事努力，很得香港老闆的賞識，被提拔成管理者。

時光如流水，一晃眼，沈媽媽就在外面漂泊了六年，已經二十六歲。出去打工的人中，沈媽媽算是混得最好的，可在父母眼中，她這個二十六歲仍嫁不出去的老姑娘還不如那些早早回家鄉抱了孩子的姑娘。也不知是父母念神拜佛起了作用，還是機緣巧合，「老姑娘」在初中同學的婚宴酒席上遇見了在公安局做文職工作的沈爸爸，一個出身城市家庭、正兒八經的大學生。所有人都反對這門婚事，連沈媽媽的父母都心虛地覺得女兒太高攀了，可沈爸爸認定了沈媽媽。那一年，沈爸爸和沈媽媽不顧雙方父母的反對，登記註冊結婚了，連婚禮都沒有。

沈媽媽放棄了廣東的「白領工作」，回到家鄉，又開始從事「藍領工作」。幾間平房，十幾臺縫紉機，開了個服裝加工廠，從加工小訂單做起。因為做得好，幾年後，小平房變成了大廠房，有機會做國際名牌的單子。沈侯說了兩個牌子，連顏曉晨這個對奢侈品牌完全不瞭解的人也聽聞過，可見是真正的名牌。

沈媽媽的生意越做越好、越做越大，沈媽媽開始遊說沈爸爸辭職，沈爸爸辭去了公安局的工作，跟著老婆做生意。夫妻倆經過商量，決定調整戰略，從什麼都做到只做女裝和童裝。三年後，他們成立了自己的女裝品牌，五年後，他們成立了自己的童裝品牌。

那個時候的社會風氣也越來越重視「經濟發展」，人們不再覺得是沈媽媽高攀了沈爸爸，而是覺得沈爸爸的眼光怎麼那麼犀利，運氣怎麼那麼好？

二〇〇六年，公司上市成功，成為中國服裝品牌裡的佼佼者。

到現在，沈家共有十二家工廠，五個貿易公司，全國各地上百個專賣店，總資產超過四十億。

聽完沈侯爸媽的故事，顏曉晨對沈侯的媽媽肅然起敬，「你媽媽可真厲害，簡直可以寫一本傳奇奮鬥故事了。」

沈侯說：「風光是真風光，但也付出了常人難以想像的代價。當年創業時，因為壓根兒沒有時間休息，我媽流產了兩次，九死一生地生下我之後，也沒辦法再要孩子了。」

顏曉晨可以想像到當年的艱苦，感嘆說：「你媽很不容易，不過現在事業有成，還有你爸爸和你，她肯定覺得一切都值得。」

沈侯的神情有點黯然，顏曉晨知道他是想起被學校開除的事，輕聲問：「你爸媽氣消了嗎？」

沈侯說：「不知道。他們很忙，知道我這邊結果已定後，立即就離開了。我媽因為沒讀過大學，吃過不少虧、受過不少歧視，從小到大，她對我唯一的要求就是好好唸書，我爸卻無所謂，總是說『品德第一、性格第二、學問最末』。本來我以為這次的事，我媽肯定饒不了我，可沒想到我爸比我媽更生氣。

我爸動手打了我兩巴掌，我媽罰我跪了一夜，直到離開都沒給我好臉色看。」

顏曉晨抱住沈侯，那幾天只能接到沈侯的電話，總是見不到人，感覺電話裡他唯一著急的就是她，沒想到他自己的日子一點不好過。

沈侯低聲問：「妳媽媽知道這事了嗎？」

「我媽媽……其實不支持我讀大學，等將來她問了，跟她說一聲就行，說不定她還挺高興。」

顏曉晨短短一句話，卻有太多難言的酸楚，沈侯覺得心疼，一下下輕撫著她的背，「現在是六月分，等過春節時，我想把妳正式介紹給我爸媽，我媽肯定會很喜歡妳。」

顏曉晨嗤笑，「一廂情願的肯定吧？」

「才不是！我很清楚我媽媽喜歡什麼樣的女孩子，妳完全符合她的要求。而且，當年我奶奶覺得沈家是書香門第，瞧不起我媽，給了她不少苦頭吃，我剛上大學時，我媽就和我爸說了，家裡不缺吃、不缺喝，不管將來我挑中的女朋友是什麼樣，只要人不壞，他們都會支持。」

顏曉晨想起了去年春節，她打電話給沈侯時聽到的熱鬧，不禁嚮往，「春節還放煙火嗎？」

「放啊！」

「燒烤呢？」

「有沈林那個豬八戒在，妳還擔心沒好吃的？」

顏曉晨伏在沈侯懷裡，想像著一家人熱熱鬧鬧過年的畫面，覺得很溫暖，也許她也可以帶沈侯去見一下媽媽，衝著沈侯的面子，媽媽或許會願意和他們一起吃頓飯。

兩人正甜甜蜜蜜地依偎在一起說話，顏曉晨的手機響了。

顏曉晨探身拿起手機，來電顯示是「程致遠」，沈侯也看見了，酸溜溜地說：「他不是金融精英嗎？不好好加班賺錢，幹麼老打電話給妳？」
顏曉晨看著沈侯，不知道該不該接。
沈侯酸歸酸，卻沒真打算阻止顏曉晨接電話，「妳接電話吧！」他主動站起，迴避到自己房間，還特意把門關上了。
顏曉晨和程致遠聊了一會兒，掛了電話，走到沈侯的臥室門口，敲敲門。
沈侯拉開門，「講完電話了？」
「講完了。」
「和他說什麼？」
「他知道我去你家的公司上班，問候一下我的狀況。」
「切！知道是我家的公司，還需要多問嗎？難道我還能讓公司的人欺負妳？黃鼠狼給雞拜年，沒安好心！」
顏曉晨抱住他的胳膊晃了晃，嘟著嘴說：「他是我的好朋友，你能不能對他好一點？」
沈侯在她嘴上親了下，笑嘻嘻地說：「能！但我還是會時刻保持警惕，等著他露出狐狸尾巴的一天！」

❀　❀　❀

Judy不是個平易近人的上司，嚴厲到苛刻，有時候出錯了，她會中文夾雜著英語和西班牙語一通狂罵，但她的好處就是她是個工作狂，一切以工作為重，只要認真工作，別的事情她一概不管。剛開始，她認為顏曉晨是「關係戶」，能力肯定有問題，有點愛理不理的，但沒過多久她就發現顏曉晨絕沒有關係戶的特質，吩咐下去的事，不管多小，顏曉晨都會一絲不苟地完成。領悟力和學習能力更是一流，很多事情她在旁邊默默看幾次，就能摸索著完成。Judy心中暗喜，決定再好好觀察一段時間，如果不管工作態度還是工作能力都可以，她就決定重點培養了。

因為Judy存了這個心思，對顏曉晨就格外「關照」，和客戶溝通訂單、去工廠看樣品、找模特兒拍宣傳手冊……很多事情都會帶著她做。累歸累，可顏曉晨知道機會難得，跟在Judy身邊能學到很多東西，她十分珍惜。

顏曉晨的態度，Judy全部看在眼裡，她是個乾脆俐落的人，在顏曉晨工作一個月後，就宣布提前結束顏曉晨的試用期，成為她的助理，每個月的薪資提了五百塊，手機費報銷。就這樣，顏曉晨慢慢地融入了一個她從沒有想過會從事的行業，雖然和她認定的金融行業截然不同，但也另有一番天地。

顏曉晨和沈侯的辦公室就在上下樓，可沈侯做的事和顏曉晨截然不同，顏曉晨所在的部門是做海外銷售，沈侯卻是做國內銷售，截然不同的市場、截然不同的客戶群，截然不同的銷售方式。

顏曉晨頂多跑跑工廠和海關，大部分時間都在辦公室，沈侯卻很少待在辦公室，大部分的時間都在外面跑，從哈爾濱到海口，只要能賣衣服的地方都會跑。

因為經常風吹日曬，沈侯變黑了，又因為每天要和各式各樣的人打交道，從政府官員到商場管理者，三教九流都有，他變得越來越沉穩，曾經的飛揚霸道很少再表露在言語上，都漸漸地藏到了眼睛裡。

以前老聽人說，工作的第一年是人生的一個坎，很多人幾乎每個月都會變，等過上兩、三年，會變得和學校裡像是截然不同的兩個人。顏曉晨曾經覺得很誇張，只是一份工作而已，但在沈侯身上驗證了這句話，她清楚地看著沈侯一天天褪去青澀，用最快的速度長大。

如果沒有被學校開除的事，也許過個三、五年，沈侯也會變成這樣，可因為這個意外，他迫不及待地在長大，爭分奪秒地想成為一株大樹，為顏曉晨支撐起一片天地。如果說之前，顏曉晨能肯定自己的感情，卻不敢肯定沈侯的感情，那麼現在，她完完全全地明白了，雖然出事後，他沒有許過任何承諾，可他在用實際行動表明他想照顧她一生一世。

因為工作性質，沈侯能陪顏曉晨的時間很少，兩人雖然同住一個屋簷下，但真正能相守的時間不多。這些都沒什麼，讓顏曉晨心疼的是沈侯老是需要陪客戶喝酒，有時候喝到吐，吐完還得再喝。可顏曉晨知道，對一個江湖新人，這些酒必須喝，她唯一能做的就是去網上查各種醒酒湯、養生湯，只要沈侯不出差，廚房裡的燉鍋總是插著電，從早煲到晚，煲著各種湯湯水水。

沈侯是公司的「太子爺」，照理說完全不需要他這樣拚，但沈侯的爸爸仍在生氣，存心要殺殺沈侯的銳氣，沈侯自己也憋了一股氣，想向所有人證明，沒了文憑，不靠自己的身分，他依舊能做出一點事。所幸，沈侯自小耳濡目染，還真是個做生意的料，思路清晰，人又風趣大方，再加上皮相好，讓人一見就容易心生好感，三個月後，已經是業績很不錯的業務。

一次酒醉後，沈侯的同事打電話給顏曉晨，讓她去接他。

顏曉晨匆匆趕到飯店，看到沈侯趴在垃圾桶前狂吐，吐完他似乎連站起來的力氣都沒有，竟然順著垃圾桶滑到地上。

顏曉晨急忙跑過去，扶起他。他卻壓根兒認不清顏曉晨，當是同事，糊裡糊塗地說：「妳怎麼還沒走？我沒事，妳先走吧！我稍微醒醒再回去，要不我老婆看我被灌成這樣，又要難受了。」

顏曉晨眼眶發酸，一邊招手攔計程車，一邊說：「下次喝醉了就趕緊回家。」

顏曉晨扶著沈侯，跌跌撞撞地上了車，沈侯才突然發現他胳膊下的人是個女的，猛地推了她一把，力氣還不小，一下子把顏曉晨推到另一邊。

顏曉晨正莫名其妙，聽到他義正辭嚴地呵斥：「喂，我有老婆的，妳別亂來！」凶完顏曉晨，沈侯像要被人強暴的小媳婦一樣，用力往門邊縮坐，大嚷：「不管我的靈魂，還是肉體，都只屬於我老婆！」

計程車司機忍不住哈哈大笑起來，笑了幾聲，大概覺得不合適，忙收了聲，只是拿眼從後視鏡裡瞅著顏曉晨，一臉不屑。

顏曉晨哭笑不得，對計程車司機解釋，「我就是他……他老婆，他喝醉了。」

計程車司機立即又哈哈大笑起來，豎了豎大拇指，「妳老公不錯！」

顏曉晨小心翼翼地靠過去，「沈侯，我是小小啊！」

沈侯醉眼朦朧地瞅著她，也不知有沒有真明白她是誰，但好歹不拒絕她的接近了。顏曉晨讓他把頭靠到她肩膀上，「你先睡會兒，到家了我叫你。」

沈侯喃喃說：「小小？」

「嗯？」

「明年，我要做業績第一的業務，等拿到銷售抽成，我就去買鑽戒，向小小求婚。小小，妳別告訴她！」

顏曉晨覺得鼻子發酸，眼中有微微的濕意，她側過頭，在他額頭上輕輕地親了下，「好的，我不告訴她，讓你告訴她。」

10 Chapter

光影幸福

人生的一切變化、一切魅力、一切美，
都是由光明和陰影構成的。
——列夫．托爾斯泰[23]

十二月底，沈侯的媽媽來上海，處理完公事，她請Judy私下吃飯。

Judy提起自己的新助理，毫不吝嗇言語地大加誇讚。沈媽媽一時興起，對Judy說：「認識多年，很少聽到妳這樣誇人，引得我好奇心大起，正好明天有點時間去妳那邊轉一圈，到時妳把人介紹給我，如果真不錯，我正好需要個能幹的年輕人。」

Judy不滿地撇嘴，「我把人調教出來了，妳就拿去用？我有什麼好處？」

沈媽媽知道她就一張嘴厲害，不在意地笑笑，「好姐妹，妳不幫我，誰幫我呢？」

Judy也不再拿喬，爽快地說：「行，妳明天過來吧！哦，對了，劉總那邊有個新來的業務很厲害，人也長得帥，妳要覺得好，把他也挖走吧，省得就我一個人吃虧！」

沈媽媽一聽就知道她說的是沈侯，苦笑著說：「這事我現在不好細說，反正以後妳就知道。」

Judy和洋鬼子打交道打多了，性子也變得和洋鬼子一樣簡單直接，除了工作，別的一概不多問，猜到是家長裡短，直接轉移了話題，「吃什麼甜點？」

* * *

第二天，沈媽媽真的去了公司，先去劉總那邊。劉總親自泡了茶，「嫂子，這次準備在上海待幾天？」

「明天回去。」

「沈侯去長沙出差了，昨天下午剛走，明天只怕趕不回來。」

「沒事，我又不是來看他。」

劉總斟酌著說：「我看沈侯這小子行，妳跟大哥說一聲，讓他別再生氣了。」

沈媽媽喝了一口茶，說：「老沈一怒之下是想好好挫挫沈侯，沒想到沈侯倒讓他刮目相看。老沈再大的氣，看兒子這麼努力，差不多也消了，現在他只是拉不下臉主動和沈侯聯繫。」

劉總試探地說：「銷售太苦了，要不然再做一個月，等過完春節，就把人調到別的部門吧！」

沈媽媽說：「看老沈的意思，回頭也看沈侯自己是什麼意思。銷售是苦，但直接和市場打交道，沈侯如果跑熟了，將來管理公司，沒人敢唬弄他，這也是他爸爸扔他來做業務時，我沒反對的原因。」沈媽媽看了下錶，笑著起身，「我去樓上看看Judy。」

---

23 列夫·尼可拉葉維奇·托爾斯泰（Leo Nikolayevich Tolstoy, 1828-1910）：俄國小說家、哲學家、政治思想家。代表作《戰爭與和平》、《安娜·卡列尼娜》。

劉總陪著沈媽媽上樓，走進辦公室，沈媽媽覺得整個房間和以前截然不同，「重新裝修過？」

劉總說：「沒有。」

沈媽媽仔細打量一番，發現不是裝修過，而是布置得比以前有條理。以前，打版衣不是堆放在辦公桌，就是堆放在椅子上，現在卻有幾個大塑膠盒分門別類地放好了；以前，所有的衣服手冊都堆放在窗臺上，現在卻放在一個簡易書架上，原本堆放畫冊的地方放了幾盆花，長得生機勃勃。

Judy年過四十仍然獨身，自己的家都弄得像個土匪窩，她沒把辦公室也弄成個土匪窩已經很不錯了。沈媽媽走進Judy的辦公室，指指外面，笑問：「妳的新助理弄的？」

Judy聳聳肩，「小姑娘嘛，喜歡瞎折騰！不過弄完後，找東西倒是方便了很多。」

沈媽媽一直堅信一句話，細節表露態度，態度決定一切，還沒見到Judy的助理，已經認可了她，「小姑娘不錯。」

Judy不知該喜該愁，喜的是英雄所見略同，愁的是人要被挖走了。沈媽媽也不催，笑吟吟地看著她，Judy拿起電話，沒好氣地說：「Olivia，進來！」顏曉晨跟著Judy混，為了方便客戶，也用了英文名字。

顏曉晨快步走進辦公室，看劉總都只敢坐在下首，主位上坐著一個打扮精緻的中年美婦，有點眼熟。她心裡猛地一跳，猜到是誰，不敢表露，裝作若無其事地打招呼，「劉總好！」

Judy說：「這位是公司的侯總，我和劉總的老闆。」

有點像是新媳婦第一次見公婆，顏曉晨十分緊張，微微低下頭，恭敬地說：「侯總好！」

沈媽媽卻是十分和善，一點沒端架子，「Judy在我面前誇了妳很多次，妳叫什麼名字？到公司多久了？」

「顏曉晨，顏色的顏，破曉時分的曉，清晨的晨。到公司半年了。」

顏曉晨以為沈媽媽還會接著詢問什麼，可她只是定定地盯著顏曉晨，一言不發。顏曉晨是晚輩，又是下屬，不好表示什麼，只能安靜地站著。

劉總和Judy都面色古怪地看著侯總，他們可十分清楚這位老闆的厲害，別說發呆，就是走神都很少見。Judy按捺不住，咳嗽了一聲，「侯總？」

沈媽媽好像才回過神來，她扶著額頭，臉色很難看，「我有點不舒服。劉總，叫司機到樓下接我，Judy，妳送我下樓。」

劉總和Judy一下都急了，劉總立即打電話給司機，詢問附近有哪家醫院，Judy扶著沈媽媽往外走。顏曉晨想幫忙，跟著走了兩步，卻發現根本用不著她，傻傻站了會兒，回到自己的辦公桌前。

顏曉晨心裡七上八下，很是擔心，好不容易等到Judy回來，她趕忙衝了過去，「侯總哪裡不舒服？嚴重嗎？」

Judy沒有回答，似笑非笑地盯著她，顏曉晨才發覺她的舉動超出了一個普通下屬，她尷尬地低下了頭。

Judy說：「侯總就是一時頭暈，呼吸點新鮮空氣就好了。」她看看辦公室裡其他的人，「到我辦公室來！」顏曉晨尾隨著Judy走進辦公室，Judy吩咐：「把門關上。」

顏曉晨忙關了門。Judy在說與不說之間思索一瞬，還是對顏曉晨的好感占了上風，竹筒倒豆子般劈哩啪啦地說：「剛才我送侯總到了樓下，侯總問我誰招妳進公司的，我說劉總介紹來的，侯總臉色很難看，質問劉總怎麼回事。劉總對侯總解釋，是沈侯的朋友，沈侯私下求了他很久，他表面上答應了不告訴沈總和侯總，可為了妥當起見，還是悄悄給沈總打過電話。沈總聽說是沈侯的好朋友，就說孩子大了，也有自己的社交圈了，安排就安排吧，反正有三個月的試用期，試用合格留用，不合格按照公司的規定辦，劉總還怕別人給他面子，徇私照顧，特意把人放到我的部門。」

顏曉晨聽到這裡，已經明白，沈媽媽並不知道沈侯幫她安排工作的事，她訥訥地問：「是不是侯總不喜歡我進公司的方式？」

「按理說應該不是，在中國做生意就這樣，很多人情往來，妳不是第一個憑關係進公司的人，也絕不會是最後一個，如果每個關係戶都像妳這樣，我們都要笑死了，巴不得天天來關係戶。不過……我剛知道沈侯是侯總的兒子，恐怕侯總介意妳走的是沈侯的關係吧！」Judy笑咪咪地看著顏曉晨，「妳和沈侯是什麼關係？什麼樣的好朋友？」

顏曉晨咬著唇，不知道該如何回答。

Judy早猜到了幾分，輕嘆口氣，扶著額說：「連侯總的兒子都有女朋友，我們可真老了！」

顏曉晨忐忑不安地問：「侯總是不是很生氣？」

Judy微笑著說：「她看上去是有些不對頭。不過別擔心，侯總的器量很大，就算一時不高興，過幾天也會想通，何況她本來就挺喜歡妳，還想把妳挖過去幫她做事，沈侯找了個這麼漂亮又能幹的女朋友，她應該高興才對。」

顏曉晨依舊很忐忑，Judy揮揮手，「應該沒什麼大事，出去工作吧！」

顏曉晨走出辦公室，猶豫著該不該打電話告訴沈侯這事。沈侯在外地，現在告訴他，如果他立即趕回來，就是耽誤了工作，只怕在沈侯的父母眼中，絕不會算是好事，如果他不能趕回來，只會多一個人七上八下、胡思亂想，沒有任何意義。顏曉晨決定還是先不告訴沈侯，反正再過兩、三天就回來了，等他回來再說吧！

顏曉晨忐忑不安地過了兩日，發現一切如常，沈媽媽並沒找她談話，便試探地問Judy：「侯總還在上海嗎？」

Judy不在意地說：「不知道，侯總說就待一、兩天，應該已經離開了。」

顏曉晨鬆口氣，是她太緊張了，也許人家根本就沒把兒子談戀愛當回事，又不是立即要結婚。

顏曉晨放鬆下來，開始有心情考慮別的事。想著沈侯快要回來，決定抽空把房間打掃一下。晚上，顏曉晨把頭髮挽起，穿著圍裙，戴著橡膠手套，正在刷馬桶，門鈴響了。不會是沈侯回來了吧？她急急忙忙衝到門口，從貓眼裡看了一眼，門外竟然是沈侯的媽媽。

顏曉晨驚得呆呆站著，不知道該如何反應。沈媽媽又按了一次門鈴，顏曉晨才趕忙脫掉手套，把頭髮攏了攏，想讓自己看起來有精神一點。她深吸一口氣，打開了門，「侯總。」

沈媽媽盯著她，臉色十分難看。

沈侯租了四年的房子，他爸媽就算沒來過，也不可能不知道，否則今天晚上找不到這裡來。顏曉晨就像做錯事的孩子，心虛地低下了頭。

沈媽媽一言不發，快速地走進沈侯的臥室，又走進顏曉晨的臥室，查看了一圈，確定兩個人至少表面上仍然是「分居」狀態，還沒有真正「同居」。她好像緩過一口氣，坐到沙發上，對顏曉晨說：「妳也坐吧！」

顏曉晨忐忑不安地坐在沙發一角。

「幫沈侯代考宏觀經濟學的人就是妳?」沈媽媽用的是疑問句，表情卻很肯定。

「是。」

「我看過妳的成績單，沒有一門功課低於九十分，是我們家沈侯害了妳，對不起!」沈媽媽站起來，對顏曉晨深深地鞠了一躬。

顏曉晨被嚇壞了，一下子跳了起來，手忙腳亂地扶沈媽媽，「沒事，事情已經過去了，沒事，我真的不介意。」

沈媽媽沉痛地說:「我介意!」

顏曉晨不知道該說什麼，手足無措地看著沈媽媽。

沈媽媽緩和了一下情緒，又坐了下來，示意顏曉晨也坐。她問:「妳和沈侯什麼時候……在一起的?」

「大四剛開學時，確定了男女朋友關係，可很快就分開，大四下學期又在一起了。」

沈媽媽算了一下，發現他們真正在一起的時間不算長，難怪她詢問沈侯有沒有女朋友時，沈侯總說沒有。她想了想說:「既然你們能分一次手，也可以再分一次。」

「什麼?」顏曉晨沒聽懂沈媽媽的話。

「我不同意妳和沈侯在一起，你們必須分手!」

顏曉晨傻了一會兒，才真正理解沈媽媽的話，她心裡如颱風颳過，已是亂七八糟，面上卻保持著平靜，不卑不亢地說:「您是沈侯的媽媽，我很尊敬您，但我不會和沈侯分手。」

「妳和沈侯分手，我會幫妳安排一份讓妳滿意的高薪工作，再給妳一間上海的房子做為補償，可以說，這個分手可抵別人三、四十年的奮鬥，好處很多。但妳和沈侯在一起卻是壞處多多，我會讓公司用一個最不好的理由開除妳。試想一下，一個品行不端，被大學開除又被公司開除的人，哪個公司還敢要？」

顏曉晨難以置信地看著沈媽媽，「您為什麼要這麼做？我做了什麼讓您這麼討厭？」

「妳說為什麼呢？學校裡小打小鬧談談戀愛，怎麼樣都無所謂，可談婚論嫁是另外一回事，門不當戶不對，妳配得上做我們家的兒媳婦嗎？我已經派人去查過妳們家，不但一貧如洗，妳媽媽還是個爛賭鬼，好酒好煙！婚姻和戀愛最大的不同就是，戀愛只是兩個人的事，婚姻卻是兩個家庭的事，我兒子娶的不僅僅是妳，還是妳的家庭，我不想我兒子和一個亂七八糟、混亂麻煩的家庭有任何關係！我也絕不想和妳們這樣的家庭成為親家！」

顏曉晨猶如一腳踏空、掉進了冰窖，冰寒徹骨，她想反駁沈媽媽，她家不是亂七八糟，她媽媽不是爛賭鬼！但沈媽媽說的每一句話都是事實。原來，在外人眼中，她家是那麼不堪。

「貧窮也許還能改變，可是妳們家……無藥可救！」沈媽媽冷笑著搖搖頭，「我會不惜一切手段逼妳離開沈侯，我不想那麼做，但我是一個母親，我必須保護我的兒子，讓他的生活不受妳打擾！我請求妳，不要逼我來逼妳，更不要逼我去逼沈侯！」

顏曉晨木然地看著沈媽媽，她只是想和喜歡的人在一起，怎麼就變成她在逼沈侯的父母了？

沈媽媽把一張名片和幾張照片放在茶几上，「這是一棟透天別墅，價值八百多萬，妳打名片上的電話，隨時可以去辦理過戶手續。還有，我希望妳盡快搬出這個屋子。」沈媽媽拉開了門，卻又停住步子，沒有回頭，聲音低沉地說：「妳是個好女孩，但妳真的不適合沈侯！人生很長，愛情並不是唯一，放棄這段感情，好好生活！」

砰一聲，門關上了，顏曉晨卻好像被抽走所有力氣，癱坐在沙發上，站都站不起來。

從屋子的某個角落傳來叮叮咚咚的音樂聲，顏曉晨大腦一片空白，不明白為什麼會有音樂響起，愣愣地聽著。

音樂聲消失了，可沒過一會兒，又叮叮咚咚地響起來，顏曉晨這才反應過來，那是她的手機在響。她扶著沙發站起，腳步虛浮地走到餐桌旁，拿起手機，是沈侯，每天晚上這個時間他都會打個晚安電話。第一次，顏曉晨沒有接沈侯的電話，把手機放回桌子上，只是看著它響。

可沈侯不肯放棄，一遍又一遍打來，鈴聲不會說話，卻清楚地表達出不達目的它不會甘休。

手機鈴聲響到第五遍時，顏曉晨終於接了電話。沈侯的聲音立即傳來，滿是焦躁不安，「小小？小小，妳在哪裡？你沒事吧？」

顏曉晨說：「我在家裡，沒事。」

沈侯鬆了口氣，又生氣了，「為什麼不接電話？嚇死我了！」

「我在浴室，沒聽到電話響。」

「怎麼這麼晚才洗澡？」

顏曉晨含含糊糊地說：「下班有點晚。」

沈侯心疼地說：「工作只是工作，再重要也不能不顧身體，身體第一！」

「我知道，你那邊怎麼樣？是不是快要回來了？」

「應該明天下午就能回去。」沈侯興高采烈地跟顏曉晨講述著這次在長沙的見聞，顏曉晨突然意識到，沈侯很熱愛他們家的公司，並不僅僅是因為金錢，而是發自內心的喜歡和驕傲。自小的耳濡目染，四年的商學院學習，他對自己的家族企業有很多規畫和幻想，所以，他才不想出國，才會寧願拿低薪也要去做業務。也許，沈侯對功課不夠嚴肅認真，可他對自己的人生很嚴肅認真，很清楚自己要的是什麼，也願意為之仔細規畫、努力付出。

沈侯說了半晌，發現曉晨一直沒有說話，以為她是睏了，關切地說：「忙了一天，累了吧？妳趕緊去睡覺吧！」

顏曉晨輕聲問：「沈侯，你有沒有發覺你剛才是以一個企業掌舵者的角度在分析問題？」

沈侯不好意思地嘿嘿笑了兩聲，「原來我的話已經暴露了我的野心啊？看來我下次和別人聊天時要注意一點，省得不知道的人還以為我是個野心家。我爸媽就我一個兒子，東方的企業文化和西方的企業文化截然不同，不可能完全依靠職業經理人，我遲早要接掌公司，多想想總沒壞處。說老實話，我是想做得比我爸媽更好。」

顏曉晨有點心驚，卻又覺得理所當然，男人似乎是天生的猛獸，現代社會不需要他們捕獵打仗了，他們所有的血性和好鬥就全表現在對事業的追逐上，沈侯的性子本就不會甘於平庸，他不想攀登到最高峰才奇怪。

沈侯看顏曉晨一直提不起精神說話，提議著說，「小小，妳休息吧，我也睡了，明天訂好機票再打電話給妳。」

「好的，晚安。」掛了電話，顏曉晨坐在餐桌前，怔怔看著窗外。

＊　＊　＊

清晨，顏曉晨走進Judy的辦公室，把一份清楚完整的工作總結和交接報告遞給了Judy，「我想辭職。」

Judy大吃一驚，「為什麼要辭職？哪裡做得不開心，還是對我的工作安排不滿？」雖然顏曉晨表現很優異，可才工作半年，不可能是其他公司來挖人，唯一的可能就是顏曉晨自己對工作不滿。

顏曉晨說：「工作很開心，跟著您也學到了很多東西，辭職是純粹的私人原因。」

「有其他公司的工作了嗎？」

「沒有。」顏曉晨也想找到下一家的公司再辭職，但找份工作至少要兩、三個星期，並不適合她現在的情形。

Judy一臉不贊同，「不管是什麼私人原因，都至少堅持一年，妳這樣的工作經歷再去找工作很不利！工作經驗很少，不能給妳加分，還給公司一種妳不成熟，無法堅持，碰到一點困難就逃避的印象，哪個公司會喜歡招一個只待半年就走的員工呢？」

「謝謝，但我必須辭職。」

「妳是不是和沈侯吵架了？戀愛歸戀愛，工作是工作，兩碼事！」

顏曉晨說：「和沈侯沒有關係，純粹私人原因。」

Judy看顏曉晨態度很堅決，覺得自己的好心全被當了驢肝肺，很失望，也有點生氣，態度冷了下來，「好的，我接受妳的辭職，公司會盡快處理。」

顏曉晨剛從Judy辦公室出來，就接到劉總祕書的電話，讓她去見劉總。

顏曉晨走進劉總的辦公室，劉總客氣地讓她坐。

劉總把一疊文件遞給她，顏曉晨翻了一下，是她以前填寫過的財務單據影本，有些不明白，「劉總給我看這個是什麼意思？」

劉總清了清嗓子說：「妳的這些單據裡有弄虛作假。」

顏曉晨先是一驚，是她不小心犯了錯嗎？可很快就反應過來，劉總他們都是老江湖，不小心犯錯和弄虛作假之間的不同，他們應該分得很清楚。

顏曉晨把文件放回劉總的桌子上，沉默地看著劉總。

顏曉晨的目光坦蕩磊落，清如秋水，劉總迴避了她的目光，「如果因為弄虛作假、欺瞞公司被開除，想再找一份正式的工作就非常難了，妳要清楚……」

顏曉晨打斷了他的話，嘲諷地說：「我很清楚，我不過是一個什麼都沒有的弱女子，你們卻是資產幾十億的大公司；我只有一張嘴可以為自己辯白，你們卻連白紙黑字的文件都準備好了；我請一個好律師的錢都沒有，你們卻有上海最好的律師事務所，上百個優秀律師時刻等著為你們服務；我在上海無親無朋，你們卻朋友很多。劉總，您不用贅言了，我真的很清楚！」

劉總也不愧是商海沉浮了幾十年的人，竟然還是那副心平氣和的態度，「清楚就好！只要妳聽話，侯總可以幫妳安排一份遠比現在好的工作。」

「我不需要她給我安排工作，我能養活我自己！」顏曉晨起身朝外走去，快出門時，她突然想起還忘記說一句話，回過身對劉總說：「請轉告侯總，我已經辭職。」說完，快步走出了劉總的辦公室。

顏曉晨拿著包，離開了公司。

她找公車儲值卡時，才發現自己手指僵硬，原來她一點都不像她表現得那麼平靜，而是一直凝聚著全身的力氣才能維持那一點平靜。

公車上的人不算多，顏曉晨找了個最後面的空位坐下，神情迷茫地看著車窗外。

沈媽媽太不瞭解她了，也許一般的女孩會被她的威脅嚇住，可她不是一般家庭的一般女孩，她只是困惑於沈媽媽昨晚說的一段話，婚姻並不只是兩個人的事，還是兩個家庭的事，如果沈侯和她結婚，沈侯娶的不僅僅是她，還是她的家庭，沈侯能接受真正的她和她的家庭嗎？

手機突然響了，是沈侯的電話，顏曉晨打起了精神，「喂，機票訂好了？幾點的飛機？」

沈侯的語氣很抱歉，也很興奮，「長沙這邊的事完了，但我趕不回去，劉總讓我去海南島三亞見兩個重要的客人。」

顏曉晨苦笑，這應該只是沈媽媽的一個安排，三亞的客人見完，還會有其他事情，反正商場瞬息萬變，刺激有趣的事不會少，想要吸引住沈侯很容易，看來短時間內，沈侯不可能回到上海了。

沈侯說：「對不起，本來還想陪妳一起過元旦，要不妳找魏彤來陪妳吧！」

「沒有關係，你好好工作，不用擔心我，元旦假期我正好休息一下。」

「好的，我去收拾行李，準備去機場了，到三亞再和妳聯繫，拜拜！」

「拜拜！」

❋　❋　❋

算上週末，元旦假期總共有三天，她又失業了，暫時無事可做，顏曉晨突然做了個決定，趁元旦假期去一趟三亞。

三亞應該還很溫暖，她特意去買了條保暖一點的長裙，早晚冷的時候再加一個大披肩應該就夠了。

顏曉晨下了飛機，把羽絨外套脫掉塞回行李箱，坐車去沈侯住的酒店，從機場趕到酒店時，已經是晚上八點多。

這次沈侯要見的客人應該真的很重要，連帶著沈侯住的酒店都是五星。酒店就在海邊，剛下車，就看到燈火輝映中一望無際的大海，火紅的鮮花開滿道路兩旁，景色明媚鮮豔，一點冬日的陰霾都沒有。

顏曉晨來之前已經問清楚沈侯住哪個房間，本來想直接上去找他，也算是給他一個節日的驚喜，可沒想到剛走進酒店，就有服務生來幫她拿行李，詢問她是住宿還是訪友。看他們這架勢，肯定不會隨便放陌生人去客人的房間，顏曉晨只得放棄了突然出現在沈侯房間外的計畫，「我朋友住這裡，我來找他。」

服務生領她到櫃臺，櫃臺打電話給沈侯的房間，電話響了很久，沒有人接，櫃臺抱歉地說：「沒有人接電話，應該不在房間，要不您和您的朋友聯繫確認一下時間，或者在大堂等一會兒？」

顏曉晨問：「我能把行李寄放在您這裡嗎？」

「沒有問題！」服務生幫顏曉晨把行李放下，辦好寄放手續。

顏曉晨坐在酒店大堂的沙發上，給沈侯發微信，「吃完飯了嗎？在幹什麼？」

沈侯很快就給了她回覆，「吃完了，在海灘散步。雖然住在海邊，可白天要陪客人，壓根兒沒時間看看海。」他用的是語音，說話聲的背景音就是海浪的呼嘯聲。

顏曉晨立即站了起來，一邊走，一邊隨便找了個服務生問：「海灘在哪裡？」

「沿著那條路一直往前走，左拐，再右拐，穿過餐廳就到了。」

「謝謝！」

顏曉晨腳步匆匆，走過長廊，穿過人群，跑到了海灘上。

海天遼闊，一波波海潮翻滾著湧向岸邊，雖然太陽已落山，可霓虹閃爍、燈火輝煌，海邊仍舊有不少人在嬉戲玩耍。

顏曉晨一邊拿著手機給沈侯發微信，一邊尋找著他，「海好看嗎？」

「很好看，可惜妳不在我身邊，我很想妳！」

曲曲折折的海岸，三三兩兩的人群，看似不大，可要找到一個人，又絕沒有那麼容易，就像這世間的幸福，看似那麼簡單，不過是夕陽下的手牽手，窩在沙發上一人一瓣分著吃橘子，卻又那麼難以得到，尋尋覓覓，總是找不到。

沈侯拿起手機，對著大海的方向拍了兩張照片，發給顏曉晨，想和她分享他生命中的這一刻，就算她不在身邊，至少讓她看到他現在的所看、所感。

顏曉晨看看照片，再看看海灘，辨認清方向，驀然加快了速度。軟軟的沙，踩下去一腳深、一腳淺，她跑得歪歪扭扭。海灘上有孩童尖笑著跑過，有戀人拉著手在漫步，有童心大發的中年人在玩沙子……

她看見了他！

沈侯面朝大海而站，眺望著海潮翻湧。距離他不遠處，有一對不怕冷的外國戀人，竟然穿著泳衣在戲水。沈侯的視線掃過他們時，總會嘴角微微上翹，懷著思念，露出一絲微笑。

顏曉晨含笑看著他，一步一步慢慢地走近，似乎走得越慢，這幸福就越長。

她從沈侯的身後抱住了他的腰，沈侯一下子抓住她的胳膊，想要摔開她，可太過熟悉的感覺讓他立即就明白了是誰，他驚得不敢動，聲音都變了調，「小小？」

顏曉晨的臉貼在他的背上，「我也很想你！」

突如其來的幸福，讓一切不像是真的，太過驚喜，沈侯閉上了眼睛，感受著她的溫熱從他的背脊傳進他的全身。他忍不住咧著嘴無聲地大笑，猛地轉過身子，把顏曉晨抱了起來。

顏曉晨「啊」一聲叫，「放我下來！」

沈侯卻像個小瘋子一樣，抱著她在沙灘上轉了好幾個圈。顏曉晨被轉得頭暈眼花，叫著：「沈侯、沈侯……」

沈侯放下了她，雙臂圈著她的腰，把她禁錮在身前，「看妳下次還敢不敢再嚇我！」

顏曉晨歪過頭，「哦！原來你不高興我來啊，那我回去了！」她掙扎著想推開他，作勢要走。

沈侯用力把她拽進懷裡，「高興，我太高……」他吻住她，未說完的話斷掉了，也無須再說。

❀　❀　❀

兩人手挽著手回到酒店的房間，沈侯打開門，放好行李，幫顏曉晨倒了杯水。

房間不算大，兩人坐在小圓桌旁的沙發上，面對著的就是房間裡的唯一一張床，潔白的床單，鋪得十分整齊，連一條皺褶都沒有。

看著這張突然變得有點刺眼的床，沈侯覺得有點心跳加速。

「看電視嗎？」他起身找遙控器。

「我先去洗澡。」

「哦，好。」沈侯拿著遙控器，卻忘了打開電視，視線一直隨著顏曉晨轉。

顏曉晨走到行李架旁，打開行李箱，翻找洗漱用具和衣服，沈侯看到箱子裡的女性內衣褲，不好意思地移開視線。

顏曉晨拿好東西，進了浴室，才發現一個很嚴重的問題，浴室是用透明玻璃牆隔開的，裡面的一舉一動，外面一覽無遺。

沈侯一個人住時，並沒覺得不妥，這會兒才覺得「怎麼有這樣的裝潢」？轉念間又想到，這是度假酒店，也許裝潢時是特意能讓外面的人看到裡面的人洗澡，情人間的一點小情趣。

顏曉晨和沈侯隔著透明的玻璃牆，面面相覷地傻看著對方，大概都想到了酒店如此裝潢的用意，兩人不好意思起來，移開了視線。

顏曉晨在浴室裡東張西望，突然發現了什麼，指指玻璃牆上面，「有簾子，收起來了，應該可以放下來。」

沈侯忙走進浴室，和顏曉晨四處亂找一通，才找到按鈕，把簾子放下。

「可以洗了。」沈侯走出浴室，把門關上。

不一會兒，傳來淅淅瀝瀝的水聲，沈侯坐在沙發上，心猿意馬，視線總忍不住看向已經被簾子遮住的玻璃牆。他打開了電視，想讓自己別胡思亂想，可只看到螢幕上人影晃來晃去，完全不知道在演什麼。

顏曉晨用毛巾包著頭髮，穿著睡裙，走出了浴室，一邊拿著吹風機找插座，一邊問：「你要沖澡嗎？」

「要！」沈侯去衣櫃裡拿了睡衣，快速地走進浴室。

往常沈侯洗澡速度都很快，今天卻有點慢，一邊心不在焉地沖著水，一邊琢磨待會兒怎麼睡。直到洗完澡，沈侯也沒琢磨出結果，他擦乾頭髮，走出浴室，看到顏曉晨蓋著被子，靠躺在床上看電視。

沈侯走到床邊，試探地問：「就一張床，都睡床？」

「好啊！」顏曉晨盯著電視，好似壓根兒沒在意這個問題。

沈侯從另一邊上了床，蹭到被子裡，靠躺在另一側床頭。兩個人已經「同居」半年，有不少時候孤男寡女單獨相處，可是剛同居的那兩、三個月，沈侯剛被學校開除，顏曉晨丟了學位和工作，沈侯面對顏曉晨時總是有負疚感，壓根兒沒心情胡思亂想。到後來，隨著兩人的工作步入正軌，籠罩在心頭的陰影漸漸散去，但一個頻頻出差，一個工作強度很大，就算耳鬢廝磨時偶有衝動，也很快就被理智控制。

沈侯往顏曉晨身邊挪了挪，把她摟在懷裡，告訴自己這其實和在沙發上看電視沒什麼不一樣。兩人目不斜視，一本正經地看著電視，表情專注嚴肅，像是要寫一份電視劇的分析研究報告。

剛剛洗完澡的肌膚觸感格外好，滑膩中有一絲微微的冰涼，沈侯忍不住輕輕地撫著顏曉晨的胳膊，撫著撫著，也不知道怎麼回事，他的手就探進了顏曉晨的衣服裡。他們窩在沙發上看電視時，沈侯也不是沒有這麼幹過，可那時衣服套衣服，總有許多阻隔，不像這次，寬鬆的睡裙下連胸衣都沒有，他的手好像哧溜一下就握住了那個柔軟的小山峰。

就像一根火柴丟進汽油裡，看似只一點點螢火，卻立即燃燒起了熊熊大火。沈侯只覺整個身體都沸騰了，再裝不了看電視，一個翻身就壓到顏曉晨身上，開始親吻她。一隻手緊緊地握著柔軟的山峰，又捏又揉，一隻手早亂了方寸，只是隨著本能，在柔軟的身體上亂摸。

顏曉晨的睡裙被推到脖子下，胸前的起伏半隱半露，沈侯覺得礙事，雙手幾下就把睡裙脫掉了。當赤裸的身體被他用力壓進懷裡時，他一邊情難自禁地用下身蹭著她的身體，一邊卻逼著自己微微抬起上半身，喘著氣說：「小小，我想做壞事了！」

顏曉晨摟住他的脖子，在他耳畔低聲說：「我也想做壞事呢！」

沈侯再控制不了，順著年輕身體的強烈渴望，笨拙地嘗試，把顏曉晨從女孩變成了女人。

初嘗禁果，沈侯十分亢奮，折騰到凌晨兩點多才睡。早上剛六點，沈侯就醒了，不想打擾顏曉晨睡覺，可心裡的愛意太滿太滿，無法克制地外溢，讓他忍不住時不時地悄悄撫摸她的身體，偷偷吻一下她的鬢角。顏曉晨本就睡得不沉，很快就醒了。

沈侯輕聲問：「累嗎？」

顏曉晨用手摩挲著他的臉頰，微笑著沒有說話，兩人的目光猶如糖絲，膠黏在一起，捨不得離開對方一秒。都不是賴床的人，但年輕的身體就像是一個最美妙的遊樂園，一個撫摸、一個親吻，都是天堂，讓人沉溺其中，捨不得離開。

一直耳鬢廝磨到九點多，要去陪客人時，沈侯才不得不起了床。

沈侯去沖澡，顏曉晨躺在床上假寐。

突然，沈侯大叫一聲，渾身濕淋淋地衝到浴室門口，「小小，我們忘記一件很重要的事了！」

顏曉晨剛睜開眼睛，又趕忙捂住眼睛，雖然最親密的事情都做了，可這樣看到他的身體，還是很羞窘，「什麼事？」

沈侯也很不好意思，立即縮回浴室，「我們忘記……用保險套了。」

顏曉晨以前也曾想過如果兩人發生關係，一定要記得讓沈侯去買保險套，但昨天晚上，一切都是計畫之外，卻又水到渠成、自然而然，她也忘記了。

沈侯喃喃說：「應該不會中獎吧？」

顏曉晨說：「可以吃藥，我陪劉欣暉去買過，有一年五一假期她男朋友來看她，她男朋友走後，她就拉著我陪她去買藥。」

「安全嗎？會不會對身體不好？」

「劉欣暉說老吃不好，但偶爾吃一次沒有關係。」

「叫什麼？」

「我不知道。」

沈侯想著待會兒打個電話給狐朋狗友就什麼都知道了，「我待會兒出去買。」他放下心來，繼續去沖澡。

穿戴整齊，都要出門了，沈侯忍不住又湊到床邊，吻著顏曉晨。顏曉晨推他，「要遲到了！」

沈侯依依不捨地說：「妳要累了就多睡睡，餓了可以讓服務生把食物送到房間吃，反正公司報銷，千萬別幫公司省錢。」

「好的，快點，快點！」

「晚上我會盡早趕回來，等我。」沈侯一步三回頭，終於離開了。

顏曉晨也是真累了，翻了幾個身，暈暈乎乎就又睡了過去。

一覺睡醒時，已經是下午兩點多，顏曉晨慢悠悠地起了床，沖了個澡，看看時間已經三點多，給沈侯發了微信，「你在哪裡？」

沈侯發來一張高爾夫球場的照片，顏曉晨問：「陪客人打球？累不累？」

「不累！人逢喜事精神爽！」文字後，沈侯還配了一張叼著煙抽、志得意滿的無賴表情。

顏曉晨哭笑不得，扔了他一個地雷，沈侯卻回了她無數個親吻。

顏曉晨問：「你晚上大概什麼時候回來？」

沈侯不開心了，扁著嘴的表情，「吃過晚飯才能回來，大概要八點左右。」

「我在酒店等你。」

剛發送出去，顏曉晨就覺得這句話太有想像空間，但已經晚了。果然，沈侯那個潑猴立即貫徹發揚不要臉的精神，竟然發了一張保險套的照片過來，「剛買好的，一定不會辜負妳的等待。」

「不理你了，我去吃飯。」顏曉晨對手機做了個惡狠狠的鬼臉，準備去覓食。

她拿出特意買的美麗長裙穿上，照照鏡子，還算滿意，圍上披肩，去了餐廳。

顏曉晨昨天就發現酒店餐廳的位置特別好，正對著大海，木地板的大露臺延伸到沙灘上，坐在那裡吃飯，有幾分古人露天席地的天然野趣。

她決定奢侈一把，點了一份餐、一杯果汁，坐在露臺上，一邊吃飯，一邊欣賞著碧海藍天。因為是假期，沙灘上戀人很多，一對對要麼在玩水，要麼躲在太陽傘下情話綿綿，顏曉晨這樣孤身一人的很是罕見。顏曉晨看看自己的裝扮，看似隨意，實際是特意，只可惜女為悅己者容，那個悅己者卻忙著建功立業，到現在都沒有看到。但現在不是古代了，沒有人會「悔教夫婿覓封侯」，因為不要說男人，女人都需要一份事業才能立足，沒有經濟基礎，什麼都不可能。

顏曉晨吃完飯，懶得動，一直坐在露臺上，面朝大海，曬著太陽，吹著海風。看似一直對著一個景致，可景致一直在變幻，雲聚雲散、浪起浪伏。

過了五點，天開始有點涼了，顏曉晨拿出包裡的大披肩，裹到身上。

夕陽漸漸西墜，猶如有人打翻了水彩盒，天空和大海的色彩變幻莫測，緋紅、胭脂、銘黃、金橙、靛藍、艾青……交錯輝映，流光溢彩。大自然的鬼斧神工只是輕描淡寫，於世間的凡夫俗子已是驚心動魄的美麗。

很多人在拍照，顏曉晨也拿起手機，對著天空和大海拍了好多照片。

正低著頭挑照片，打算發兩張給沈侯看，感覺一個人走到她的座椅旁，顏曉晨以為是服務生，沒理會，可來人竟然拉開了她身旁的椅子。

顏曉晨抬起頭，居然是沈侯，她驚訝地問：「你怎麼這麼早回來了？」

「找了個藉口，沒和他們一起吃晚飯。」沈侯居高臨下，仔細地看著她，「妳今天很漂亮，剛才走過來，一眼就看到妳了。」

顏曉晨不好意思地笑笑，指了下椅子，示意他坐，「點些東西吃吧！」

沈侯卻沒有坐，而是站得筆挺，看著顏曉晨，好似醞釀著什麼。顏曉晨這才發現，他的手一直背在背後。她笑問：「你給我帶了禮物？」

沈侯突然蹲下，單膝跪在她面前，顏曉晨驚得去扶他，沈侯趁勢抓住了她的一隻手，「小小，妳願意嫁給我嗎？」

他另一隻手拿著一枚小小的戒指，遞到顏曉晨面前。

顏曉晨目瞪口呆。

「本來我想再存一年錢，買個鑽戒向妳求婚，但我等不及了，錢不夠買鑽戒，只能買一個鉑金戒指，以後一定再補一個大鑽戒給妳。妳現在願意接受這個戒指嗎？」雖然在心裡默默演練了多次，雖然一遍遍告訴自己曉晨肯定會答應，可沈侯依舊非常緊張，最後一句話已經帶了破音。

顏曉晨不知道是被嚇住了，還是沒反應過來，她身子前傾，怔怔地看著沈侯，像是凝固成了一座雕塑。

遊客和服務生都被求婚的一幕吸引，聚精會神地看著，沒有一個人發出一點聲音，那一刻，海天寂靜，四野無聲，好似整個世界都為他們停止轉動。

「小小？」沈侯突然害怕，一個念頭竟然飛了出來，難道小小不願意嫁給他？他抓著她的手一下子很用力，就像是生怕她會忽然消失。

顏曉晨眼中浮動著隱隱淚光，仍舊沒有說話，沈侯的霸道脾氣發作，抓起她的手，就要把戒指往她手上戴，「妳已經是我的人了，妳不嫁給我，還能嫁給誰？」他的口氣十分決然，他的手卻在輕顫，戴了幾次，戒指都戴不進顏曉晨的手指上。

顏曉晨握住沈侯的手，和他一起把銀白戒指戴到自己的中指上，動作比言語更直接，沈侯覺得一下子雲開霧散晴天來，猛地抱起顏曉晨，得意揚揚地對全世界宣布：「她答應嫁給我了！」

圍觀的眾人善意地鼓掌哄笑，「恭喜！」

顏曉晨摟著沈侯的脖子，在他耳畔輕聲說：「傻猴子，我愛你！」

——半暖時光〔上卷〕　卷終

野人文化
讀者回函卡

感謝你購買《半暖時光》上卷

姓　名　　　　　　　　　　　□女 □男　　年齡

地　址

電　話　　　　　　　　　　　手機

Email

□同意 □不同意　　收到野人文化新書電子報

學　歷 □國中(含以下)□高中職　□大專　□研究所以上
職　業 □生產/製造 □金融/商業 □傳播/廣告 □軍警/公務員
□教育/文化 □旅遊/運輸 □醫療/保健 □仲介/服務
□學生 □自由/家管 □其他

◆你從何處知道此書？
□書店：名稱 ____________ □網路：名稱 ____________
□量販店：名稱 ____________ □其他 ____________

◆你以何種方式購買本書？
□誠品書店 □誠品網路書店 □金石堂書店 □金石堂網路書店
□博客來網路書店 □其他 ____________

◆你的閱讀習慣：
□親子教養 □文學 □翻譯小說 □日文小說 □華文小說 □藝術設計
□人文社科 □自然科學 □商業理財 □宗教哲學 □心理勵志
□休閒生活（旅遊、瘦身、美容、園藝等） □手工藝／DIY □飲食／食譜
□健康養生 □兩性 □圖文書／漫畫 □其他 ______

◆你對本書的評價：（請填代號，1. 非常滿意　2. 滿意　3. 尚可　4. 待改進）
書名 _____ 封面設計 _____ 版面編排 _____ 印刷 _____ 內容 _____
整體評價 _____

◆你對本書的建議：

廣　告　回　函
板橋郵政管理局登記證
板 橋 廣 字 第 143 號

郵資已付　免貼郵票

23141
新北市新店區民權路108-2號9樓
野人文化股份有限公司 收

野人

請沿線撕下對折寄回

野人

書名：半暖時光【上卷】

書號：0NRR0037

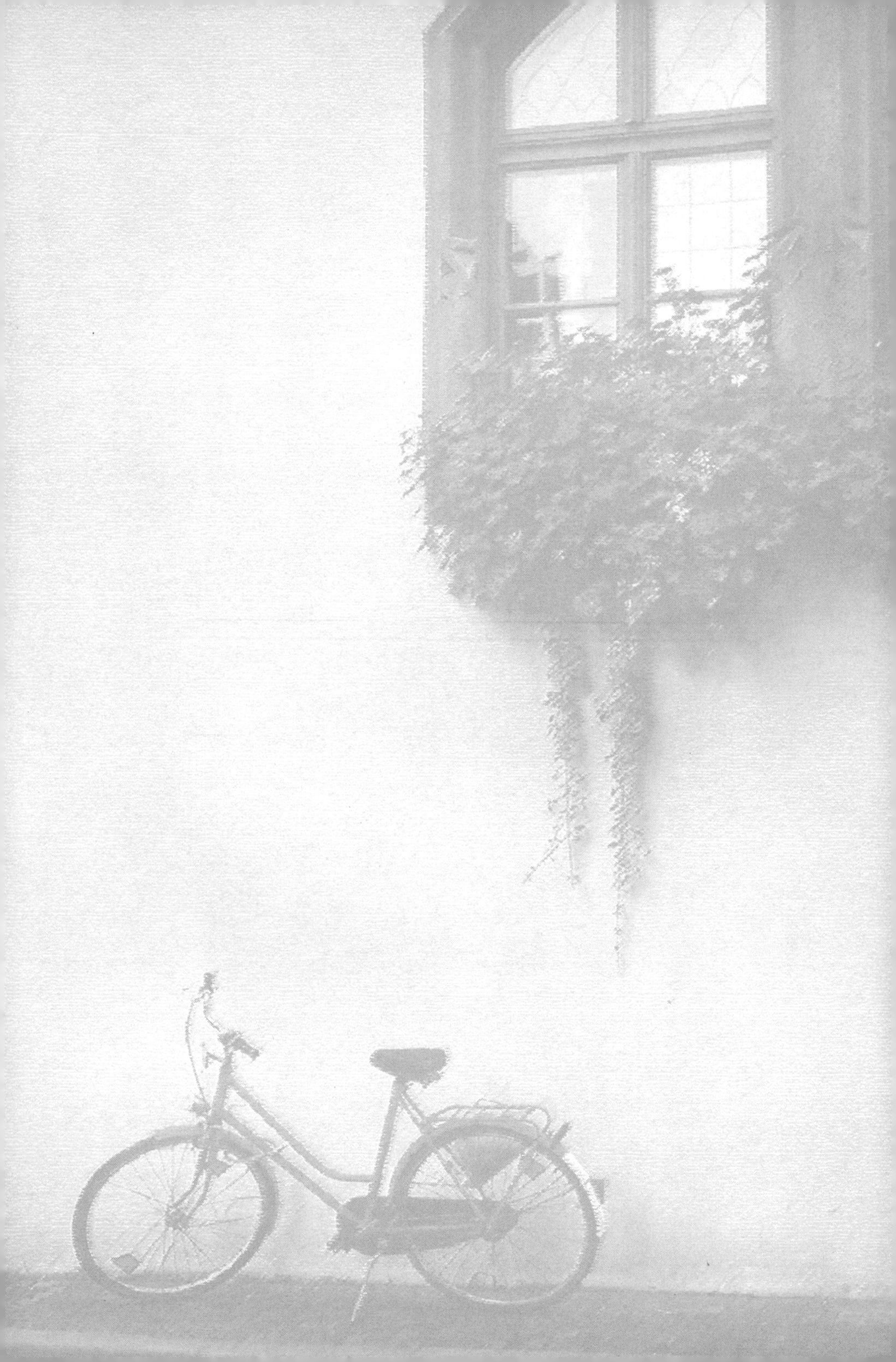